小説

西海屋《さいかいや》騒動《そうどう》

著◉谷津矢車

監修◉柳亭左龍

二見書房

小説

西海屋騒動

谷津矢車

目次

装画◉松浦シオリ
装幀◉岡本歌織（next door design）

一　軽井沢《かるいざわ》

理吉《りきち》には、ふとした時に、思い返す景色がある。

父の太平《たへい》に割り算を教わった、幼い時分のこと。

その日も、太平は仕立てのいい黒羽織に鼠色の長着という地味な形《なり》と、商人《あきんど》の柔らかい物腰を身に纏《まと》っていた。白いものの混じる髪を町人髷《まげ》に結う姿は、小さい体つきと相まっていかにも穏やかな旦那風だが、羽織の裏には龍の裏地が覗《のぞ》き、抜け目なく目を光らせている。理吉は父親の目が怖かった。その視線に射抜かれる度に、背の凍る心地がした。

太平は文机《ふづくえ》の上の算盤《そろばん》に指をかけた。

「割り算は商いでも使う。覚えておくといい。例えば、十を三で割ってみようか」

理吉の眼前で太平はぱちぱちと算盤を弾《はじ》き、十を少しずつ崩してゆく。

「暗算を覚えれば一足飛びでできるようになるが、慣れないうちは十から三を引いて、他の桁に引いた数を記録していけばいい。十引くことの三で七。七引くことの三で四。四引くことの三で一。そうやって引く度に引いた回数を他の桁で記録しておけば、三回引いたことがわかるだろう。十割ることの三は、三。三の集まりが三つできたことになる」

言われた通りに算盤を弾くと、確かに算盤の珠《たま》は三を示し、止まった。

だが、理吉は算盤の上に一つだけ残った珠が気にかかった。

「父上、一が残っています」

「ああ、それは余りだ」

「余り？」

「十人を三人ずつ分けると、三人、三人、三人と分けられて、一人余ってしまうだろう」

たった一つ残された、余り。その珠は所在なげに算盤の上に佇《たたず》んでいる。眺めているうちに、いたたまれなくなってきた。

「余り一を無くすためには、どうしたら」

「そうだな、一つは、そもそも余り一など無くすことだ。我が家にもし三人部屋しかなかったら、九人のお泊りは認めるが、十人のお泊りはお断りすればいい。あるいは、一人余っているならどこかから二人、持ってくるしかない。旅人の中には二人旅のお人もあろう。その二人と一人を相部屋にする」

理吉はその時、余りの孤独を思った。

余りになってしまったら放逐されるか、他の余り者とくっつけられるかの道しかない。そのことが、ひどく恐ろしいことのように思えたのだった。

「またお前か」

蟬時雨《せみしぐれ》の降り注ぐ庭先で兄の新吉《しんきち》に捕まり、頭を叩《はた》かれた。痛い。今年十三になる八歳年上の兄は、宿の男衆に混じっても頭一つ飛び抜けて大きい。

兄の面を見ているうち、家の屏風に描かれている鬼の図が頭の上に浮かんだ。端午の節句の時、大広間に飾られる百鬼夜行図。悠々と歩く鬼は、まるで巌《いわお》のように体中に瘤《こぶ》があり、自信たっぷりに付喪神《つくもがみ》どもを従えている。理吉は昔からこの絵が嫌いだった。

新吉は理吉の手の中にあったものを取り上げた。小さな黒漆の印籠だった。

「ずっと失くしたと思って探していたんだぞ。やっぱりお前の仕業か」

騒ぎを聞きつけた女中がやってきた。だが、二人の顔を見比べるやまた奥へと引っ込み、ややあって太平を連れてきた。

庭に降り立つなり、太平は二人の顔を見比べ、父の威厳を見せつけるように腕を組んで見せた。

「お前たち、もっと仲良くせぬか。兄弟だろう」

「ふん、こんなやつ、弟ではありませぬ」

「何ということを言うか。言うてはならぬことがあるぞ」

普段は穏やかな物腰の太平が声を荒げた。

肩をすくめた新吉は上目遣いに言い募った。理吉が俺の印籠を盗んだのです、と。

「なに、それは真か」

言いたいことはあった。だが、新吉に咎《とが》められそうで何も言えずにいると、太平は困ったと言わんばかりに息をついた。

「大方、お前が変なところに捨て置いていたのだろう。お前がものを大事にせぬから、理吉が玩具《おもちゃ》にするのだ」

新吉は眉間に皺《しわ》を溜《た》め、食ってかかった。

「何を言うのですか。毎日部屋の文箱《ふばこ》に入れておりました」

「しょせん子供の悪戯であろうが。目くじらを立てるものでもあるまい。そもそも、そんな印籠、大して高いものでもあるまい。理吉にくれてやったらどうだ」

不機嫌顔を隠さなかった新吉も、ややあって、その表情を顔から追い出した。

「――もういい」

畳に転がる印籠を置いたまま、舌打ちをした新吉は部屋を後にした。その後ろ姿を眺めていた太平は、理吉に怒りの色の灯《とも》った目を向けた。だが、やがて諦めるように首を振り、理吉の頭を撫《な》でた。

「欲しければ、譲ってほしいと頼めばいいのだ。そうすれば、新吉だって譲ってくれよう」

小さく理吉が頷《うなず》いたのを答えと取ったのか、太平は沓脱石《くつぬぎいし》でつっかけを脱ぎ、屋敷の奥へと上がっていった。

一人庭先に残された理吉は、自分の部屋へと下がった。

奥の六畳間に宛がわれたその部屋は、数々の玩具で足の踏み場がなかった。足でそれらをどかして腰を下ろし、今しがた手に入れた印籠を眺めていたものの、すぐに部屋の隅に投げ捨てた。床に転がる張り子にぶつかり、けたたましい音が上がった頃には、理吉の興味は床に転がる水鉄砲に向いた。

物心ついた時から、理吉は様々なものに囲まれていた。煌《きら》びやかな調度、清潔な着物に食べ切れぬ飯や菓子、色とりどりの玩具が手元にあるのが当たり前だった。だが、ある日、鶏小屋のような長屋で雨漏りに怯《おび》えて暮らす親子の姿を目の当たりにした。満足な食器すら見当たらない家の中で、つぎはぎだらけの着物に身を包んだ母子がうなだれるように板の間を見下ろしていた。寺社参りの帰りにそんな家々が目に入り、おぼっちゃま、おぼっちゃまと呼ばれる己は特別な立場なのだと子供ながらに知った。

理吉は、宿屋志《し》村《むら》屋の次男坊だった。この軽井沢でも随一の分限者らしく、欲しいものは何でも買い与えてもらえる。

それでも、理吉は他人の物を欲しがった。

この部屋に転がっている玩具の多くは、もとは新吉の持ち物だった。それを今日のようにごねて自分のものとした。

だが、手に入れた途端、それらの玩具への興味が失せる。兄の手の中にあった時にはあんなにも欲しくて仕方がなかったのに、己の手に入った瞬間、途端に色褪《いろあ》せ、小汚い雑具に成り下がる。

印籠もそうだった。

己のものとした瞬間の充足感は、他に代えがたい快楽があった。何かをやり遂げた際の胸のすくような感覚が忘れられずに、時々兄の部屋に忍び込んで、色々のものを盗んでは怒られている。

なぜ、そんなことを？　わからない。だが、やめられない。

理吉はその場に大の字に転がった。

部屋の柾目天井を見上げながら、理吉は問う。

心のうちにわだかまる、この飢《かつ》えのような衝動は何だろう、と。

齢《よわい》五つの理吉は、己の心中で牙を剝《む》く欲望を持て余していた。

ややあって、新吉から貰《もら》った馬の人形を蹴り飛ばし、理吉は立ち上がった。寝転がっているのにもいい加減飽きた。

どこに行く当てがあるでもなく、屋敷の中をそぞろ歩いた。

ぶらぶらと縁側伝いに歩くと、新吉と、女の声がした。声のする方を探ると、奥の間から声が漏れていることに気づいた。

新吉の声は震えていた。

「聞いてくれよ。またお父《とう》が理吉ばっかり贔屓《ひいき》にするんだ」

女の優しげな声が、新吉を慰める。

「そうお怒りめさるな。この母がおるではありませぬか」

声のする部屋を覗き込んだ。

部屋の中では、新吉と、おとなしい、けれど仕立てのいい藤色の着物を纏う女の姿があった。

理吉の、そして新吉の母親である美津《みつ》だ。美津はさながら仏様のように穏やかに頬を緩め、新吉のことを見下ろしていた。

「あの印籠は、お父が買ってくれたものなんだ」

「お前の苦しみ、ようわかりますよ。今は我慢なさい。そのうち――」

美津は新吉を抱き寄せた。

「お母《かあ》――」

理吉の鼻からくしゃみが漏れた。

部屋の中の二人はこちらに向いた。

「――ああ、理吉、いたのですか」

理吉は怖気《おぞけ》を覚えた。

先ほどまで柔らかな声を発していた美津が恐ろしく冷たい声に変じ、新吉に向けていたあの表情は消え、ぎこちなく、作ったような笑みを顔に張り付けていた。子供だから気づかないとでも思っているのだろうか。否、子供だからこそ、敏感な部分もあるのだということを、母は知らぬのだろうか。

「立ち聞きは感心しませんよ」

「ごめんなさい、お母」

「——別に、いいのよ」

　この『いい』が『どうでもいい』と聞こえて仕方がなかった。

　何も言えずにいると、美津は胸の前で手を合わせ、新吉に顔を向けた。理吉に向けたのとは違う、自然な微笑みを湛《たた》えて。

「そうだ新吉。お父様にまた新しい印籠を買ってもらえばいいじゃありませんか。わたしからも頼んでみますゆえ」

「ほ、本当かい、お母」

「ええ」

　また、菩《ぼ》薩《さつ》様のような笑みを浮かべ、美津は新吉に頷いた。

「えっ、俺には」

　理吉は声を上げた。だが、美津には聞こえなかったらしい。新吉の手を引いて立ち上がり、部屋から去っていった。

　理吉は二人の後を追った。

美津の向かった先は店先だった。夕方になれば泊り客でごった返す板の間にもほとんど人がおらず、がらんとしていた。そんな中、入り口近くに立てられた帳場で、太平が煙草をふかしながら帳簿を見下ろしていた。

廊下の奥から理吉が帳場の様子を眺めているうちに、新吉の手を引く美津が太平に声を掛けた。

「お前様、新吉に新しい印籠を買うてやってくださいませ」

「そうは言うてもな。冬場のことも考えて、余計な費《つい》えは控えたいのだがな」

「また、理吉が新吉のものを奪ったのですよ。新吉がかわいそうですよ」

「されど、兄が弟の面倒を見るは当たり前であろう」

「兄、弟などと……。お前様、もっとあれをきつく躾けてください」

太平は紫煙をゆっくりと吐き出した。

「まあ、そうさなあ。新吉、新しいのを買ってやろうか」

太平がそう口にした瞬間、新吉は跳ね上がった。

「買ってくれるの、本当に？」

「ああ、次の祭の時にでもな」

「やった、やった！」

新吉は板の間で何度も飛び上がる。

美津はにこりと微笑み、太平は苦い顔をしながらもどこか満足げだった。

廊下の奥の暗がりにいる理吉は、その輪に入ることができなかった。

頭の中の算盤が、冷たく響く。

四割る三。一余り一。

理吉はいつだって、余りものだった。


余りものの感覚は、齢を重ねてもなお消えることがなかった。父太平は度を越して甘く、母の美津はよそよそしい。店の男衆や女中たちも見えない壁の向こうから理吉に接してくる。そんな中、兄の新吉だけは理吉を分け隔てなく扱った。

兄のものを盗む癖が改まらない理吉のことを、新吉はその都度叱りつけた。時には拳骨を見舞い、「こんなことを繰り返していたらまともに暮らしていけないぞ」と怒った。

だが、新吉は怒りの感情ばかりを理吉に向けたわけではなかった。

時折、理吉を連れ回した。

「おう、理吉、ちょいと付き合ってくんな」

新吉は長じるに従い侠《きょう》の男と付き合いを持つようになり、派手な柄の羽織を纏い、手には鉄心入りの契木《ちぎりき》を担ぐようになった。この日も青と白の工字《こうじ》繋柄《つなぎがら》の羽織を肩にかけ、鯔背《いなせ》に頬を歪《ゆが》めていた。

家にいても楽しいことはない。兄に従って軽井沢宿を走り回った。

ある時は侠客同士の喧嘩、ある時は宿屋に居座る厄介な旅人の追い出し、ある時は賭場……。

ひりつくような光景が、理吉を興奮させた。

軽井沢宿は、春夏秋は霧、冬は雪に包まれる。宿場町の有様もそんな国ぶりのおかげか、高原に咲く花のようにひっそりとした佇まいをしている。大人たちはそれを寂《さ》びと言うが、子供や若者からすれば退屈でしかなかった。それだけに、新吉の背中越しに垣間見た侠客の日々は、とかく派手で輝かしいものに映った。

「侠ってのはいいもんだ」

ある日、宿場町での喧嘩の仲裁を終え、居酒屋で酒を呷《あお》る新吉は理吉を前に、上州《じょうしゅう》の国定《くにさだ》忠治《ちゅうじ》なる侠客の話をしてくれた。なんでも、国が乱れて御公儀の威が薄れ、街道筋が荒廃したのを憂い、力で以って乱れた国を抑え込んだ侠客なのだという。

「俺も、ああいうもんになりてえ」

「やくざ者になるのかい、兄貴は」

「あんなのと一緒にするな。俺がなりたいのは侠だ。やくざ者は弱い者につけ込んで甘い汁を吸う腐った奴らだ。だが侠は違う。弱きを助け、強きをくじくのが侠だ。今、どこの街道筋もご公儀はおろかどこの御家中の役人も守っちゃくれねえ。だから俺は侠になって、街道筋を守りてえんだ」

軽井沢は上州と信州《しんしゅう》を結ぶ北国西街道《ほっこくさいかいどう》の上にある。それだけに不穏な風が常に流れ込んできて、喧嘩騒擾《そうじょう》の暴風が吹き荒れている。しかし、役人どもは腰が引けるばかりで役に立たず、侠客が走り回って事態を解決している。志村屋もそうした男たちを大事にして、いざという時の備えにしているほどだ。

役人か、侠か。子供がどちらに憧れるかは自明のことだろう。

「俺は、侠になる」

猪口《ちょこ》を乾かしたのち、新吉は言い放った。

「でもよ、兄貴、兄貴には志村屋があるじゃねえか」

脇本陣《わきほんじん》志村屋。理吉ですら、ここのところその暖簾の重みがわかるようになってきた。大名行列を受け入れる本陣と脇本陣は、宿場町の中でも一番の格式と責任とを持っている。羽織の裏地で傾《かぶ》いてはいても、太平は脇本陣の主人として、節度ある振る舞いをしている。

新吉はひらひらと手を振った。

「俺に商才はねえ。細かいことは向かねえし、親父みたいに、てめえの性《さが》を家業に押し込むことなんてできやしねえ」

言葉の意味を取りかねているうちに、新吉は理吉の肩を叩《たた》いた。

「だからよ、志村屋はお前が継げ。お前は算盤が得意だったろう。今から仕事を覚えれば、親父もお前を認めるだろうよ」

銚子を猪口に傾けて、独り言つように新吉は続けた。

「心配なんだ。おめえはまるで、さらの布みてえな奴だ。すぐに何色にも染まる。親父の色に――商人の色に染まっておけ。そうすりゃあ、患《うれ》いはねえ」

その後、新吉は侠の道を進んでいった。

軽井沢にやってくる侠と兄弟盃を交わし、子分に引き入れた町の暴れん坊を従えて霧の煙《けぶ》る街道筋を闊歩《かっぽ》するうち、町の者から「新吉親分」と呼ばれるようになった。

理吉は新吉に連れ回されることはなくなり、兄の勧めのままに志村屋の仕事を手伝っていたが、風切って街道筋を歩く兄の姿は眩しかった。

本当ならああいう風に生きてみたかった。だが、理吉は齢十になろうというのに身丈は四尺半ほどしかなく、腕も小枝のように細かった。五尺半はあろうかという上背に、血管の浮いた力こぶを誇る新吉とは比べるべくもなかった。

いくらごねても手に入らぬものがあることを、その時初めて理吉は知った。

理吉が十になった春のこと、志村屋に嵐が吹き荒れた。

事の起こりは、新吉が久々に帰ってきたことだった。

「おう、理吉、久しいな」

志村屋の門をくぐった新吉は、殊更に明るい顔をしていた。ちょうど理吉は客間の掃除に向かうところだったが、久々に顔を合わせた兄に、思わず顔をほころばせた。

ここのところ新吉は志村屋に寄り付くことさえなかった。賭場や面倒を見ている商家で寝泊まりしているらしい。他の者がやれば口さがない町の人から様々な悪評が漏れるものだが、不思議とそうした声は聞こえてこないばかりか、新吉を重宝する者すらあった。

店先に現れた新吉は、上着を着ずに袴を穿き、上に派手な柄の羽織を纏っていた。口角を上げた新吉は羽織を一気に脱いで、背中を見せた。

「どうだい。これぁ」

隆起する背中の筋肉。男も惚れ惚れするような体つきだが、理吉の目に飛び込んできたのは、その膚《はだ》に走る無数の黒い線だった。筋肉の筋と無関係に走る漆黒の線は、のたうち回る九匹の龍の姿を浮かび上がらせていた。

「ようやく金が溜まったから、筋彫だけしてもらったんだ。どうだい、すげえだろ」

そこに、美津が通りかかった。

「新吉、しばらく家に戻らないで何を……」

小言を口にしようとしたのだろうが、背中の彫り物を見るや、美津はその場にへたり込んだ。慌てて駆け寄るが、反応がない。気を失ったようだった。

この新吉の行動が志村屋を大いに騒がせた。

「なんということをしてくれたのだ、お前は」

志村屋の奥にある一家の私室で太平は頭を抱え、居直るように座る新吉を見遣った。

「彫り物をするというのがどういうことか、お前はわかっておるのか」

「お武家様向けの商売はできねえよな」

職人は紋々の出来を競い合っているが、武家は彫り物を忌み嫌う。脇本陣の息子が紋々を背負うなど聞いたことがない、と太平は嘆いた。

「お前はこの家の跡継ぎだというに、やくざの色に染まりおって……。志村屋の暖簾の重みがわからぬのか」

「お言葉だがよ、親父。親父の言うやくざ者に、親父も相当助けられているじゃねえか。その言い草はねえんじゃねえか」

太平は咳払《せきばら》いをした。

「確かに、面倒事の起こった際に、侠の方の世話になっている。侠の人たちの行ないには胸のすく思いもする。だが、侠の人たちに助けられていることと、己が息子が侠になるのでは全く話が違う。お前は侠ではなく、脇本陣の主人にならねばならぬ男なのだからな」

「馬鹿言うなよ。算盤勘定が性に合わねえことなんざ、親父が一番知っているだろうがよ」

「算盤などすぐ覚えられる」

「やなこった」

二人のやり合いを、理吉は宥《なだ》めることもできないまま、ただ眺めていた。

そんな中、がらりと唐紙《からかみ》が開いた。

やってきたのは、美津だった。己の夫と子を交互に見遣った後、太平の横に腰を下ろした。

太平は腕を組んだ。

「紋々を消すことはできぬし、ひた隠すこともできまいな」

「もう、自慢して回ったよ」

うそぶくように新吉が言い放つと、美津が金切り声を上げた。

「なんてことをするのですか。志村屋を継ぐことができぬのかもしれぬのですよ」

「継ぐつもりなんてねえよ。俺は侠になるんだからよ」

「な、なにを言うかと思えば……」

美津が顔を青くする前で、新吉は言い募る。

「志村屋の名跡《みょうせき》なんぞ、継ぎたかねえんだ。志村屋はそこの理吉に任せりゃいいだろうが。理吉は算盤を覚えているんだからよ」

美津の口から刺すような声が飛び出した。

「馬鹿をお言いでありません。理吉なんかに継がせてなるものですか」

口を押さえ、美津は棘《とげ》のある言葉を塞いだ。

美津と目が合った。だが、美津は居心地悪そうに、理吉から顔を背けた。

沈黙が辺りに満ちる。だが、ややあって、太平が苦々しげに声を発した。

「ともかく、新吉。もう、お前にはこの家を継がせることができぬぞ。親の情けだ。勘当だけはしないでやろう」

結局それで、その日の話は終わった。

理吉の生活は何ら変わらなかった。変化があるとすれば、侠に近づくなと厳命されたことくらいだろうか。跡継ぎに指名されることもなく、今まで通り、志村屋の手伝いに駆り出された。理吉に任されたのは、他の男衆たちと同じ荷運びの仕事だった。大福帳を手にする機会は与えられず、日々、やってきたお客の荷物を部屋まで担ぎ上げたり、米俵や水盥《みずだらい》を運んだりといった雑用をこなす。

ある疑問が理吉の頭をもたげる。

兄貴が家を手伝うことになっていたら、こんなお役目に回されたろうか、と。

否、だった。

あるいは最初は雑用かもしれないが、そのうち美津辺りが口を利いて、すぐに帳場の辺りに席を設けたはずだ。

母に疎まれている。

否、家族の輪から弾き出されている。

理吉は心中に澱《おり》を溜めていた。

軽井沢の地にも柔らかな日差しが降り注ぐようになり、道に積もっていた雪が溶け始めた。

信州から上州への道のりは、冬になると深い雪に閉ざされ人の往来が少なくなるが、雪解けと共に街道筋にはちらほらと旅人の往来が見られるようになる。

その日の志村屋は、久しぶりに大名行列を迎え、浮足立っていた。

やってきたのは、松代真田《さなだ》家中だった。

理吉は松代家中の武士たちの荷運びに当たった。何人かで手分けしているとはいえ、百人あまりの荷物を部屋に運び入れるのは骨の折れる作業だ。汗をかきながら、すべての部屋に荷を運び入れるまで、かなりの時を要した。

最後の部屋に荷物を運び入れたのは、大名行列が到着して半刻ほど経《た》った時分のことだった。

既に部屋の中では、松代の武士が足を伸ばして寛《くつろ》いでいた。

「おお、荷物運びか。ご苦労であったな。その辺りに置いておけ」

理吉は言われた通りにした。できるだけ客人の顔を見ないようにしながら。これは、目を合わせてしまうと向こうに気を遣わせてしまうことになるから、客間に入った時には木石になったつもりで振舞い、目を伏せておけという太平の教えだ。

だが、部屋を辞去しようとして身を翻した拍子に、武士と目が合った。

年の頃は四十ほどだろうか。武家髷を結い、着流しに改めているその様には年齢以上の威厳が見て取れた。部屋の格が高めであることも考え合わせると、家中でも責任ある立場にある者だろうことは容易に想像がついた。

首を振り、頭《こうべ》を下げて辞去しようとすると、当の武士が留めた。

「ちょっと待て。童《わっぱ》、少しよいか」

へえ、と頷くと、武士は正座に座り直した。

「名を何という」

理吉は父親から教わった武家への礼儀作法を思い出しながら、慣れない敬語を口にした。

「理吉って言い……申します」

武士の顔色が変わった。

「お前、親はおるか」

「志村屋主人太平が父でございます」

「そうか。ならば、勘違いか。いや、だが、見れば見るほど寒蔵《かんぞう》殿とよう似ておる」

本当なら、適当なところで話を切り上げて辞去すべきだった。だが、寒蔵なる聞き慣れぬ名前に、なぜかはわからないが、妙な懐かしさを覚え、つい、問い返した。

「お武家様、寒蔵様、とは」

「う、うむ。わしの上役であられたお人でな。同じ剣術道場で修練した仲なのだ。まあ、幼馴《おさなな》染《じみ》というやつよ。子供の時分の寒蔵殿とお前の顔が似ておったので、つい呼び止めてしもうた」

「その寒蔵様とやらは今、何を」

「ああ――、十年ほど前に、死んでしもうた。殺されたのだ」

見れば、お武家様の許《もと》には既に膳が運ばれており、銚子《とうし》を一本空けていた。見れば顔も赤い。少し酔いの回った口ぶりで、話すところでは――。

話に出た郡《こおり》寒蔵は、松代家中の町奉行として辣腕《らつわん》を振るっていた。商人や侠客とも結び、とかく荒くれものの多い街道筋の町を大過なく治め、家中でも有能の士として知られていた。しかし、そんな寒蔵が殺された。

「あれは、十年前の冬の日だった。屋敷で寒蔵殿の変わり果てた死体が見つかったのだ。一緒に、松代に根を張っていたやくざ者の某、寒蔵殿の妾《めかけ》、用心棒二人の死体も転がっていた。それは凄惨な様であった。指が幾本も飛び、首が転がり、死体が血の海に浮いているような有様で、検分に当たった役人は、何人も心を病んでお役目を返上したという。そんな屋敷の壁には、『天に代つて肝《かん》を除くは侠客嵐山《あらしやま》花五郎《はなごろう》なり』と血文字でしたためてあった」

「嵐山、花五郎」

その名を咀嚼《そしゃく》する理吉を前に、武士は続けた。

「松代の侠でな。なんでも元は江戸で相撲取りをしておったものの、喧嘩の挙句に二人殺して高飛び、逃げた先の信州松代の親分から盃を受けて、草鞋《わらじ》を脱いだ男という。どうやら、寒蔵殿と結んでいたやくざ者と反目していたようでな。寒蔵殿は縄張り争いに巻き込まれて殺された格好だ」

　武士は二本目の銚子から手酌をして酒を呷った。

「侠を用いて地の安寧を図ろうという寒蔵殿のお考えは、果たして正しかったものかどうか。いや、間違いであったとは言わぬ。言わぬが……。どこかに無理があった気がしてならぬのだ。侠には侠の思惑がある。それは、武家の理《ことわり》とはまるで違うもの、毒を以て毒を制すつもりが、その毒に中《あ》てられてしもうたのだろう」

　難しい話をしてしもうたな、と独り言ちた武士は、なおも続けた。

「寒蔵殿がお亡くなりになられた後、色々な問題が表沙汰になった。そのいくつかは寒蔵殿に責任を押し付けたものだったが、残念なことに、いくつかは寒蔵殿に責があった。寒蔵殿は、侠と結ぶ代わりに、甘い汁を吸っていたのだな。それゆえに、寒蔵殿は非常に恨まれていた。嵐山花五郎の言うことも一概に間違いではなかった。だからこそ、花五郎も逃げ切ることができたのだ。寒蔵殿を快く思っておらなんだ松代の士《さむらい》がどこかに逃がしたようでな」

　武士はさらに酒を呷った。

「寒蔵殿には妻子があった。寒蔵殿が死んで、寄る辺のなくなった妻は肩身が狭くなって、生まれたばかりの子を連れて逃げたのだ。未だ、杳として行方が知れぬ。その乳呑《ちの》み子の名前が、理吉といったのだ。だが、ありふれた名前だ。お前とは関係なかろう。変な話をしたな」

　武士はなおも猪口を呷り、ぽつぽつと口を開いた。酒のせいで呂律の回りが悪くなっているものの、誰かに聞かせるつもりはないように思えた。

「わしはな、なおも、悔やんでおるのだ。あの時、寒蔵殿の妻子をなぜお助けできなかったか。確かに家中の逆風はひどいものだった。だが、わしは、後輩として、寒蔵殿に恩義も、親愛の情もあるはずだった。なのに、どうしてわしは、二人を助けることができなかったか――」

しばらく口ごもらせていた武士は、しばらくすると舟を漕ぎ始め、ついには旅の疲れからか、その場にあおむけに横たわり、寝息を立て始めた。

理吉は立ち上がり、部屋を後にした。

己と全く同じ名前の、十年前に行方不明になった少年のことを思った。

もし生きているなら、まさに理吉と同い年だ。

生まれてすぐ、父親が殺され、故郷を追われなければならなかった彼の人生を思う。

ふと、今の自分の境遇とどちらが幸せなのだろう、そう独り言ちた。

だが、答えは出ない。

己の名を呼ぶ声がする。理吉は声の方へ小走りで向かった。

理吉は志村屋の門前を箒《ほうき》で掃いていた。

塵《ちり》を集め、水を撒《ま》き、清める。これも大事な宿屋の仕事だと太平から教わった。まじめに与えられた仕事をこなしている。

だが、せっかく集めた塵は、道を行く男たちに蹴り上げられ、塵が宙に舞った。

「あっ」

思わず声を上げると、長脇差の男たちが理吉を睨《ね》めつけた。

「あん、なんか文句あるのか」

「な、なんでもありません」

「ふん、気に食わねえな。お前ら宿場なんぞ、俺たちを敵に回して商売できねえんだぞ。ああん？」

長脇差の男の一人がずいと顔を理吉に近づける。だが、他の一人が、おい、と押しとどめる。ここは九紋龍《くもんりゅう》の家だぞ、と。すると、ちっ、と舌を打ち、唾を吐きかけてその男は去っていった。

顔についた反吐《へど》を拭き取る手が震えた。

屈辱、そして、羨望。二つの感情がせめぎ合う。

軽井沢の街道筋は公《おおやけ》の統制は及ばず、参勤交代で街道を通る武士たちも、半ば侠客に遠慮するかのように道行を急いでいる。軽井沢の筋は今、侠やくざ者が大きな顔をして闊歩している有様だ。

男伊達を競うような連中は皆、長脇差を差し、いっぱしの侠になっている。

だが、理吉は侠にはなれない。

侠への憧れがないといえば嘘《うそ》になる。だが、今、志村屋で頑張れば、余りものにならなくて済むのではないか。そんな期待が理吉を宿屋の仕事につなぎ止めていた。

今、新吉はほとんど家に帰っていない。軽井沢宿の東の外れに侠の一家を構え、上州から流れてくる旅人たちに睨《にら》みを利かせている。かつて、志村屋は太平、美津、新吉で一、理吉が余ることの一だった。だが、新吉が居なくなったことで、ようやく家族の輪の中に入れるのではないか、そんな期待があった。

――だが、そうはいかなかった。

太平は仕事を教えはしたが、しくじりを犯しても理吉を叱ることはしなかった。母の美津は、まるで理吉がそこにいないかのように振舞う。結局、四割ることの三から、三割ることの二になっただけのことで、理吉はなおも余りもの扱いだった。

どうしたらいいのだろう――。

理吉の心中には、冷たい風が吹いていた。

そんな頃、定丸《さだまる》という名の志村屋の男衆が近づいてきて、耳元で囁《ささや》いた。

「若様、ちょいと、面白いことをやるんですが、お越しになりませんかい」

定丸は年の頃二十ほど、丁稚《でっち》の中では頭目格の男だった。お仕着せの地味な着物を着崩し、髷も役者のような結い方にし、首に手拭いを巻いている。

あまり、興味はなかった。だが、何となく空《むな》しい思いに襲われ、ある日、首を縦に振った。

その日の夜、誰にも告げずに志村屋を出て、指定の場所へと向かった。そこは志村屋にもほど近い、志村屋の丁稚《でっち》の暮らす裏長屋だった。言われた通り、門を入って右から三つ目の長屋の戸を四回叩くと、中から声がした。

「上州に」

「吹くは空っ風」

合言葉を述べると、戸が開く。そこには、酒臭い息をした定丸が立っていた。

「おお、よくお越しくださいました若様。ようこそこちらへ」

招き入れられ、長屋の中に入ると、八畳ほどの板の間に、男たち六人ほどが車座を組んでいた。真ん中には大きな黒い丼が置かれていて、皆が親の仇のように睨みつけている。そしてその丼の傍らには、一から六と書かれた半紙が並び置かれている。

定丸に引っ張られるように車座に座らされた。すると、座の男たちが小さく囃《はや》し声を上げた。

一本だけついている蠟燭《ろうそく》の明かりに浮かぶ顔はどれも、志村屋の丁稚たちの貌《かお》だった。昼間見るやる気のしぼんだ姿とはまるで違い、野生の狼を見るようなぎらついた目をしている。光の塩梅《あんばい》のせいだろうかと首をかしげているうちに、定丸は嚙《か》んで含めるように、理吉に小声を発した。

「若様は、チョボイチはご存じですかい。ああ、ご存じない。まあ、簡単な決まりですよ。これから、親の俺がサイコロを丼の中に投げ入れるんですが、その前にどの目が出るか、賭けてほしいんでさぁ。昼間言った通り、銭はお持ちですかい。——ああ、結構でござんす。もし次に一が出るって思ったら、銭を一の紙の上に置いてください。あ、あと、これは早い者順ですんで、もし一が出ると思っても、先に一に張っている人がいたら、そこに賭けちゃいけません。もし当てれば張った銭の四倍をお支払いします。でも、外したら没収。まあ、やってみるのが一番手っ取り早いですわな。てなわけで――」

理吉は生まれて初めて、賭博に手を出した。

蠟燭の下で、男たちが丼を睨み、対峙《たいじ》している。普段は眠そうに仕事をしている丁稚たちが、左右を睨みつつ、低い声で数字を述べ、銭を投げる。妙にそれが新鮮に思えた。

ぼやぼやしているうちに、五しか残っていなかった。仕方なく、五に一文を賭けた。これは、月に一度渡される虎の子の小遣い銭だ。

車座を見渡し、定丸は手のサイコロを丼に投げ入れた。サイコロは五の目で止まった。

「おお、若様、ツキをお持ちですねえ。じゃあ四文」

理吉の許に元手の四倍にもなる銭が戻ってきた。

それから何度もチョボイチを繰り返した。丼とサイコロの奏でる甲高い音が響く度、長屋の中には男たちの長い嘆息と熱っぽい喚声が満ちた。この日、歓声を一番多く上げたのは理吉だった。連続で目を当て続けることはなかったが、三回に一度は当てていたから、気づけばかなりの銭が理吉の手元に集まった。

「若様、そろそろ、賭け銭を増やしたらどうですかい」

定丸に言われるがまま、二文、三文、四文……と賭け銭を増やしていくと、外した時の損が大きい代わり、当てた時の戻りが大きくなる。月の小遣い銭ほどの金が、一度の賭けで動く。最後の方では、数か月分の小遣い銭を賭け金にしていた。

「いやあ、若様、ツキをお持ちですなあ」

お開きになるまでに、相当の銭が理吉の懐に入った。

夜中、重い銭袋を懐に家に帰るまでの道のりで、理吉は生まれて初めてといってもいい充足感に包まれた。こんなにも簡単に逆転できる世界があることを知ってしまうと、日々の脇本陣の役目も、馬鹿馬鹿しいものに思えてならなかった。

次の日、理吉は生まれて初めて仮病を理由に仕事を休んだ。

それからは、チョボイチが開かれる度、足を運んだ。

最初の頃は、ツキが良かった。どんな目に賭けても当たりが向こうからやって来るかのようだった。馬鹿勝ちした時にはそうした方がいい、という定丸の助言に従って、稼いだ金で酒を買い、仲間に振舞ったりもした。

理吉が酒の味を覚えたのも、このチョボイチの場でのことだった。大人たちが美味しい美味しいといって次々に呑むそれがどんな味なのか、興味があった。最初の感想は、こんなもんが美味いのか、だった。何かが腐ったような臭いがするし、腹の底が熱く煮えたぎるような感覚にも襲われた。だが、次第に頭がくらくらしてきて、目が霞《かす》んだ。そんな夢見心地の中で打つ博打がとにかく楽しかった。サイコロが丼を転がる音で目がちらつき、万華鏡を覗いているような感覚を味わうことができたし、なんてことのない定丸の軽口に心から笑うことができた。

そうしている間だけは、己を蝕《むしば》む疎外感を忘れることができた。

だが、次第に勝てなくなっていった。体感では、三回に一回は勝てていたのが、四回に一回になり、ついには六回に一回になった。いや、もっと下回った時もあった。その時は定丸の勧めに従って勝負ごとに強くなるという神社のお守りを買い、賭け事に効くというゲン担ぎをして臨んだ。

稼いでいた銭も底をついた。だが、定丸に誘われては、断ることもできなかった。この頃には、家の手伝いもしなくなっていたから、小遣い銭も貰えなくなっていた。

どうする——？　理吉は考えて、一つの結論に至った。

親の箪笥《たんす》から抜き取ればいい。

脇本陣の金は番頭も見ており、そう簡単に盗ることはできない。だが、家の金なら多少くすねたところでそうそう露見したりはしないだろう。そう踏んだ。

最初の数回はうまくいった。

だが——。

その日、理吉は追い詰められていた。

明後日の夜、またチョボイチがあるのに、金を一切用意できていない。それどころか、前回のチョボイチではここぞの場面で大勝負に出て、全財産をすった。伸るか反るかの大博打に打って出て、討ち死にした格好だが、その日のチョボイチはまだ続いており、途中で抜けることは許されなかった。とそんな時、親をやっている定丸がこちらの苦境を察したのか、音もなく近づき、耳打ちをしてきた。

『よかったら銭をお貸ししましょうかい。もちろん、若様から利子を取ることはしませんよ』

渡りに船とばかりに銭を借りたものの、その金も結局すべて溶かしてしまった。

そのことを知った定吉は、困りましたなあ、と言った。言葉とは裏腹に、むしろこの有様を楽しんでいるかのような口ぶりだった。

『無利子で銭をお貸しするとは言いましたが、いつまでも貸しっぱなしってわけにはいかないんでしょう。次回までに、耳揃《そろ》えて返してくださいよ』

金を返す当てなどあるわけもなく何も言えずにいると、定丸は口角を上げたまま、ずいと顔を寄せた、

『若様は脇本陣主人のご子息でしょうが。これくらいの端金、どうとでもなるでしょ』

定丸は呆然《ぼうぜん》としたままで立ち尽くす理吉の肩を強く押し、薄く笑った。丁稚にすぎないはずの定丸に、初めて恐れを抱いた瞬間だった。

とにかく――。定丸に金を返すためにも、明後日のチョボイチの為にも、銭が要る。

これまでのように、親の財布から抜き取る程度では到底間に合わない。理吉が目を付けたのは、脇本陣の奥の床の間に置かれている香炉だった。何の変哲もない鉄づくりの香炉だが、この謂《いわ》れを太平が口にしていたのを覚えていた。数代前の主のもてなしに感激した某大名家の御当主が、徳川《とくがわ》家から拝領したそれを下げ渡してくれた、という眉唾な話だった。だが、高価なものであることに間違いはあるまい。そう考え、この香炉を持ち出し、処分を定丸に任せた。

だが、この件は即座に太平の知るところとなり、定丸を首魁《しゅかい》とした博打が明るみに出た。だが、定丸は己に累の及ぶのを知って即座に逐電し、残されたのは、博打の甘い蜜に吸い寄せられた羽虫ばかりだった。

何事もなかったかのようにぽかりと煙を上げる香炉を背に、太平は弱り顔をして理吉を見据えている。

「なんということか——。まさか、お前が賭け事に手を出しているとは、思ってもみなかった。それに、まさか定丸が胴元とは」

父親の言葉が、どこか遠い言葉のように思えた。

理吉はただ、博打が打ちたかった。当たれば一発逆転。全てがひっくり返る。地道な生活では味わえない、ひりつくほどの熱気に、理吉は囚《とら》われていた。

「お前は未だ、齢十ぞ。齢十の子供が酒と博打の味を覚えるなぞ、あってはいかん。本当に、なんたることだ――」

首を何度も振っている太平は、この数日で十年は老け込んだ。元より祖父と孫ほどに年の離れている親子だが、それでも、質屋へ行って香炉を取り戻し、チョボイチに関わった丁稚に暇をやった数日で、皺が深くなり、目の下の隈《くま》も黒ずんだ。

瞑目した後、喉の奥から絞り出すように太平は言った。

「のう、理吉、もう一度、やり直さぬか。お前が一言、性根を入れ替えて仕事に励むと約束してくれるなら、今回の件は目を瞑《つむ》る。お前はまだ子供だ。一度の失敗くらいでやり直しが利かぬでは、余りにかわいそうだ」

ふと、理吉は思った。もし同じことを兄貴がやっていたとしたら、父上は何と言ったろう、と。いくら考えても、太平は怒鳴りつけ、親子の縁を切る、くらいのことを言ったのではないか。

温情？　違う。

理吉は、太平の煮え切らぬ態度の底にあるためらいを読み取っていた。ためらいとも違う。ある種のうしろめたさも感じるし、ある種の哀れみすら感じる。

いずれにしても、理吉はそんなものは要らなかった。理吉が欲しかったのは、冷たいため息ではなく、温かな拳骨だった。

その時、奥の唐紙が開き、美津がやってきた。

母親の顔は、さながら氷のようだった。眉一つ動くことなく、真っ白な顔をこちらに向けて固まっている。まるで森の中に住む猛獣を見るような顔を理吉に向けたまま、美津は太平の背に隠れるようにして腰を下ろした。

「お前様はこの子に甘うございます」

「何を言うか。甘やかしてはおらぬぞ」

「いいえ、甘やかしておるのです。だから、このような、志村屋の家に泥を塗るような子に育ってしもうたのです。今からでも遅くありませぬ。この子を放逐くださいませ」

母の言葉を、他人事のように聞いていた。だが、続く言葉が、半ば夢の中にいるような心地の理吉を現《うつつ》へ引き戻した。

「だから、わたしは反対していたのです。この子を養子にするなぞ」

養子？

思わず、太平と美津の顔を見比べた。

まずいことを言ってしまった、と言わんばかりに顔をしかめた美津だったが、覚悟を決めたかのように、さらに言い募った。

「十年前、お前様が子供を拾ってきた時、いつか新吉と跡継ぎを争うことになるやもしれぬからおやめくだされとあれほど言いました。でも、お前様は、まるで耳を貸してくださりませんでしたな。その報いが今になってやってきたのでしょう」

すると、太平は声を荒げた。

「言うてはならぬことを言うたな。ここから出ていけ」

その一喝は、理吉がどうしても欲しかった、父の怒鳴り声だった。だが、遠慮のない家族への声が、己に掛けられることは、ない。そして、その理由を今、聞き知ってしまった。

養子。

すべての合点がいった。

己が余り一である理由。

三で割っていたからでも、二で割っていたからでもない。そもそも、己はどうしたって余り一だったのだ。

ああ、と声を上げた瞬間、なぜか涙がこぼれた。

悲しくはない。悲しくはないはずなのに、いつまでも涙が止まらなかった。

「理吉……」

太平が何か言わんと口を開きかけている。手を伸ばしたものの、力なく、虚空で止まった。

二人の間には目に見えぬ壁があった。最初から。

ならば、悲しいことなど何もないじゃないか。

そう自分に言い聞かせた。

折から降っていた雪はどんどん強くなり、辻《つじ》に積もり始めた。

雪を踏みしめつつ、前を行く太平は笠の縁を少し上げ、独り言を繰《たぐ》るように口を開いた。

「お前を拾ったのは、こんな雪の日であった」

軽井沢宿の外れにある寺へと続く一本道を二人して歩く。思えば、これまで親子でこうして道を歩いたことすらなかったことを思い出した。

前を歩く太平は振り返ることもせず、続けた。

「あの日、わしは役儀で信州から軽井沢へと戻る途上だった。その際、街道の途中にあるあばら家の近くで、人が倒れているのを見つけた。うら若き女だった。辺りの雪が血で溶けていてな。抱き起こしたが、既に冷たくなっていた。その女が抱き締めていたのが、お前なのだ。女もお前も、鑑札を持っていたから名前や国が知れた。お前の名前は、実の親がつけたものだ。大事にしなさい」

「では、俺の父親は」

「松代《まつしろ》の町奉行、郡寒蔵というお武家様だ」

「ああ」

声の調子で悟るものがあったのか、太平は振り返った。

「郡寒蔵殿を知っておったのか」

頷くと、また太平は前を向いた。気づけば二人は寺の南大門に至っていた。宿場の大きさの割に壮麗な門をくぐると、そこは一面の雪景色となっていた。堂宇《どうう》も庭も塔も、降りしきる雪によって色を奪われ、次第に白に染まりつつある。

ちらちらと舞う雪の只中《ただなか》で、太平は続けた。

「郡殿は敵が多かったそうだ。もしかすると、お前の母を殺したのは、郡殿の政敵なのかもしれぬ」

「下手人は捕まっておらぬのですか」

「ああ。見つからなかった」

無言を促しと取ったのか、太平は続けた。

「脇本陣の主人だからな、松代家中の噂《うわさ》は耳に入る。郡殿がどんな人間であったのか、大まかには知っておる。だが、子のお前が不憫《ふびん》でな。引き取り手がおらぬなら、わしが育てようと名乗り出た」

ぐるりと堂宇を回り、裏に広がる墓場へと足を踏み入れた。

「わしも養子であった。小さい頃に親が死んで、志村屋の丁稚を振り出しに番頭まで登ったのだ。だが、先代様に子がなく、番頭であったわしが跡を継ぐこととなった。だからこそ、お前を救いたかったのだ――。だが、相済まぬことになった」

また振り返り、太平は頭を下げた。

今回の不始末により、理吉は志村屋から追い出されることとなった。強硬に放逐すべしと述べた美津、美津の意見に味方した番頭が、温情を与えようとしていた太平を寄り切った格好になる。だが、理吉からすればどうでもいいことだった。逆に、安堵《あんど》したという方が正しかった。己の家だと思っていたところは、ただの仮宿に過ぎなかった。そう気づいた時、なじめなかったのは当たり前だったのだ、とほっとした。

「で、墓はどこに」

促すと、ああ、と太平は声を上げ、また前を向いた。

「こっちだ」

その墓は、墓域の北側にあった。日当たりのよさそうな南側とは違い、何となく薄暗い。風の吹き溜まりのようで、既にくるぶしが隠れるほどに雪が積もり始めている。そんな一帯に、新旧様々な卒塔婆《そとば》が立てられている。

そんな中、太平が指したのは、真新しい、白木の卒塔婆だった。

「毎年、供養は欠かさずにしておった」

卒塔婆にかかる雪を太平は手で払った。

「もし何もなければ、母のことを話すつもりもなかった。脇本陣志村屋の次男として育てるつもりだったからな。だが、お前の母を弔う者がないのは、袖すり合った縁を持った者としては、余りに寂しいことに思えてな」

卒塔婆に手を合わせた後、太平は懐をまさぐり、中から方三寸ほどの紙包みを取り出した。

「お前の母は光《こう》という。どんな女であったかは知らぬ。だが、控えめな女であったとは人となりを知る松代の者たちは口を揃えておった」

差し出された紙包みを開くと、中から縦三寸、横二寸ほどの木札が出てきた。長い麻紐《あさひも》がかかっており、首から下げられるようになっている。札の表面には、墨でびっしりと文字が書いてある。その文字を目で追うと、理吉の名前の横に、父と母の名前が確かに記されていた。郡寒蔵とお光、それが、理吉にとって、本来あるべき家族の名前だった。

「すまぬ。本当なら、お前を助けてやりたかった。だが、わしの力が足りなかったのだ。すまぬ、理吉」

涙ながらに述べる太平に、理吉は小さく首を振った。

それを赦しと取ったのか、しばしの後、太平は虚《うつ》ろな目をしたまま、懐から小包を取り出し、理吉に握らせた。じゃらじゃらと音がする。銭だろう。

「そのうち迎えが来る。――少ないが、餞別《せんべつ》だ。持って行け」

押し付けるように袋を握らせた太平は、強く生きろよ、と力なく述べ、雪の原に理吉を遺して戻っていった。

気づけば、辺りは吹雪になっていた。寒さのせいで、体中から感覚が失われている。そんな中、卒塔婆の前に立つ理吉は、何の感慨も持つことなく、その場に立っていた。

感謝の念も湧かぬ代わり、怒りもない。ただ、そういうものだろう、という諦念しかなかった。いつからか、理吉は理不尽に際して諦める癖がついていた。太平と美津と新吉の輪に加えてもらうことができなかったのも仕方ない。定丸に博打の味を覚えさせられたのも成り行きで、志村屋から放逐されるのも、そういう星の許に生まれただけ。それ程度の空疎な感慨を抱くばかりだった。

理吉の心中に去来するのは、何かが足りない、という飢えにも似た感触だった。

四割る三は、一余り一。余りを消すためには、一を捨てるか、二を加えるかしかない。自分を捨てることはできない。なら、何かを加えるしかない。何かを見つけるしかない。だが、何を？

算盤を前に考えあぐねる幼い時分の後姿が脳裏に浮かんだ。

己と血の繋がった母の卒塔婆は、風に吹き晒《さら》されるばかりで何も答えてはくれなかった。

しばしそのままで待っていると、雪の中を掻《か》き分けるように蓑《みの》姿の男が現れた。年の頃は四十ほどだろうか。皺だらけの顔を歪め、光の灯らぬ目をこちらに向けてくる。

やってきた男は重助《じゅうすけ》を名乗った。平たく言えば人買いだ、と露悪げに笑った。

「名残は惜しんだか」

小さく頷いた。そもそも、何ら惜しむものはなかった。

重助に伴われて寺を後にし、雪の軽井沢宿を東に歩いていく。これからどこに行くのか聞けば、上州の高崎《たかさき》へと向かうのだという。この辺りに比べれば、雪が降らない分暮らしやすいところだ、と重助は言った。

しばらく歩くうちに、軽井沢宿の東の外れに至っていた。その間、一人の人とすれ違うこともなかったのに、宿場町の出口近くに差し掛かった辺りで蓑姿の男とすれ違った。

目の合ったその時、すれ違わんとした相手が顔見知りであることに気づいた。

向こうも気づいたのだろう。足を止め、呼ばわってきた。

「理吉か。お前、こんな雪の中、どこに行くんだ」

九紋龍の侠名を高めている、兄の新吉だった。いや、正確には、兄でも何でもない人だった。

ここのところ志村屋に戻ってきていない新吉は、何も事情は聞いていないだろう。

「おい、答えろ。どこに行くんだ」

「――高崎だよ」

「こんな、雪の中をか」

「ああ。お別れだよ、兄貴」

新吉が言葉を詰まらせた。びょうびょうと吹き荒れる吹雪が、近くに立っているはずの二人を分かつ。

「おい、どういうことだ。答えろ」

ようやく新吉がひねり出したのは、そんな愚につかない問いかけだった。

理吉は小さく笑った。

「兄貴、俺は、兄貴が羨ましいよ。あんたは何でも持ってる」

「どういう、意味だ」

「言葉のまんまさ」

言葉にした瞬間、兄への思いが形を成した気がした。

兄貴は何でも持っている。欲しいものは何でも。だが、理吉は何も持っていなかった。

ようやく、兄の持ち物を盗み取っていた理由にも思い至った。別に己は何もいらなかった。

ただ、兄の持ちたるものが欲しかっただけだったのだと。

「俺ァ、何も持ってない」

理吉は歩き始めた。重助もそれに続く。

「おい、理吉、理吉！」

もう、振り返ることはなかった。折からの吹雪で、兄の叫び声はすぐに聞こえなくなった。

宿場の境である冠木門《かぶきもん》に至った。黒塗りの冠木門の前には番所があり、その前では焚火《たきび》がなされていた。

理吉は手に持っていた鑑札を火の中に投げ入れ、踵《きびす》を返した。

父の郡寒蔵。母のお光。

二人が生きていたなら、俺は余り者にならずに済んだのだろうか。

問うても、耳元をかすめる風が唸《うな》り声を立てるばかりだった。

冷たい雪の粒が、一歩踏み締める度、頬に当たる。

数歩先が真っ白に染まり、何も見えぬ中、理吉は自問していた。

どうすれば、俺は余り一でなくなるのだろう。何を手に入れれば、俺は受け入れられるのだろう、と。

理吉は雪を踏みしめながら、ずっとあてどなく、己に問いかけ続けていた。

雪はさらに強くなって、目の前の視界を奪う。

「こりゃ、大雪になるな」

後ろから重助の声が聞こえた。

二　高《たか》崎《さき》

天保《てんぽう》十一（一八四〇）冬、笠の縁を持ち上げた理吉《りきち》は、多くの人が行き交う往来の中にいた。軽井沢《かるいざわ》が己のすべてだった理吉は、目の前に広がる人の波に、目眩《めまい》すら覚えた。

大路には笠姿、蓑《みの》姿の旅人たちが足繁く行き交っており、宿屋の前では女たちが旅人の手を引いている。道沿いに立ち並ぶ商家は人でごった返し、ものが次々に売れていた。こんな熱気は、祭日でしか触れたことがない。

前を行く重助《じゅうすけ》が言うには、この高崎は北国西街道《ほっこくさいかいどう》や中山道《なかせんどう》などの街道が交差し、多くの旅人がここで草鞋《わらじ》を脱ぐことから、それを目当てにした商売《あきない》で栄えており、街道で繋がっていることもあって、信州《しんしゅう》出身の人間も珍しくないらしい。

「信州の人間は真面目って評判だからな。ここに来れば、信州者は高く売れるんだよ。実際のお前さんがどうこうじゃねえ、信州者っていうだけの値札がそうさせるんだ。てめえの生まれをありがたく思うんだな」

蓑を揺らしながら、けろけろと重助は笑った。

肩の雪を払いつつ、理吉は町に漂う国ぶりの違いも感じ取っていた。

道の隅にも雪は見当たらず、時折吹く北風はすっかり乾き切っている。雪に抱かれた暮らしの中に身を置いていた理吉にとって、冬は陰鬱なものだった。理吉は乾いた北風に震えながらも、そこに都会の香りを嗅ぎつけていた。

理吉は高崎城の東にある九《く》蔵《ぞう》町《まち》へ連れて行かれた。商人の屋敷や裏長屋が立ち並ぶ一角で、通りには町人相手の小商いの店が軒を連ねている。

「おう、ここだ」

重助が足を止めたのは、信濃《しなの》屋《や》なる看板の出た、平屋の建物だった。まだ暖簾は出ていないが、何かの食べ物屋のような雰囲気を見て取った。

戸を開いて中に入ると、十人も入れば人で一杯になりそうな小さな店先が理吉を出迎えた。三和土《たたき》のすぐ奥にある板の間があり、その間に油じみた小ぶりの屏風がいくつも立てられている。しばらく出入り口近くで待っていると、三和土の奥にある通用口から、二人の人影が現れた。

やってきたのは、年の頃三十と少しといった男と女だった。男は町人髷《まげ》の頭にねじり鉢巻きをして、紺の筒袖長着に前垂れをしている。女は桜色の小袖に前垂れをしており、気難しげな男とは対照に笑顔を弾《はじ》けさせている。

先に口を開いたのも、手を前垂れで拭いた女だった。

「あら、重助さん、随分早かったわねえ」

重助に頭を下げた後、女は理吉に微笑みかけた。

「あんたが、理吉なのね」

女は胸の前で手を合わせた。

「いやね、名前を聞いた時、縁を感じちまってねえ。それであんたを雇おうって決めたんだよ」

何かを言い募ろうとしていた女を、強い口調で男が咎《とが》めた。

「おい、余計なことを言うな」

男は辰五郎《たつごろう》、女は山《やま》と名乗った。この居酒屋信濃屋は十年ほど前に辰五郎とお山が二人で開いたものらしい。夫婦でずっと店を回してきたものの、繁盛しすぎて手が足らず、重助に頼んで奉公人を探していたところだったらしい。

「というわけなの。よろしくね、理吉や」

お山は卓越しに理吉の頭を撫《な》でた。その手は驚くほど温かで、理吉は戸惑った。

難しい顔をしたままの辰五郎は、ややあって、理吉の前にばつ悪げに小皿を置いた。

四角い形をした黄金色のそれは、これまで、脇本陣《わきほんじん》で暮らしてきた理吉でも、そうそう口に運ぶことのできないものだった。

「食いな。疲れているだろう」

出されたそれは、だし巻き卵だった。

恐る恐る、口に含む。えもいわれぬ甘味と、だしの爽やかな風味が舌の上で踊り、嚙《か》む間もなく舌からとろけ去ってゆく。

おいしい、と呟《つぶや》くと、ようやく辰五郎はぎこちなく頬を緩めた。

すると、お山が手を叩《たた》いた。

「さて、これからちょっと大人の話があるから、荷ほどきしなさいな。部屋に案内するよ」

お山に連れられ、屋敷の奥へと向かった。さすがに脇本陣の志村屋と比べれば狭かったが、奥もそれなりに広かった。見れば、小さいとはいえ石燈籠の置かれた裏庭まで備わっている。

「ここがお前さんの部屋だよ」

女中部屋のような窓のない部屋を覚悟していたが、通されたのは四畳半の畳の間だった。西向きとはいえ窓があり、文机《ふづくえ》と枕屏風、夜具が置かれている。奉公人の部屋としては、破格の待遇だった。

「好きに使いなさいな」

そう言い残し、お山は部屋を後にした。

一人取り残された理吉は、背の荷物を畳の上に下ろした。

とはいえ、ほとんど着の身着のままでここまでやってきた。持ってきたのは小さな旅行李《ふりわけ》に納まる物ばかりだった。普段使いの矢立、お下がりの算盤《そろばん》、湯呑《ゆのみ》に茶碗《ちゃわん》に箸、子供の頃に与えられた文鎮、サイコロ、そして、太平《たへい》から貰《もら》った餞別《せんべつ》。これが、今の理吉のすべてだった。

何もない。

一人息をついていると――。

ふと、視線に気づいた。

辺りを見渡すと、障子の隙間から、こちらを窺《うかが》う目があることに気づいた。

「誰だ」

声を掛けると、しばしの沈黙ののち、障子が開いた。

やってきたのは、年の頃八つほどの女の子だった。長く伸ばした髪を後ろでまとめ、赤っぽい、つんつるてんの小袖を身に纏《まと》っている。雪のように肌が白い。いつぞやの祭の時に見た菊人形を思わせた。

「お兄さんは、お客さん？」

「いや、違う。俺はこれから、ここで厄介になるんだ」

そう答えると、少女は短く、そう、と答えた。

「私は柳《りゅう》。ここの娘よ」

そっけなく、名を名乗った。

辰五郎とお山の一人娘だろうかと当たりをつけるうちに、少女――お柳は理吉の前に座り、顔を近づけてきた。

「面白い話をして」

「いきなりなんでぇ」

思わず素っ頓狂な声を上げてしまった。だが、お柳は黒目がちの瞳を理吉に向けたままで続ける。

「お父《とう》もお母《かあ》も、いつも仕事ばっかりしているから、いっつも独りぼっち。何も面白いことがないの」

商売人の子供は放っておかれがちだ。夫婦揃《そろ》って商売に精を出す間、子供は余りに長い時間を持て余す。それは、志村屋《しむらや》の奥の間で玩具《おもちゃ》に囲まれて過ごした理吉にも、身に覚えがあった。ちょっとした同情が湧いた。だが小さい女の子と話したことなどほとんどなく、女の子が何を喜ぶのか、全く見当がつかない。

仕方なしに理吉が手に取ったのは、茶碗とサイコロだった。

「面白い話なんてねぇよ。その代わり、遊ぼうぜ。チョボイチって知ってるか」

「何それ」

「簡単な遊びだよ」

あの頃の定丸《さだまる》にされたように、チョボイチの決まり事を話す。だが、お柳は小首をかしげ、難しい顔をしている。かつての己もこんな顔をしていたのだろうか。そんなことを思いつつ、

「まあ、やってみた方が早いわな」

と言い、一から六の目のうちの一つを選ばせた。お柳はたどたどしい手で指を三本立て、一番好きな数だから、と笑った。金を賭けさせるわけにはいかなかったから、たまたまお柳が手

に持っていたおはじきを分け、三枚をお柳に渡し、賭け金の代わりとした。お柳が言われるがままにおはじきを一枚茶碗の近くに置いたその時、理吉はサイコロを茶碗に投げ入れた。からからという甲高い音が、部屋の中に満ちる。

茶碗の中で動きを止めたサイコロは、三の目を出した。

「ほらよ」

理吉はおはじきを四枚、お柳に渡した。

「これでわかったか」

「うん」

お柳は結局、「賭け」の勘所を理解できなかった。出目を外し、自分のおはじきが没収されそうになると、お柳は食ってかかった。なんで私のおはじきが取られなくちゃならないの、これは私のよ、と。そういう決まりなんだからしょうがねえだろ、とおはじきをつまみ上げると、足を投げ出して暴れた。結局これには理吉が折れ、最後にはただ出目を当てるだけの遊びになった。

どこが面白いんだ、と理吉は心中で吐き捨てた。たった一回出目を当てるだけでありえないほどの金が飛び込んでくるから博打は楽しいのだ。だが、お柳は無表情ながら、もう一回やろう、もう一回とせがんで聞かず、何度も何度もサイコロを投げた。

「きれい」

お柳はうつぶせになって肘をつき、茶碗の中身に目を落とした。

サイコロが碗の中を跳ね回るその時、風鈴にも似た涼しげな音が鳴って、理吉の襟元をすり抜けていく。言われて初めて、心地よいものだと気づいた。

「六だ。おめえ、ツキがいいな」

「うん。そうだね」

お柳は膝を交互に折りながら、小さな生き物の入った鉢にそうするように肘をついて、茶碗の中を転がるサイコロの出目を覗《のぞ》き込んでいた。

信濃屋に奉公に上がった理吉は、真面目に働いた。

いや、脇目を振る暇がなかった。

昼前に起きて店の仕込みを手伝いながら酒屋に注文していた酒を運び、夜になったら飯や肴《さかな》を作る辰五郎の脇につき、配膳にてんてこ舞いになっているお山の助けに入った。客が暴れ出したら宥《なだ》め、舟を漕ぎ始めた客に声を掛け、呑みすぎた客の粗相を処分する。居酒屋での仕事は、探すまでもなくいくらでもあった。仕事の数々に振り回されているうちに空が白み始め、すべての客を追い出した頃にはくたくたに疲れ果てていた。呆《ほう》けた頭でまかないを口に運び、自室に戻ってそのまま万年床同然の布団に寝転がるとそのまま眠りに沈む。それが大まかな理吉の一日だった。

一緒に暮らすうちに、最初は取っつきづらいと思っていた辰五郎に別の一面を見つけた。

「そろそろ、卵を焼いてみるか」

そう言われたのは、信濃屋にやってきてから半年が経《た》った夏のことだった。だし巻き卵は目当ての客がいるほどの看板名物だった。

頷き、やってみた。半年余り、辰五郎の横で作り方を見ていた限りでは、そんなに難しい料理だとは思わなかった。だが、見るとやるでは大違いだった。辰五郎が軽々と使う鉄鍋《てつなべ》は驚くほど重く、さらさらと溶いている卵も辰五郎のようにきめ細やかに黄身と白身が混ざらない。いざ焼いてみても、すぐに破れてしまう。結局仕上がったのは、焦げばかりが目立ち、全体にほろほろになっている、だし巻き卵とは程遠い何かだった。

「最初はこんなもんだ、一緒に作ってみるか」

次は辰五郎が後ろについた。

「ここはこうやるんだ」

時には背中から手を回し、鍋を操った。

「ほれ、こんな感じだ」

もちろんしくじりはあった。だが、先ほどのものよりはきれいに仕上がっていた。

「そのうち、もっと上手くなるさ」

辰五郎の声は、いつもよりも少し角が取れていた。

お山も、驚くほど人が良かった。

「お前さんも、ここを自分の家だと思って貰っていいんだからね」

ことあるごとにそう言った。

口だけではなかった。育ち盛りの理吉のために、季節の折々に古着屋で傷みの少ない着物を買ってきて、着せてくれた。祭日や出代わり、お盆の頃には休みをくれ、その際には少なくない銭をくれた。故郷を捨てたつもりでいたから、お盆にも帰ることなく店を手伝っていた。するとお山はぴんと軽く理吉の額を指で弾いて、

「たまには休みなさいな」

と理吉の抱える盆をかすめるように取り上げた。

だが何より、理吉が心動かされたのは、店が終わった後に振舞われるまかないの光景だった。辰五郎が余った食材で手早く料理を作り大皿に盛り付けると、お山が先ほどまで客が座っていた座敷に運ぶ。辰五郎が料理場から、お柳が奥から現れると、四人で大皿を囲み飯が始まる。

騒がしい飯場だった。

主に喋《しゃべ》っているのはお山だった。箸を振り回しながら、白い歯を見せる。

「もう、今日のあの客、嫌になるねえ。わたしに色目を遣うんだよ」

「へえ、蓼《たで》食《く》う虫も好き好きだな」

「あんたがそれを言うのかい。いいのかい、その男と駆け落ちしても」

「――そいつァ困るな」

　普段は朴訥《ぼくとつ》な辰五郎も、お山に水を向けられるとぽつぽつと話す。そして、お柳も二人の応酬を見て笑っている。

　志村屋での食事は、膳を前に無言でするもので、家族の会話などほとんどない居心地の悪い場だった。それだけに、信濃屋との落差に驚かされた。

　四年余り穏やかな心で働くうちに、理吉は十四を数えていた。

　その年、十二になったお柳が初めて信濃屋の手伝いに立った。

　大きくなったお柳は、綺麗《きれい》になった。肌が抜けるように白く、顔立ちもすっきりとして、居酒屋には得難い、清楚な雰囲気を振りまいていた。それより何より、目が輝いていた。その切れ長の目からは、まだまだ子供のそれとは思えぬ、背が冷えるような色気が香った。

　お柳が店に立つようになってから客が増えた。言うまでもなく、お柳目当てだ。

　多くはお柳が働くさまを見て喜ぶ者ばかりだったが、中にはちょっかいを出す手合いもいた。この頃には辰五郎の手伝い専任になっていた理吉も、お柳が立ち往生している時には包丁を持ったまま客の前に立ち、

「お客さん、あんまりうちの子を冷やかしちゃいけませんよ」

　とたしなめた。

　お柳との関係も、少しずつ変化していった。

手の空いた時分、二人はチョボイチで遊んだ。何も賭けず、ただサイコロの止まる瞬間を見守るだけの無意味な遊びだったが、以前のように退屈を感じなくなっていた。肘をつき、茶碗の中を覗くお柳の顔を見ているうちに、賭け事の際に感じる酔いにも似た感覚などなくとも、穏やかな満足を得ることができた。

あれは十四の秋祭の時分だった。その日、休みを貰っていたものの仕事を手伝っていた理吉は、お山に呼び止められた。

「悪いんだけど、お柳を近くの神社のお祭に連れて行ってくれやしないかい」

なんでも、昨日からお柳が行きたいとごねているものの、辰五郎夫婦は店の仕込みがあるから行けないとのことだった。どうせ行くところなどない。いいですよ、と軽く請け合い、お柳を誘って近くの祭へと向かった。

この日のお柳は、いつも着ている木綿ではなく青い縞《しま》の小袖を身に纏い、薄く頬に紅を差していた。

「似合うかな」

理吉の心の臓が高鳴った。

からころと履物を鳴らしつつ、お柳は紅潮した顔を袖で隠した。その後すぐ、お柳が理吉の手を取ったことで、結局言おうとした言葉が引っ込んでしまった。

「行こうか」

理吉の腕にお柳の柔らかな肌を感じ、わけもなく胸が高鳴った。

祭そのものは何ということはなかった。町の半ばにある小さな神社の祭は、かつて軽井沢で見たのとよく似た獅子《しし》舞《まい》が演じられていた。夫婦の獅子が人に追われ山奥へ逃げ込み、妻を殺された獅子が怒り狂って人を襲う。しかし、何とかという神様に結局討ち取られてしまう、救いのない筋書きだった。

その帰り、お柳に簪《かんざし》を買ってやった。最初は遠慮していたお柳に、無理矢理握らせるように与えた。ことあるごとに小遣いを貰っていたものの銭を使う機会がほとんどなく、大した費《つい》えとも思えなかった。銀めっきの、安くて武骨なものだったが、お柳は喜んでくれた。

理吉は高崎の天地に、自分の居場所を見出し始めていた。

だが、そんな穏やかな日々は、突如、終わりを告げた。

理吉が十四の冬のことだった。

その時、理吉はたまたま食材の買い増しに行っていて、留守にしていた。荷物を手に信濃屋に戻ると、店先が人でごった返していた。千客万来はいいことだ、と独り言ちたものの様子がおかしい。青ざめた顔をしている者、怒号を放つ者、隣の者とひそひそと内証話をしている者、色々あった。

何かあったのかと野次馬を掻《か》き分け中に入ると、座敷には既に客は入っておらず、代わりに床一面に広がる血の光景が目に飛び込んできた。その後、辺りを見渡すと、壁にもたれかかるように座る辰五郎に涙目で抱きつくお山、そしてそこから少し離れたところで立ち尽くしているお柳の姿があった。見れば、苦悶《くもん》に顔を歪《ゆが》ませた辰五郎の二の腕にはきつく晒《さらし》が巻かれ、赤いシミができていた。その一方で、お柳の貌《かお》からは血の気が引いていた。

声を震わせたお柳が、何が起こったのかを教えてくれた。

お柳に懸想《けそう》する客のうち、一、二を争うほど厄介な男がいた。その客はお柳に触れようとしたり、仕事終わりに外で会えないかと声を掛けてきたり、ついには店が開く前に訪ねてきたりと目に余る行動を繰り返し、他の客への迷惑もあったことから出入りを禁じていた。これを恨みに思ったのか、店に現れた男は懐に秘めていた短刀を取り出すやお柳に迫り、繰り出した。それを察知した辰五郎が二人の間に割って入ったのだが――。

「わたしに怪我はないの。でも、お父が」

血を流しすぎたのか、青い顔をしている辰五郎は苦笑いを浮かべていた。

「……いいんだよ。おめえが無事なら。それに、命までは取られねえよ」

命に別状はなかった。だが、思いのほか、右腕に受けた傷は深かった。腕の腱が切れ、肘から下が動かなくなった。利き手が使えない――。料理人にとってそれは、廃業そのものといっていいほどの痛手に他ならなかった。

閑古鳥の声が聞こえる。そんな信濃屋の中で、お柳は手持無沙汰に盆を弄ぶ。

「誰も来ないね」

やることがない理吉も、料理場から出て、所在なげに腕を組んだ。以前なら、この時分には客でごった返しているはずだった。なのに、目の前の板の間には人の姿がない。

先の刃傷《にんしょう》沙汰のせいで、客足が遠のいた。

人の噂《うわさ》も七十五日、そのうち客足が戻ってくるはずなのにそうならなかったのは、この店の料理を作っていた辰五郎が大怪我をして、鍋を振ることができなくなったからだった。料理場に立っているとはいえ、理吉も修行の身、到底その腕は辰五郎に及ぶものではない。味の落ちた店に、人のやって来る道理はなかった。

それに――。

奥から、半狂乱の女の泣き声が聞こえる。

心に墨のような濁りが広がっていくのを、理吉は自覚した。

「お前さん、頼むからやめておくれよ、後生だから」

「うるせえ」

表に現れたのは紺の着流しに身を包む辰五郎と、その辰五郎の裾にすがるお山だった。辰五郎は左手に金の簪を握っている。

「お前さんの買ってくれたものじゃないか。『お前もたまには着飾れよ』って言って、この店ができて三年の正月に買ってくれたんじゃないか」

「昔の話は忘れちまったよ」

辰五郎はお山を足蹴にした。お山は床に倒れ、大きな音を立てる。

履物をつっかけ、表に出ようとした辰五郎の前に、理吉が立ちはだかった。

「なんだよ」

「旦那様、お待ちくだせえ。奥でお休みください」

「てめえに俺の何がわかるってんだ」

濁った目で理吉を睨《にら》みつけた辰五郎は、左手を振り払った。病人のようなものなのに、存外に剛力だった。理吉は体勢を崩し、板の間に倒れ込んだ。

誰にも止めることができぬまま、辰五郎は暖簾をくぐり、夜の街へと飛び出していった。

店の中には、お山の泣き声だけがこだましている。

「なんで、こんなことに」

お柳が、ぽつりと口にした。

辰五郎は人が変わってしまった。

かつては朴訥で真面目だったのに、右腕を潰してから無気力となった。そればかりではない。最近は博打に嵌《は》まり込み、時には家の金に手を出してまで賭場通いをしている。毎日酒を呑んでは管を巻き、町では喧嘩を起こすようにもなった。信濃屋が傾いている理由の一つに、辰五郎の素行の悪さもある。

既に理吉は太平から貰った金や、貯《た》めていた小遣いをすべて信濃屋の赤字の埋め合わせに使っている。理吉にとって信濃屋は、帰るべき場所であり、自分が余り者にならずに済む場所だった。何が何でも守りたかった。なけなしの金を手放すことは、何ら惜しいことではなかった。だが、それでも、傾いた信濃屋が元の均衡を取り戻すことはなく、確実に銭が溶け去っていった。

どうしたらいいのか、誰にもわからない。お山の泣き声だけが、信濃屋の中で響いていた。

それからしばらくして、事件が起こった。

この日も、理吉は店の暖簾を入り口に掲げ、店の中に戻った。やることはたくさんある。卵を溶き、魚をおろしておき、和え物を作る。たとえ入りが悪くても、客はぽつぽつやってくる。そのために、やることはたくさんあった。

だが、いつまで経っても奥からお柳がやってこない。ここのところ、お山は病がちになってしまい、裏で寝ていることが多くなった。最近ではお柳と二人で店を切り盛りしている。

お柳の名前を呼んだ。だが、来ない。

不思議に思い、奥へと戻ると、女のすすり泣きの声が聞こえる。

理吉はその声の漏れる部屋の戸を開いた。

部屋の中では、鼻から血を流して床に突っ伏し、涙にくれるお柳の姿、そして今にもお柳を蹴ろうと身構える辰五郎の姿があった。

「旦那、何をしているんですかい」

思わず飛びついた。だが、辰五郎は人間のそれとは思えぬような呻《うめ》き声を上げ、身をよじらせた。その拍子に突き飛ばされ、後ろ頭を壁に打ち付けた。

頭が震え、痛みが走る。

その時、理吉の中で何かが切れた。

頭が真っ白になって、体ごと辰五郎にぶつかった。

辰五郎は向こうの壁へよろけ、床に倒れた。

なおも拳骨を握り、辰五郎の襟を摑《つか》もうとしたその時、理吉の袖が引っ張られた。

振り返ると、顔を腫らしたお柳が、必死で首を横に振っていた。

「堪忍して。お父を許してあげて」

その言葉で、ようやく理吉は正気を取り戻した。それと同時に、恐ろしいことをやってしまったのではないかという思いに駆られ、震えた。

のろのろと顔を上げた辰五郎の白目は黄色く色を変じ、虚《うつ》ろに泳いでいる。赤いむくんだ顔をこちらに向けた辰五郎は、呻くように口を開いた。

「おめえが悪いんだ。お柳、おめえが」

「何を言うの」

「おめえが生まれさえしなけりゃ、今頃俺は小金にあくせくしちゃいなかったんだ」

——何を言っている？

怒りのままに理吉が凄《すご》むと、辰五郎は尻餅をついたまま後ずさりして、声を震わせた。

「近づくんじゃねえ。てめえは、てめえは」

やがて、畳に爪を立て、部屋から走り去っていった。表の方からけたたましい音がする。どうやら町に出ていったらしい。この時間なら、賭場が開いている。朝まで戻ることはあるまい。

嵐が去った。

「大丈夫か」

取り残された理吉は、手拭いでお柳の顔を拭いてやった。白の手拭いが真っ赤に染まり、綺麗な顔には痛々しい痣《あざ》がついていた。

店のものが三和土や床に散乱している。これでは店を開けられない。暖簾をしまい、店の板の間でお柳と差し向かいに座った。先ほどまではがたがたと歯を鳴らしていたものの、少し落ち着いたのか、お柳はぽつぽつと言葉を形にできるようになった。だが、蠟燭《ろうそく》の炎に照らされるお柳の顔は、なおも血の気を失ったままだった。

「お父に、殴られたの」

お柳が表に出ようと用意している時分のことだった。お柳の部屋に辰五郎が立ち入り、突然箪笥《たんす》を物色し始めた。そこでいざこざとなり、突然拳が飛んできた。何をするの、と口にすると、てめえが生まれてきたのが悪いんだ、と言って、殴る蹴るしてきたのだという。

酒毒にやられた人間は、誰にも見えないものを見たり、誰も口にしていない言葉を耳にしたり、ありえざる妄想に囚《とら》われたりしてしまう。もう、辰五郎はその域に至ってしまったのかもしれない。

なんでこんなことに――。理吉は胸が圧《お》し潰されるような心地がした。かつての辰五郎は、物静かだったが優しい人だった。理吉に料理の業を教えてくれたのも辰五郎だ。だが、もう、その辰五郎はどこにもいない。

せっかく見つけることのできた居場所が、音を立てて崩れていく。そのことに、理吉は空《むな》しさを覚えた。

目の前のお柳は、虚ろな目をして、ぽつりと言った。

「わたしは、お荷物なの？」

たがが外れたように、お柳は言葉を重ねる。

「ねえ、わたしは、お父にとって、要らない子供だったのかな。わたしは、生まれてこない方が良かったのかな」

胸が締め付けられる。古傷が障る。志村屋で余り一だった自分の記憶。俺の方を向いてくれと心中で叫びつつ、楽しげな三人の姿を眺めている己。

こっちを見てくれ、こっちを見てよう。俺も仲間に加えておくれよう。

形になることのなかった己の声が、頭の中に響いては消えてゆく。

理吉はお柳の近くに寄り、その細い肩を抱き締めた。

「お前が余り者なわけ、あるか」

「理吉？」

「俺はずっと、余りの一だった。生まれてからずっと居場所がなかった。でも、信濃屋は、俺の居場所だったんだ。そして、この場所を形作っていたのは、お前なんだ、お柳」

初めてやってきた高崎の地。そこで響くサイコロの音。お柳こそが、理吉に居場所を与えてくれた人だった。

甘い香りが理吉の鼻先をかすめる。最初、その香りがどこからやってくるのか、わからなかった。だが、次第にそれが、お柳の躰《からだ》から発されていることに気づいた。初めて逢った時には子供だったお柳も、今はもう、咲き誇るのを待つばかりの蕾《つぼみ》になっていた。

理吉は、お柳の薄い唇に己の唇を近づけ、吸った。

流れ者の侠から教わった、女との言葉なき会話の術だった。

「……ん、んっ」

理を越え、首筋に己の唇をそわせた。

お柳は震えた。

顔を上げると、お柳は薄く微笑み、両腕で理吉の頭を抱き締めた。

それが、答えだった。

その日、理吉とお柳は、深いところで、ぐちゃぐちゃに溶け合った。

信濃屋の傾きは、もはや隠せなくなっていた。

以前から材料を腐らせてしまっていたが、ついに一人も客が来ない日が来てしまった。この店は土地建物すべて辰五郎一家の持ち物ゆえ、出ていくものは少ない。ならば、無理して店を毎日開く必要はない。旬の前半だけ店を開き、後半は休みとした。

月の半分は休みとなり、暇を持て余すようになった。

当初はお柳を連れ立って物見遊山に出かけた。だが、金がないゆえ日帰りばかりだった。それでは高が知れている。そのうち、帰りに待合茶屋に入って互いを貪るようになった。次第にそれにも慣れてきてしまい、新たな刺激を欲した。

そんなある日、理吉の前に、あの男が姿を現した。

高崎でも人気の居酒屋に足を運び、酒を呷《あお》っていた時のことだった。商売仇の様子見とは言ったものの、結局は酒が飲みたかっただけだった。美味くもないだし巻き卵を一人でつつきつつ、こんななら辰五郎さんのだし巻き卵の方が数段上だったと毒づいて猪口《ちょこ》を乾かしていると、理吉の前の席に一人の男が腰を下ろした。一人で呑んでいるんだから邪魔しねえでくれ、と言いかけるより早く、その男は声を掛けてきた。

「あれ、若様じゃないですか」

顔を上げたその時、その偶然に驚いた。男は、志村屋を追い出された定丸だった。かつてはおとなしい色の着流し姿だったが、赤の染着物という目立つなりに身を包んでいた。

なぜここに。震えた声で聞くと、定丸はこともなげに来し方を話した。曰《いわ》く、志村屋を追われた後、親戚のつてをたどって高崎に出て、今はさる方に面倒を見てもらってここにいる、と。

定丸の腰には長脇差が差してあった。まともな仕事についていないのは一目でわかった。

身構えた。一応この男には借財らしきものがある。

だが、何事かを察したのか、薄く笑って定丸は手を大きく振った。

「いや、あの時の貸し借りのことなんざ、もう気にしちゃいませんよ。ああいう泡銭《あぶくぜに》は、返ってこないって考える方がいいってもんです。そういえば若様は、ここんとこ、これには」

定丸はサイコロを振る仕草をして見せた。首を横に振ると、じゃあ、と身を乗り出してきた。

「今夜、あるんでさあ。一緒に行きましょうよ。旧交を温めると思って。さあ」

この頃は暇だった。言われるがままに賭場に向かった。

長屋で開かれる、しみったれた仲間博打とはまるで違った。八畳二間の仕切りをぶち抜いて、盆茣蓙《ぼんござ》が敷かれている。その真ん中に壺振りが座り、客の顔をねめつけている。

「——丁半、駒揃いました。勝負。——二三の半」

場がどよめいた。

久々の鉄火場の熱に、理吉はわしづかみにされた。

「どうです、若様、高崎でも一番の賭場なんですよ。打ちましょうよ」

定丸にそそのかされるがままに、また博打に引き戻された。

それからというもの、仕事が手につかなかった。何をしていても博打が頭をかすめ、料理に身が入らなくなった。博打をやれば、たった一回張るだけで、居酒屋の一日の上がりが転がり込んでくることもある。真面目に働くのが馬鹿馬鹿しくなってしまった。いや、それも違う。理吉は己の心の深いところに満たされぬ何かがあって、これを埋めるための何かを探していた。あるいは、お柳との睦《むつ》み合いがそうだった。だが、慣れていくに従い、埋まっていたはずの空白がまた頭をもたげてくる。追い立てられるかのように、博打にのめり込んでいった。

理吉にとって、博打は酔いと同じものだった。酒を呑めば余計なことを考えなくとも済むようになるのと同じように、鉄火場の熱気を浴びることで、目の前の苦難から目を逸《そ》らし、大口を開けて理吉を飲み込まんとしている不安を忘れることができた。

そしていよいよ、信濃屋は崖の際にまで追いつめられた。

辰五郎、お山、お柳、理吉が顔を突き合わせて座る。店の中はおろか奥もすっかり荒れ果て、板の間には薄く埃《ほこり》が積もっていた。かつては四人が揃って飯を食べていた頃は、温かで楽しい時間だった。だが今は、よそよそしさと冷気だけが場に圧し掛かっている。

そんな中、何度も咳込《せきこ》む寝間着姿のお山が口を開いた。以前はふくよかな人だったが、長い病みつきですっかり痩せ細っていた。

「もう、うちには金がないよ」

当然の成り行きだった。この家の者は誰も働いていない。それでお金が湧く方がどうかしている。その上、二人が博打に狂っているとなれば、金が出ていく一方なのは目に見えている。

「もう、この家も抵当に入っちまってるんだ。本当にもう、どうしようもない」

もはや、何も感じなかった。既に壊れかけた家族の有様を、他人事のように眺めているばかりだった。

そんな中、虚ろな目をした辰五郎が、口を開いた。

「簡単じゃねえか。お柳を売り飛ばしちまえばいいだろうが。この器量なら、十分金になるだろうよ」

これにはお山も気色ばんだ。

「何を言うんだい、あんた。この子はあんたの娘だろう。なのに」

「子供を売るなんて世に溢《あふ》れてる話だろうが。それとも何か。今から、昔の稼業に戻るってか」

茶化すように肩を揺らす辰五郎の前で、お山はうつむいた。

「ちょうどいいことに、知り合いがお柳に目をつけてたんだと。今なら、百両の高値で買い取ってくれるんだ。これを逃す手はねえ」

「な、ちょ、あんた――」

お山が立ち上がりかけた時、表から辰五郎を呼ばわる声がした。

辰五郎は、だらしなく笑った。

「噂をすればなんとやらだ。入っておくんな」

戸が開いた瞬間、赤い着流しの裾が目に入り、思わず理吉は我が目を疑った。そこに立っていたのは定丸だった。にやにやとして、お柳に一瞥《いちべつ》をくれている。

「このお人が、お柳を高く売ってくださるそうなんだ」

辰五郎の言葉を、定丸が引き取った。

「へえ、実は、知り合いに女衒《ぜげん》がいましてね。そのお人に頼めば、百両は固いんでさ」

「そ、そんな。娘は売りませんからね」

お山の言葉に、定丸はわざとらしく首をかしげた。

「おやあ、おかしいですなあ。もう既に、娘さんを売る話は決まっているんですけどね。明日には、女衒さんがお店に来ますよ」

「なんですって」

「旦那さんに聞いてないんですか。もう、前金は払っているんですよ」

「な……」

お山は言葉を無くした。

「じゃあ、明日、お嬢さんを迎えに来ますんで、くれぐれもよろしくお願いしますよ」

定丸が帰った後、信濃屋から、言葉が消えた。

だが、理吉が辰五郎の襟を摑み叫んだ。

「てめえ、なんてことを」

「そう怒るない。てめえのもんじゃねえんだ、お柳は。お柳は俺の子だ。俺の子をどう扱おうが、俺の勝手だろうよ」

酒毒でやられ、黄色く変じた目が、虚ろに泳いでいる。

辰五郎を責めるより、先にやることがあった。

理吉は立ち上がると、定丸の後を追った。


定丸は、賭場近くの暗い裏路地を歩いていた。

理吉が後ろから声を掛けると、袖に手を入れている定丸は理吉の懐から左腰辺りを眺め、口角を上げた。

「おや、若様じゃないですか、血相変えてどうしたんですかい」

「お柳の件だ。あそこの親父は酒で頭が駄目になっちまってる。この話、なかったことにしちゃくれないか」

すると、定丸は肩をすくめた。小ばかにするかのようだった。

「何言っているんですかい。そんなこと、できるわけないでしょうが。五十両ですよ、五十両。前金でそんなに金を払わせておいて、そりゃないんじゃないですかい」

「金は返す」

これから家に帰って辰五郎を締め上げて、金を巻き上げればいいと安易に考えていた。

だが、定丸はそれを鼻で笑った。

「そんなこと、できるわけないでしょ」

「なんで、そう言い切れるんだよ」

「だって、その五十両、賭場ですっちまったはずですよ、あの親父」

開いた口が塞がらない理吉の前で、定丸は下卑た笑みを浮かべた。

「まったく、何にもわかっちゃいねえなあ。あんたも、あの親父も。ちっと算盤を弾けば、博打なんかで儲《もう》けられるわけがねえってわかりそうなもんだろうがよう」

先ほどまでの慇懃《いんぎん》な語り口が消えうせ、代わりに伝法な言葉が飛び出した。

全身に怖気《おぞけ》が走った。これまで眺めていたものが、別の貌を見せようとしている。そんな予感に震えた。

「定丸？」

「違う、定丸さん、だ。俺ァ、高崎を締める大黒《だいこく》一家の人間だぜ？」

後学のために教えてやるよ。

そう言い捨て、定丸は続けた。

「チョボイチってあるだろ。あれは、出目を当てたら元の賭け金の四倍が子に返る仕組みだ。

でもよう、よく考えろ。子六人がそれぞれの目にそれぞれ一文を賭けるとするだろ。親は六文を集めて、四文を当たった子に渡す。残った二文はどこに行く？　親の懐だ。チョボイチなんて遊びは、やればやるだけ子が損になって、親が儲かる仕組みなんだよ。チョボイチが単純なだけで、丁半だってそうだ。結局は親が一番儲かって、子は損する仕組みになってる」

「それが一体」

「わからねえか。子が破滅するのが博打だ。ってことは、親が儲けようと思ったら、子の破滅を見越して、さらにもう一手打つもんだ。たとえば、財物を持っていそうな奴を博打に引きずり込むってのもその一つだ。世間を知らねえ分限者《ぶげんしゃ》の次男坊を狙うとかな。あるいは、高く売れそうな娘を持ってる父親を、博打で借財漬けにするってのもいいだろうなあ」

――まさか。

「ようやくわかったかい。軽井沢にいた頃、おめえを博打に誘ったのは、おめえがいい金蔓《かねづる》だったからだよ。あんなに早く露見しちまったのが誤算だったが、何とか逃げ切れたし、それなりに稼げたからまあいいとしようかい。それに、辰五郎に近づいたのも同じだ。娘が別嬪《べっぴん》だって聞いていたし、実際に結構な美人だったから高く売れると踏んで、借財漬けにしたわけだ。有り金全部巻き上げて、さらに儲かるんだぜ？　いやあ、いい稼業だよなあ」

最初から、すべて仕組まれていた。

そして、目の前の男は、すべてを奪っていった。

許せなかった。ようやく手に入れた居場所を奪った男を。そして、大事なものを己から引き剝《は》がそうとする男のことを。

「てめえ」

ずいと近づいてもなお、定丸は余裕綽々《しゃくしゃく》だった。

「おお、怖い顔だねえ。でもよう、丸腰で凄んでも、何も怖くはねえんだよなあ」

これ見よがしに左の長脇差を見せつけてくる。

その時、先ほど、上から下まで理吉を舐《な》め回すように見ていた定丸の意図を知った。あれは、こちらが得物を持っていないか見定めていたのだ。

こちらは丸腰、向こうは長脇差。

だが、理吉の頭は沸騰していた。

怒りのままに殴りつけると、たじろいだ定丸は、てめえ、と怒鳴った。

「やろうってのかよ」

腰の刀を抜き放った。ぎらりと青い刃が闇の中で光る。

無我夢中の理吉はすかさず定丸に組み付いた。以前、志村屋に出入りしていた侠から聞いたことがあった。刀を持った相手に素手で立ち向かうには、遠くから石を投げるか、抱き着いて組み敷くのが一番いいと。

刀を持つ定丸の右手首を摑んだ。

「ふざけんなよてめえ、ぶっ殺してやる」

　右手首を取られた。闇の中でも定丸の目は血走り、ぎらぎらと輝いている。

「てめえこそ、ふざけんな。俺の大事なものを奪うんじゃねえ」

　もつれあいながら、へっ、と定丸は笑った。

「なんだ、もしかして、あの娘、てめえの手つきか。ちっ、傷物かよ。まあいいや、どうせ遊郭《くるわ》に売り払えば、傷物どころじゃなくなるんだからよ」

　怒りが常にない力を与えた。気づけば握っていた定丸の手首から嫌な音が響き始め、ついには、枯れ木の折れるような音がした。

　悲鳴と共に、定丸の手から刀が離れた。すかさずその刀を拾い上げると前に向かって突き出した。

　脅しのつもりだった。だが、予想外に腕が伸び、刃先が定丸の胸に吸い込まれた。

「は……？」

　何が起こったのかわからない、という風に、定丸は己の胸と、理吉の顔を見比べた。だが、糸が切れるように、定丸は後ろに倒れた。その拍子に刀が抜け、傷から血が溢れた。

　理吉も何が起こったのか呑み込めなかった。覗き込むと、目を見開いたまま、定丸は真っ暗な空を仰ぎ見ていた。

　殺しちまった――。

実感がなかった。

辺りを見渡す。誰もいない。かがみこんで懐をまさぐると血まみれの財布が出てきた。小判が数枚出てきた。少しだけこびり付いた血を定丸の袖で拭いて、小判を己の懐に収めた。

この時、理吉の頭には一つの考えが過《よ》ぎっていた。

理吉は、無我夢中で信濃屋に戻った。

まだ酔客の歩き回る九蔵町、既に灯《ともしび》の落ちた信濃屋は、まるで眠りに落ちているかのようだった。暖簾の掛かっていない戸を開き、誰もいない表から奥へと進む。そうして理吉が向かったのは、お柳の部屋だった。

お柳は、部屋の中で一人呆然《ぼうぜん》と座っていた。理吉が入ってきたのを見ると、まるで捨てられた子犬のような目で理吉の顔を見上げた。

開口一番、理吉は言った。

「逃げろ、お柳」

お柳は目を白黒させている。構わずに理吉は続ける。

「明日、女衒が来る。そうなったらお前は籠の鳥だ。今すぐ逃げるんだよ」

「で、でも……」

逡巡《しゅんじゅん》の色を見せるお柳に、理吉は言った。

「俺も、一緒に逃げてやるから」

「え」

「江戸にでも行って、二人で暮らすんだ。俺たちの居場所を、俺たちで作るぞ」

ややあって、お柳は桃色の唇を動かした。

「うん。理吉さんがいるなら、いいよ。でも、お父とお母は」

「おめえのお父は、おめえを売ろうとしているんだぞ」

お柳の瞳が僅《わず》かに揺らいだ。今にも泣きだしそうな顔をして。

だが、ややあって、自分に言い聞かせるように大きく頷いた。

「そうだね。わたしは要らない子なんだもんね。わかった。逃げる。——これから、どうしたらいい？」

「お前は今からすぐ、出立の用意をしろ。で、中山道《なかせんどう》の江戸側の町外れで待っていてくれ」

「理吉さんは？」

「ちょいと、やることがあるからよ。先に行っててくれ」

「わかった。絶対に来てね、約束だからね」

「ああ」

理吉はお柳を強く抱き締めた。

脚絆をつけ、旅姿に身をやつしたお柳が信濃屋を出たのを見届けた理吉は、料理場に入り、あるものを拾い上げた。それは、竈《へっつい》に入れる薪《まき》を割るのに使っている山刀だった。暗い中でも、肉厚の山刀は鈍い光を放っている。目の前にその刀身をかざすと、足音を低くして、理吉は奥へと進んだ。

奥は静寂に沈んでいた。己の心音ばかりが痛いほどに聞こえる。

辰五郎の部屋の戸を少し開く。すると、獣のような臭いが隙間から漏れ出た。身を滑らせて中に入ると、すっかり荒れ果てた六畳一間が理吉を迎えた。紙ごみや下帯が散乱し、足の踏み場がない。万年床になっている布団の枕元には古ぼけた煙草盆が置かれていたが、炭は消えていた。足を踏み出すたびに、かさかさと動く何かが足を撫でる感触がある。部屋の中に辰五郎の姿はない。好都合だった。心を凍らせて、万年床の足元に置かれている行李《こうり》の前に立って蓋を開いた。

銭袋があった。取り上げると、結構な目方がある。

前金の五十両は賭けですったと定丸から聞いた。だが、大きな金を動かす博打打ちは、時として小銭をその辺りに放っておく癖ができる。一回に一両二両と動かしていると、感覚が麻痺して、一分金すらも端金に見えてくる。実際、銭袋を開いて検めてみると、銅銭ばかりだった。

逃げるための金浚《かねさら》い——。それが、理吉の仕事だった。

高崎から江戸まで逃げるにしても数日かかる。しかも、理吉は定丸を殺している。追手がかかるだろうことを考え合わせると、急旅となって駕籠《かご》を雇ったりする必要も出てくる。銭は集めておくに越したことはないと考えてのことだった。

他の部屋も物色し、それなりの銭を集めた。心もとない額しか集まらなかったが、ないよりはましだった。

自らも脚絆《きゃはん》をつけ、旅姿に着替えた。もうこの家に用はなかった。それに、未練もない。信濃屋は、いつしか、己の居場所ではなくなっていた。そのことがただ、哀しかった。

最後に店を物色し、あらかたの物を懐に入れると、理吉は表の戸に向かった。

その時のことだった。戸が乱暴な音を立てて開いた。

表に、辰五郎が立っていた。

酒臭い。最初は眠たげに理吉のことを見遣り、中に入ってきた。夢現《ゆめうつつ》で、真っ暗な店の中に誰が立っているのかも見えていないようだった。だが、舐めるように上から下までを眺め、理吉が旅姿であることにようやく気づいたのか、その顔に憤怒《ふんぬ》を宿した。

「てめえ、逃げるつもりか」

そして遅れ、理吉の右手に握られている山刀を見るや、その場に尻餅をついた。

「そうか。てめえ、御礼参りの後に、逃げおおせるつもりなんだな」

御礼参り？　何を言っているのかわからなかった。酒毒にやられた男の言葉と取り合わなかったものの、よだれを流し、うわ言のような繰り言に、気になる言葉を拾い上げた。

「あの寒蔵の子供だぞ、碌《ろく》なもんじゃねえのはわかっていたのに、お山の野郎」

――寒蔵？

理吉は辰五郎の衿《えり》をひねり上げた。

「なんで、その名前を知ってるんだよ、あんたが」

ごくわずかな人間しか知らぬ、己の出生の秘密。理吉は軽井沢の脇本陣志村屋の放蕩《ほうとう》息子ということになっているはずだ。

襟をひねり上げられた辰五郎は、苦しげにむせながらも、へらへら笑う。

難詰した。衿を持ってその場に立たせ、前後に揺さぶった。すると、辰五郎は苦しげに呻きながら、投げやるように言葉を放った。

「おめえの母親を殺したのは、俺とお山だからよ」

頭が真っ白になった。頭が理解を拒んでいる。

思わず、衿を持つ手を放してしまった。ごほごほと咳き込みつつ、どこか自慢げに辰五郎は続けた。

「俺とお山はよう、軽井沢と高崎の間の街道筋で旅人の身ぐるみを剝いで暮らしてたんだ。旅人は結構な金を身に着けているのが相場だからな。一人襲えば、数か月は遊んで暮らせるってんで、若い頃は結構派手な暮らしをしていたもんだ。一度、仏心を出して逃がした旅人のせいで捕まりかけたことがあったから、それから獲物は絶対に殺すことにしてな。いちいち殺した数なんざ覚えちゃいねえ。最初の十人までは数えてたけど、それからは面倒くさくなってやめた。根城に使ってた街道筋近くに立っている小屋の後ろに鬱蒼《うっそう》とした森があってな、そこに大きな穴を掘って、死体を蹴り込んでたよ。今でも、あの場所を掘り返せば、しゃれこうべが山ほど出てくるんじゃねえか」

何が可笑《おか》しいのか、辰五郎はへらへら笑う。

酒毒は不思議だ。あれほどまでに人を耄碌《もうろく》させるのに、時折厚い雲間が晴れるように、正気が顔を覗かせる。いや、身の破滅に繋がることをさらりと述べている時点で、既に正気を失っているのかもしれない。

「でもよ、お柳を身ごもってから、お山がもうこんなことは止めようって言い出したんだよ。子供にはまっとうな道に進んでほしい、ってよ。反対する理由はなかったし、じゃあ、金が集まったらこんな因業《いんごう》な稼業から足を洗って、集めた金を元手に商売でもやろうってことになったんだ」

そして、あの雪の日――、と、歌うような口ぶりで辰五郎は続けた。

「雪の中を行く女を見つけたんだ。脚絆こそつけていたが、あでやかな絹の小袖姿でよ。真っ赤な花をあしらった裾が吹雪の中、はためいていたな。その女を見た時、こいつは何かある、分限者の娘が事情あって逃げてきたのかと閃《ひらめ》いた。俺だって人間だからよ、そりゃ十人殺して小銭稼ぎするよりは、一人殺してそれで済む方が良かったんだよ。そんなわけで、俺たちは、その女を殺したんだ。まあ、やっぱり金持ちでよ。何と、百両の入った風呂敷を持っていたんだよ」

だが――。辰五郎は目を閉じた。

「だがよ。百両を風呂敷で背負っているのに気づいたんだ。こいつは絶対にいいもんを持ってるに違いねえってんで見てみると、そいつは真っ白な産着だった。その中で、生まれて間もない赤ん坊がすやすや寝ていたんだ。その子の首には鑑札がかかってて、悪名高い松代《まつしろ》の町奉行、郡寒蔵《こおりかんぞう》の子だっていうから驚いた。郡寒蔵っていやあ、やくざ者を従えて松代の町を締めてた大悪党だ。その大悪党の女を殺しちまったわけだ。俺の気の動転もわかるだろう。で、俺はその子供に止めを刺すのも忘れて、すたこら逃げたってわけだ。で、俺たちは奪った百両を元手に、この信濃屋を買って商売を始めたんだ」

にわかには信じられなかった。

信濃屋は元を正せば理吉の母親の金が元手だったことになる。

「いつから、俺が郡寒蔵の子だって知ってたんだ」

「随分前からだよ。郡寒蔵の女を斬っちまった以上、お礼参りだってあり得た。だから、寒蔵周りのことを調べ回っていたんだよ。そのうち、寒蔵の子があの吹雪の中生きていて、軽井沢の脇本陣の主人に拾われて育ったことも知った。で、その子が勘当されたこともな。お前がここに来た時には、お前の素性はすべて知ってたんだ」

「じゃあ、どうして俺を迎えたりしたんだ」

「お山だよ。あいつが、『この信濃屋はあの子の母親のお金で建ったようなもんだ、面倒を見てやっても罰は当たらないだろう』って言って聞かねえんだ。俺は最初反対したさ。だが、長い間娑婆《しゃば》にいるうちに、俺も随分丸くなってな。気づけば、おめえを迎えることになっていたんだよ」

お山の思いがわからない。贖罪《しょくざい》か、それとも同情か。

だが、いずれにしても、目の前の男は――。

目を向けると、辰五郎は一歩後ずさった。近づくと、辰五郎は躓いて尻餅をつき、じりじりと後ろに下がっていく。まるで、地獄の鬼を見るような顔をして、辰五郎は理吉の顔を見上げている。

怒りではない。理吉の心底には、冷たい風が吹き荒れていた。

だし巻き卵の作り方を教えてくれたあの日のことを思い出す。鍋の振り方を教えてくれた辰五郎に、一度も見たことのない父の面影を見た。だが、今目の前にいる辰五郎に、何ら心が動くことはなかった。木の洞《うろ》のような闇がぽっかり空いている。

山刀を振りかぶり、無感動に下ろした。

柘榴《ざくろ》のように、辰五郎の頭が割れた。

赤茶けた汁と石竹色《せきちくいろ》の肉塊が飛び散り、山刀は血にまみれた。

不思議と返り血はない。

定丸も辰五郎も、驚くほど容易《たやす》く死んだ。

むせかえるほどの血の匂いに、何度も理吉はえずいた。
血まみれの山刀を捨てた理吉は、表に出た。まだ、夜明けには早い。
大きく息を吸い、理吉は駆けた。

三　松《まつ》山《やま》

目を開くと、見慣れぬ天井が理吉《りきち》を迎えた。

柾目《まさめ》の天井板が目に入った瞬間、体中に走った激痛に身をよじらせた。

起き上がろうとしたが、無理だった。何が起こった？　わからない。思い出せない。寝ぼけているのか、思考に靄《もや》がかかっている。

「おお、目が覚めたか」

野太く低い声が理吉に浴びせられた。声の方に顔を向けると、障子から漏れる光を背にした一人の僧が座っていた。年の頃は四十代の半ばほどだろうか、目尻に深い皺《しわ》がある。黒い法衣を纏《まと》うだけの姿だが、まるで大岩がそこにあるかのような存在感があった。胡坐《あぐら》を組んでいるというのに上背は高く、肩幅も大きい。何を食っているのか肥《ふと》り肉《じし》だった。坊主というよりは、大門に立つ仁王を思わせた。

身を起こそうとしたが、その坊主に押し留《とど》められた。

「無理して起きなくてよい。全身痣《あざ》だらけで痛かろう」

僧はその大きな手を理吉の額に乗せた。ぼんやりと冷たい。

「うむ、熱は引いたようだな」

そう独り言ちた僧に、理吉は問いの声を発した。

「ここは……？」

理吉の声は掠《かす》れていた。数年ぶりに言葉を発したかのようなぎこちなさを覚えた。

僧は、盥《たらい》の上で手拭いを絞りながら答えた。

「ああ、武州《ぶしゅう》松山《まつやま》宿にある、松山寺《しょうざんじ》だ」

土地鑑のない理吉には、松山なる場所がどのあたりにあるのか、よくわからなかった。話を聞けば、高崎《たかさき》と川越《かわごえ》の間にある、宿駅の置かれていない町であるという。

高崎と聞いたその時、頭に揺蕩《たゆた》っていた靄《もや》が晴れた。

定丸《さだまる》と辰五郎《たつごろう》を殺した理吉は、お柳《りゅう》を連れ、江戸へと逃げた。二人を殺したことはお柳には話さなかった。いや、話せなかった。

一刻も早く高崎から離れるべく、定丸、そして信濃屋から奪った金で駕籠《かご》かきを雇い入れ、とにかく江戸へ急がせた。だが――。

そこから先を思い出そうとして、頭に痛みが走った。

心配げに理吉の顔を覗《のぞ》き込んだ僧は、手拭いを理吉の額に乗せた。

「松山近くの街道の道端で、ぼろ雑巾のようになっていたお主を見つけてな。随分怪我をしておったから、ここに運び込んだ。――何があったのだ」

口を開こうとして、躊躇《ちゅうちょ》した。二人、人を殺《あや》めている。もしかしたら高崎から追手が迫っているかもしれぬ中、すべてを正直に話すわけにはいかない。

目の前の僧に説明をするために、理吉はこれまでのことを頭の中で整理した。

駕籠かきを雇ったまではよかった。だが、この駕籠かきどもがとんでもない悪党だった。二人を乗せた駕籠はしばらく並び走っていたものの、やがてお柳を乗せた駕籠が脇道に入った。おい、道が違うぞと呼びかけても駕籠かきは返事すら寄越さず足を速めた。そうして完全にお柳の姿を見失ったところで、ようやく駕籠かきは駕籠を下ろした。

駕籠を降り、どういうことだと怒鳴った瞬間、顎に大岩をぶつけられたような衝撃が走り、地面に倒された。あおむけに転がり、頬にヒリヒリした痛みを感じた辺りで、ようやく殴られたのだと知った。

駕籠かきは下卑た笑みを浮かべ、じりじりとこちらに迫ってきた。

つまるところ、駕籠かきは追剝《おいはぎ》だった。

理吉は抵抗した。だが、伏せてあった仲間を呼ばれ、さんざん袋叩《ふくろだた》きにされた挙げ句懐の銭を奪われ、街道の隅に捨て置かれたのだった。

お柳？　ようやく理吉は気づいた。

「お柳は――」

「お柳？　お前の連れか」

口をついて出た言葉を今更なかったことにはできない。仕方なく、作り話を拵えた。

自分は高崎の商家の生まれだが、家業が傾いて、妹と二人で新天地の江戸を目指すはずだった。だが、旅の途中、駕籠かきに騙《だま》されて妹を盗《と》られ、自らもこのように半死半生の目に遭わされたのだと。

僧は目を伏せた。

「そうか――。大変な目に遭ったな」

「お柳を助けに行かないと」

妹というのは嘘《うそ》だが、お柳を助けたい思いは本物だった。

だが、僧はその太い首を横に振った。

「残念なことだが――。ここのところ、武州ですらご公儀の威光が届かぬのだ。代官所に届け出たところで何もしてはくれまい。それに、お前は二日余り寝ていたのだ。恐らく、既にこの辺りにお前の妹はおるまい。最悪のことも――」

みなまで言われずともわかる。あの駕籠かきに少しでも慈悲の心があることを祈るしかなかった。

「妹の名はお柳というのか。よし、檀家の皆々にも話してやろう。さすれば、何か手掛かりが見つかるかもしれぬからな」

「ありがたいことで……」

「気にするな。困った時にはお互い様というものだ」

僧は、名を名乗った。

「わしは魯心《ろしん》。この松山寺の住持《じゅうじ》よ。お主は？」

本来なら、別の名を考えてやるべきだった。だが、目の前の僧——魯心の穏やかな話しぶりにほだされ、気づけば正直に名乗っていた。

「理吉って言いまさァ」

「そうか、理吉、か。ゆっくりと休むがいい」

数日、理吉は熱と戦った。全身打撲の大怪我を負っていて、まともに身体を動かすことのできぬ中、魯心は手自《てずか》ら理吉の看病に手を尽くしてくれた。熱はその後三日余りで引いたが、体中の痛みはなかなか消えることはなかった。ようやく立ち上がり、歩けるようになるまでに、目を覚ましてから六日の時を費やしていた。

「おお、もう歩けるのか。若いのはいいことだ」

魯心は顔をほころばせたものの、顔を険しくした。

「そういえば、お前の妹の消息を檀家や町の者に聞いて回っておるのだが、そうした娘を見た者はいないようだな。夜陰に乗じてかどわかされたゆえ、誰にも見られることがなかったのかもしれぬ」

覚悟はしていたが、落胆が隠せなかった。

魯心は励ますようにこう付け加えた。

「理吉、もしお主さえよければ、暫《しばら》くここでわしを手伝ってはくれぬか。お前の妹の消息も知れるかもしれぬ。給金はやれぬが、寝床と飯くらいは用意できる」

悪い話ではなかった。もし高崎から追手があったとしても、その追手もまさか人を二人殺した人間が旅先で寺男になっているとは夢にも思わないだろう。隠れ蓑《みの》にはちょうどいい。

しばらく酒や博打から遠ざかることになる。それだけは寂しかったが、そんなことを言っている場合ではない。

「――ああ、やりまさァ」

魯心は満足げに頷《うなず》いた。

「そうか、しばしの間、よろしく頼むぞ」

松山寺での暮らしは、安楽なものだった。

寺男というから、てっきり朝早くから夜遅くまでこき使われるものと思っていた。もしあまりにきついようなら金目の物を盗んでとんずらしようと算段を打っていたが、日々やることといえば、そこまで広くない寺の庭掃除と小さな本堂の拭き掃除、庫裏《くり》の掃き掃除くらいだった。そんなもの、急いでやれば一刻程度で終わるものだったし、そもそも急ぐ必要もなかった。

「のんびりやればよい」

魯心は始終鷹揚な態度だった。

　そもそも魯心からして、仏道を突き詰める型の僧ではないようだった。毎日のようにお堂で読経は上げていたし、それなりのお勤めをしていたが、檀家が酒を持って遊びに来た際には「おお、般若湯、かたじけない」と手を合わせて封を開き、盃を乾かしていた。もっとも、そのお裾分けに与《あずか》ることもある理吉に文句はなかった。

　魯心は檀家から親しまれているようだった。毎日のように松山の町をはじめとした町から人々がお土産を手にやって来て、なんてことのない世間話をして帰ってゆく。夫への不満、不出来な子への心配、嫁と姑の諍《いさか》い。そんなごくごく平凡な打ち明け話を、まるで末法の宿業ここに極まれりと言わんばかりの顔で相槌《あいづち》を打ち、それは大変な思いをなすっておるな、と宥める魯心の姿は、いかにも芝居がかっていた。だが、檀家は最後には満足して帰ってゆく。

「何、つまるところ、寺はごみを捨てる穴なのだ」

　そう魯心は言った。

「人間、生きておれば糞《くそ》をひる。それと同じことで、生きておると人は見るに堪《た》えぬ心の澱《おり》を溜《た》めてしまうのだ。わしの仕事は、ここにやってくる檀家の皆の澱を引き受けて、埋めてやることと思うておる。そういう意味では、わしはごみ捨て場の門番のようなものだな。ま、それが供養の本質なのだろうしな」

「お釈迦《しゃか》様の教えなんですか、それは」

「あくまで、わしの考えよ。きっと、あの世に行った時にはお釈迦様から大目玉を食らうだろうのう。もっとも、わしも碌な生き方をしてこなかったものでな、どうせ叱られるなら、世のため人のために働いてからと思うておるのだ」

魯心は豪放に笑った。

偉ぶるところがなく、親しみやすい。寺の坊主といえば踏ん反り返って檀家に接し、葬式となれば身分に不相応な戒名を故人に与えてお布施を取ろうと算段を打つ者たちばかりなのは十数年しか生きていない理吉とて心得ているだけに、魯心のありようは他の寺の坊主にはない美点に映った。

魯心は、行き倒れがあると聞けばそこに赴き経を上げ、自ら背負って寺まで運んで懇ろに葬った。松山は宿駅こそないものの街道筋にも近く、毎年それなりの数、そういった仏が出る。まったく金が入らず他の寺が嫌がる役目を、魯心は丁寧に果たしていた。

ある夏の日、行路死人の弔いに際し、ついていった理吉が代わりに死体を運ぶと申し出た。だが、ぼろぼろの笠に穴の開いた黒法衣姿の魯心は首を振った。

「これは、わしのお役目よ。お主は見ておれ」

一晩置かれていただけなのに、仏からは既に鼻を衝く臭いが漂い始めていた。それでも魯心は眉一つ動かさず、それどころか親しい人間にそうするように「少し揺れるかもしれぬが我慢してくだされ」と声を掛け、仏様を背負った。死穢《しえ》が衣を伝っても、魯心は眉一つ動かすことはなく、道中、袖をまくることすらせず経を上げ続けていた。

弔いを終えた後、理吉は魯心に訊《き》いた。なぜそこまでするのかと。

魯心は、庫裏の縁側で座禅を組みながら、そうさのう、と間延びした声を上げた。

「わしは、善徳を積んでもなお地獄行きが決まっておるようなものでのう。仏道に入ったのも、誰もやりたがらぬ供養を買って出るのも、結局は利己のなせる業よ。わしも、地獄行きは怖いでな」

魯心が何を恐れているのか、理吉には判然としなかった。だが、何かに追い立てられているかのように善徳を積むその後ろ姿に、鬼気迫るものを感じた。

理吉が松山に腰を落ち着けて二か月ほど経《た》ったある日の昼過ぎ、寺に客があった。その日は静かで、ほとんど客はやってこなかった。庭の掃き掃除を終え、塵取《ちりと》りと竹箒《たけぼうき》を倉庫代わりの小屋にしまい終えた理吉が歩いていると、きょろきょろと辺りを窺《うかが》いながら境内を歩く老人の姿があった。声を掛けると、その老人は魯心への取り次ぎを頼んだ。身なりがいい。この辺りの農民ではなさそうだ。

その老人を連れてお堂へと向かった。やはり、魯心はその縁側で座禅を組んでいた。魯心は暇な時、いつも縁側で座禅を組んでいる。

声を掛けると、魯心は組んでいた足を解いた。

「む。どうした」

「それが、お客人が」

理吉の後ろに控える老人を一瞥《いちべつ》した魯心は、小さく頷いた。

「書院へお客人をお連れせい」

言われた通り、庫裏にある書院へと客人を通した。そこは寺の中でも特に綺麗《きれい》にしてある一室で、真新しい畳が敷き詰められている。魯心はここで客人と語らうことが多い。

しばらく客人と共に待っていると、やがて魯心がやってきた。

「お待たせしてすみませぬな。いかがなさいましたかな」

包容力のある声に、傍で聞いている理吉すらも、揺るがされるものがあった。客人である老人は、既に涙ぐんですらいる。

「ご相談したいことがございまして」

その客人は、川越宿で旅籠《はたご》を営む何某を名乗った。

老人はちらちらと理吉に目を遣ってくる。内密の話のようだと察し席を立とうとしたが、魯心が手で制した。

「この男は信頼できる者ゆえ、安心してお話しくだされ」

言葉の綾、方便だとしても、嬉《うれ》しかった。

しばし魯心と理吉の顔を見比べていた老人は、ようやく口を開いた。

「困ったことになっておるのです」

声を潜めた老人が言うには、数か月前から、あるやくざ者が子分を引き連れて老人の旅籠に居続け、一切代金を支払おうとしないという。

「その男が言うには川越を締めている槙原《まきはら》一家の者で、代金は槙原一家に回せと言ってきかぬのです。ならば一筆槙原一家に書いてくれと頼んでも、俺の言うことが聞けぬのかと脅す始末。店の中で暴れるものですから、いい客が逃げてしまいまして」

顎に手をやる魯心は息をついた。

「代官所は――、知らんぷりを決め込むことでしょうな」

「相談はしたのですが、お上は忙しい、そんなことでいちいち手を煩わせるな、の一点張りでして。ほとほと困り果てておりましたところ、魯心様のお噂《うわさ》を小耳に挟みました。魯心様なら、何とかしてくださると」

「わしは用心棒ではないのだがな……。まあよい。困っているお人を見捨てることはできぬ。早速、行きましょうぞ」

事態の割に、魯心は安請け合いしているようにも見えた。思わず理吉は口を挟んだ。

「和尚様、そんな軽々に決めてよいのですか。相手はやくざ者なんじゃ」

魯心はこともなげに頷く。

「これから、向かうぞ。ついてこい、理吉」

理吉の不安をよそに、魯心は立ち上がった。

それから半刻も経たぬうち、太い樫《かし》の錫杖《しゃくじょう》を一本持ったきりの魯心とともに、理吉は松山寺を発った。

後に続き荷物を持つ理吉は、魯心の背を眺めながら疑問に駆られていた。川越のやくざのことなど、知ったことではないではないか。そもそもこの客は魯心の噂を聞きつけてここに来たと言っていた。檀家ではあるまい。助ける義理もないし、利益もない。

なのになぜ――?

揺るぎのない大きな背を眺めながら、理吉は道すがら、問いを解こうと頑張った。だが、どんなに思いあぐねても、魯心の心のありかに迫ることはできなかった。


「こ、ここです」

件《くだん》の老人――主人は、青い顔をして己の旅籠を見上げた。

問題の旅籠は、川越宿の中ほどにあった。

中山道《なかせんどう》の大通りから一本入ったところにある裏通り。表通りには呉服の大店《おおだな》や本陣《ほんじん》、脇本陣が甍《いらか》を連ねているものの、筋を変えると庶民の旅人向けの旅籠が肩を寄せ合うように並んでいる。

夕闇迫る旅籠通りには客引きの娘が立ち、この町で草鞋《わらじ》を脱ごうという旅人の袖を摑《つか》んでいる。だが、主人の見上げる旅籠の前には誰も立っておらぬばかりか、一階の火が消えており、店を開いている風がなかった。そのくせ、二階の戸からはさながら揚屋のような乱痴気騒ぎの声が聞こえてくる。陽気な三味線、男と女の嬌声《きょうせい》がけたたましいほどに聞こえる。

魯心が眉をひそめつつ二階を眺めていると、主人は肩をしおらせた。

「居座っている方々が、性質《たち》の悪い芸者を引き込んでしまうんですよ。夜中ずっとあんな騒ぎをするもんで、近隣の同業にもご迷惑をおかけしている塩梅《あんばい》で……」

肩身が狭かろう。主人に同情したくもなった。

息をついた魯心は、樫の錫杖を持ったまま、旅籠の入り口に近づいた。

「さて、行こうか、理吉」

「えっ、正面から行くんですかい。相手は――」

やくざ者ですよ、という理吉の言葉は、魯心の飾らぬ言葉によって阻まれた。

「これ以上、長居させてはなるまいよ」

魯心は旅籠の戸を開き、すたすたと中に入っていった。慌てて理吉も後を追う。

旅籠の一階は、火が消えたように静まり返っていた。帳場に番頭が座っているものの、時折天井を睨《にら》むほかは不景気そうにため息をついていた。人がやってきたことに気づき「すみません、ちょいと今日は」と押し留めようとした番頭に、魯心は錫杖を掲げ、自らの身分を明かした。

「安心しろ。お前の主人に言われてここに来たのだ」

暖簾の前で足を止めている主人を差した魯心は、履物を脱いで框《かまち》に上がり込んだ。

「階段はどっちだ」

右手の廊下のどんつきを右に曲がってもらえば、という番頭の説明を聞いた魯心は小さく頷き、何の気負いもなく、大岩が転がるように狭い廊下を歩いてゆく。先の説明通りに現れた勾配のきつい階段を上るに従い、三味線の音が大きくなってくる。二人で大丈夫なんだろうか、そんな不安に駆られつつも、金魚の糞《ふん》のように魯心の後ろについて歩く。

二階に上がるなり、魯心は下品な笑い声で溢《あふ》れる部屋の戸を無遠慮に開いた。

そこは、二十畳ほどの大広間だった。

部屋の中は、酒精と蠟燭《ろうそく》の甘い匂い、白粉と男女の汗の臭いでむせかえるようだった。燭台が点々と並び、夕闇迫る部屋の様子を浮かび上がらせている。足元には空の銚子《ちょうし》や猪口《ちょこ》が転がっている。座布団や食膳も散乱し、南向きの欄干の辺りでは、胸元を開いて三味線を弾いたり舞ったりしている品のない芸者たちを侍らすようにして、揃《そろ》いの黒羽織を纏《まと》う男八人が酒を呷《あお》っていた。

最初、胡乱《うろん》な目でこちらを見遣った男たちも、次第に表情を変えた。錫杖を持った大柄の坊主に若造の二人。どう見ても旅籠の者ではない。

その中の一人、左目から頬にかけて傷の走る男が、眠たげに口を開いた。

「あんだあ、おめえは」

「ああ、わしか。わしは魯心という」

部屋の中に足を踏み入れた魯心は、どっこらしょ、と声を上げ、部屋の中で腰を下ろした。

理吉もそれに続く。

「おい、何勝手に座ってやがるんだ」

傷男の近くに座る男たちが低い声を発して吼《ほ》えかかってくるものの、魯心は一切相手にすることはなかった。まるで涼風を受けているかのように、泰然と座っている。

「なるほど、小物に用はねえってか」

近くで三味線を弾く芸者の胸元に、傷男は後ろから手を突っ込んだ。三味線の音が少し乱れ、芸者が、きゃ、と楽しげな声を上げる。

その芸者を抱き寄せ、傷男は顔を歪ませた。

「食えねえ坊主だな。随分と余裕じゃねえか。てめえ、まさか、何も知らずにここにやってきたわけじゃねえよな。耄碌《もうろく》する年齢でもなさそうだしよ」

「ああ。何も知らぬわけではないし、耄碌もしておらんよ。――旅籠の主人も難儀しておる。ここは穏便に退いてはくれぬかな」

「断る」

芸者の首筋を口で吸ったのち、傷男は答えた。

「俺は血染めの又兵衛《またべえ》だぜ。川越の人間で血染めの名を知らねえ奴がいたらもぐりってもんだ。

川越を締める槇原一家にこの人ありと謳《うた》われてる名前だ。もし、俺に何かさせようと思ったら、槇原の親分から一筆取って来るんだな」

仲間の男たちが嘲るように嗤《わら》う。そんなことできるはずがない、という笑い声だろう。

「ほう、血染めの又兵衛とやら、親分さんの一筆があれば、ここから退くというのだな」

「ああ、あればの話だがな。まあ、親分は病で寝付いてる。よほどのことがねえと目通りもできねえ――」

言いかけたところで、魯心は懐から一枚の文を取り出し、傷男――血染めの又兵衛に投げやった。汚い畳の間を滑るように走る文は、又兵衛の足の前で止まった。

「なんでえ、これは」

「開いて、見てみるがいい」

舌を打った又兵衛が片手で文を開き、目を通し始めた。最初は高を括《くく》っていたような顔が一変し、次第に顔が赤くなり、ついには目にどす黒い情念が籠った。文を持つ手がワナワナと震え、紙には指を中心に変な皺が走っている。

「おい、てめえ、何だこの文は」

「槇原の親分の一筆だ。読んだだろう。今すぐ居座りを止めろと書いてある」

「んなわけねえだろ。なんでてめえが、こんなもんを持ってるんだよ。親分はおいそれと人と会えるわけが――」

「昔取った杵柄で、槇原の親分とは誼《よしみ》を通じていてな」

この旅籠にやって来る前、魯心は川越宿の歓楽街の真ん中にある槇原親分の屋敷を訪ねた。

「向こうが親分の書付が欲しいって言っていたんだろう」とこともなげに魯心は言ったが、大親分がそうそう一介の坊主と会うとは思えなかった。そんな予想に反し、魯心が門前で名を名乗ると柄の悪い門番は伯父貴分に接するような態度で慇懃《いんぎん》に頭を下げ、即座に親分に取り次いでくれた。

『おお、魯心さんか、久しいなあ』

寝巻の上に一家お揃いの羽織を肩に纏い、空咳《からぜき》を繰り返す親分を前に、魯心は挨拶もそこそこに本題に入った。すると親分は驚き、この一筆を魯心に託した。

『すまねえな、あんたに迷惑かけた』

『わしにではない、堅気の人たちに、であろう』

『ああ、そうだった。うちの若いのがすまんかったな、主人』

親分は旅籠の主人にも、丁寧に頭を下げた。

「な、なんだと……」

血染めの又兵衛はしきりに瞬きをして、魯心を睨んでいる。

魯心は胡坐を組んだまま、又兵衛の視線を受け流している。

「わかっちゃいるとは思うが——。親分の書付は本物だ。もしそれを破ればどうなるか、お主にもわかるだろう。親分も今ならお主のことを許すと言うておる。楽しんでいるところ悪いが、こんなところで、悪さは終わりにしてはくれぬか」

血染めの又兵衛は、抱き寄せていた芸者を突き飛ばし、立ち上がった。いつの間にか書付を手放し、得物の長脇差を握っている。

「もう許さねえぞ、てめえ」

「ほう、どういうことた」

「親分の書付を騙《かた》って俺に意見するたあ太《ふて》え野郎だ」

どうやら又兵衛は、現《うつつ》から目を逸《そ》らすことにしたらしい。

「度し難い奴だ」

「うるせえ。野郎ども、この坊主をぼろ雑巾にしてやれ」

命じられた揃いの羽織の男たちは、さながら狼の群れのように魯心に飛び掛かっていった。

だが、次の瞬間、信じられぬ光景が目の前に広がった。

魯心はいつの間にか立ち上がっていた。横に伸ばした右手には錫杖が握られている。そして、魯心めがけて飛び掛かったはずの男たちは、皆が畳の上に転がっていた。

一番近くにいたはずの理吉ですら、何が起こったのかわからない。

目の前の光景から、何が起こったのかを想像するしかなかった。

男たちが魯心を捕えようと飛び掛かるや、魯心が即座に横に置いていた錫杖を手に取り、横《よこ》薙《な》ぎ一閃《いっせん》で男どもを打ち据えて立ち上がった。その動作を一瞬で行なったのだろう。信じられないが、目の前の光景から逆算されうることは、ざっとこうしたことだった。

呆然《ぼうぜん》とする理吉の前で、魯心は謡うような口ぶりで続けた。

「うむ、少々遅くなっておるか。最近、鍛えておらぬからのう」

驚愕《きょうがく》の表情を隠せぬ又兵衛は、なおも子分どもをどやしつける。

「おい、何を怯《ひる》んでやがる。持ってる奴は得物を使え」

子分たちは怯《おび》え顔を張りつけ、それぞれの得物を抜いた。だが、魯心にまるで近づくことはできない。構えることさえせず、棒を携え自然体に立つ魯心にじりじりと近づいては、目を向けられただけで退いてしまう。

「なにやってやがる。たった一人に尻込みしているんじゃねえ」

又兵衛の声に押され、長脇差を構えた一人が魯心に迫った。長脇差を振り被り、一気に魯心に打ち下ろすかに見えたが、その太刀筋は鴨居に引っ掛かった。そうして空いた胴を棒で払い、一人目を悶絶《もんぜつ》させると、流水の如き動きで二人目、三人目を打ち倒した。

「さて、これでもう、お前だけだな、又兵衛とやら」

棒の先が、又兵衛を捉える。

「野郎」

長脇差を抜いた又兵衛は、そのまま突きを放った。喧嘩慣れしているのか、理吉の位置からでも、その起こりは見えない。

次の瞬間には、又兵衛の動きが止まっていた。

魯心の錫杖の先が深々と又兵衛の鳩尾《みぞおち》を抉《えぐ》っていた。

音を立てて畳の上に転がる又兵衛を見下ろしながら、魯心は言った。

「突けば槍《やり》、薙げば薙刀《なぎなた》、叩けば棍《こん》。それが棒術よ。棒に勝ちたくば、鉄炮を担いでこい」

これにて、川越宿で起こったやくざ者の居座りは解決を見た。

後日、居続けの代金と多額の迷惑料が槇原一家から旅籠に届いた。また、血染めの又兵衛をはじめとした者たちは放逐され、川越の堅気の者たちもほっと息を撫《な》で下ろしたという。この万々歳の首尾に旅籠の主人は喜び、何かお礼をと申し出たらしいが、魯心はお布施すらも断ったと聞いた。

やはり、魯心の行動には、不思議な点が多かった。

なぜあそこまで――。

だが、まるで魯心はその理由を説明することはなかった。


ある日の松山寺。

秋も近づいてきたその日、理吉は落ち葉を箒で集めていた。

川越宿での一件以来、理吉の頭には錫杖を振るい、屈強なやくざ者を薙ぎ払ってゆく魯心の姿ばかりが脳裏に浮かんだ。

もしもあれほど強ければ、何も失うことはなかった。

理吉のどこかに、そんな妄執があった。

今年で十七になる。だが、体格に恵まれてはいない。人並みの背、人並みの筋肉。理吉に与えられている手札はあまりに貧弱だった。だからこそ、魯心に棒術を教えてほしいと頼み込んだのだが、断られた。

『あれは人を害する術。暴力の術を覚えるべきは外道を歩む者だけよ。理吉、お主はかのような術に頼らずとも生きることができるような道を辿《たど》れ』

ちゃんちゃらおかしかった。思わず、己の前半生をすべてぶちまけてしまいそうだった。少なくとも、もし力があれば、自分たちを陥れた駕籠かきに鉄槌《てつつい》を下して、お柳を取り戻すこともできたはずだった。無力ほど憎いものはない。無力ほど情けないものはない。ただでさえ足りぬものばかりだというのに、力なき者は力ある者に奪われ続ける。

不公平じゃねえか。そう怒鳴りたかった。

苛立《いらだ》ちのままに箒を構え、魯心のように振ってみた。

だが、うまくいかない。

無我夢中で箒を振っていると、後ろから声がした。

「おい、理吉はおるか」

慌てて箒を振り回すのを止め、振り返った。そこには、草履を履き、いつもの法衣を纏った魯心が立っていた。どうなさいましたか、と声を掛けると、魯心はいつもの調子でこう言った。

「ちょいと、お主に護身の術を教えようと思うてな」

「護身、ですかい」

「ああ。思えば、辺りは物騒だからな。何も知らぬのはさすがに不用心かと思うてな」

内心で理吉は喜んだ。だが、魯心が教えてくれたのは、理吉の望んだものとは違った。

「見切り、ぞ」

「なんですかいそれァ」

「突きを打つ前、蹴りを放つ前、刀を抜き打ちにする前。その動作すべてに起こりがある。それを察知できれば、躱《かわ》すこともそう難しいことではない。最初の一撃を躱すことさえできれば、逃げることも難しくない」

失望を隠せなかった。理吉が知りたいのは、男たちをひと薙ぎにするあの棒術だった。

それを見越してか、魯心は理吉に釘《くぎ》を刺した。

「わしの師匠が言うておった。武とは、互いの命を救うものだと」

魯心は岩のような拳を自らの掌に打ち据えた。

「外からやって来る暴力に抗うことで、己の身を守るのみならず、相手を人殺しにせずに済む。されど、それはあくまで極致の話よ。こちらが弱ければ相手に殺され、こちらがしくじれば、相手を殺してしまう。彼我《ひが》を共に生かすことは、実に難しい」

魯心が何を言っているのか、要領が摑めなかった。まるで禅問答のようでもあった。

「共に活かす道を探るのならば、暴力を用いて相手を倒すのではなく、相手の攻撃を躱し、逃げることが肝要となる。——理不尽を躱す力を手に入れれば、戦う必要すらなくなるのだ」

それから、理吉は少しずつ見切りの技を教え込まれた。

「直突きの際には、まずは腰、肩口に起こりがある。そこを見逃すな」

「蹴りを放つ際には、僅《わず》かに体の軸がずれる。その変化は腰に出る。これを見逃してはならぬ」

「相手の目を見よ。達人でもない限り、打つ直前、目に殺気が籠る」

魯心の直突きや蹴りを前に、何度も見切りの練習をさせられた。

最初は起こりを見破ることがまるでできず、寸止めされた拳や足の甲を前に、息を呑《の》むばかりだった。だが、何日も同じことを繰り返すうちに、水面の上に浮かぶ小さな泡が弾《はじ》けるような変化を感じ取ることができるようになった。

もっとも、だからといって躱せるものではない。

「それはそうであろうな。躱すことは、相手に打ちかかるのと同じく難しい。体捌《たいさば》きが必要になるからな。だが、わしの突きや蹴りの起こりを見破ることができるのなら、素人衆に後れを取ることはない。少なくとも、喧嘩に巻き込まれて怪我をすることはなくなるはずぞ」

だが、理吉はむしろ、魯心の突きや蹴りにこそ魅せられていた。

見切りの練習の後、夜、厠《かわや》に立った振りをして、理吉は突きや蹴りの練習を重ねた。

脳裏に魯心の姿を思い起こしながら、拳を握り、蹴りを放つ。

だが、魯心のようにはうまくいかない。

闇の中、無我夢中で突きを放つ。だが、幻影の魯心に当たることはなく、拳は空を切る。

俺にはやはり才がないのか――。

ひと月ほど見切りの修練を繰り返したある日、魯心は頷いた。

「もう、この程度でよかろう」

その頃には、十回に一回程度、魯心の突きを躱せるようになっていた。

「はっきり言おう。お主に武の才は乏しい。だが、それは悪いことではないとわしは思う。なまじ武の才を有した者はその才に溺れ、碌でもない生き方しかできなくなる。武の才は、破滅の才と紙一重だ」

理吉は内心反発を覚えていた。それは、才を持ちたる者の傲慢だと。

「俺に突き一つ教えてくれないのに、和尚様に武の才を測れるはずが」

「躱すこととて、武の才よ。才に優れたる者なら、わしの力を抜いた突き程度、すぐに見切ることができるようになる」

反論できなかった。

ぐうの音の出ない理吉を前に、魯心は諭すように続けた。

「理吉、武の才は破滅の才であるが、一方で破滅から身を置く才でもある。だが、破滅から身を置くには、別の才でも十分代わりになる」

「そんなものがあるのですか」

「ああ。たとえば——」

魯心は理吉の唇を指した。

「まじめな心映えだ。正直な心で以《も》って、清らかな言葉を持てば、破滅からは遠ざかる。お主にはそうした道を進んでほしい」

坊主の説法か——。反吐《へど》を吐きそうになった。

「平穏に、慎ましく。穏やかで調和した暮らしを常に頭に置くのだ。さすれば、武の才などなくとも、この世を渡っていくことができる」

この魯心の言葉は、理吉の耳を素通りした。

「和尚様、ありがとうございます」

魯心に、形ばかりの頭を下げた。

魯心の言うことは正論なのだろう。慎ましく、穏やかで調和した暮らし。そうしたものにあこがれていた時期もあった。だが、それらの日々は、外からの悪意により、粉々に砕かれた。結局、そんな状況から曲がりなりにも己を救い出したのは長脇差であり、山刀の一撃に他ならなかった。少なくとも、正直な心、清らかな言葉とやらは、理吉を守ってくれなかった。

頭を下げたまま、理吉は己の手を強く握った。

必ずや、力を手に入れる。

そう、心に決めた。

秋の終わり、松山寺に客があった。

「ご無沙汰いたしておりますなあ、和尚様」

やってきたのは年の頃五十ほどの小男だった。笑い皺が深く刻まれた、いかにも平穏な人生を送ってきた人間の笑みをしている。その伸びやかな声にも人生を幸せに生き切ったという満足感が滲《にじ》んでいた。

「ああ、久しぶりですなあ、直十《なおじゅう》さん」

寺の書院の間で迎えた魯心も穏やかに応じた。

茶を運ぶ理吉が直十と呼ばれた初老の男を見遣っていると、魯心は声を発した。

「ああ、直十さんは、うちの檀家で、白子《しらこ》の人だ」

川越と江戸を結ぶ川越街道の宿場町白子で、旅人向けの茶屋を開いているという。川越と江戸は一日で歩ける距離だが、白子はちょうどその間くらいに位置するため、一時の休憩を求めて羽を伸ばす者も多く、店は繁盛しているという。

して——。

魯心は直十に向き直った。

「今日はいかがなさいましたかな。何か、お困りのことでも」

「いや、ちと、和尚様に頼みたいことがあってねえ」

江戸の築地《つきじ》船松町《ふなまつちょう》に、西海屋《さいかいや》という廻船《かいせん》問屋がある。そこで働く飯炊きを探しているのだという。

「元々は、あたしとうちのかかあが働いていた店なんだけど、この前、あたしも世話になった御主人の武兵衛《たけべえ》様がお亡くなりになっちまいましてねえ。線香を上げさせてもらいに行ったんだけれども、飯炊きが一人辞めちまったっていうんだ。どこかにいい人はいねえか、って聞かれたんだ。魯心和尚なら、いい人を知っているんじゃないかと相談にきた次第で」

「なるほどのう」

腕を組み、天井板を眺めた魯心は、当てがないわけでも、もったいぶっているわけでもないようだった。まるで、切り出す機を図っている風だった。

「理吉」

鋭い声で呼び止められた。

「お主、江戸に奉公せぬか」

「え」

想像の埒外だった。松山寺に奉公して早半年になる。いつかこの寺から出ていく日はあろうと覚悟していたが、まさか、商家に奉公に上がるとは思ってもみなかった。

「商家の奉公はつらいことばかりであろう。だが、平穏な暮らしは営むことができる。どうだ、江戸に出てみぬか」

「いや……」

魯心は逡巡《しゅんじゅん》する理吉の心の内を誤解したらしかった。

「きっと、妹の消息が知れぬことが気がかりなのだろう」

妹——ということにしてあるお柳の足跡は、杳《よう》として知れなかった。松山の檀家衆も知らぬ、見ていないと口を揃えた。川越の槇原一家も、天地神明に誓ってうちは関わり合いがないし、そんな女の話は聞いていないと答えている。地元を締めるやくざ者の親分ですら知らぬということは、あの駕籠かきはやくざ者との関わりがない野良犬だったということだ。

だとするなら——。

もう、心のどこかでお柳の死を確信していた。

夢を見た。まるで蠟のように真っ白な肌をして、口元から血を流し、虚《うつ》ろな目をしたお柳が、暗い穴の中に投げ込まれ、土を被せられている。それを理吉はただただ呆然《ぼうぜん》と眺めている。そんな夢だった。

夢から覚めた時、理吉の顔は涙でぐしゃぐしゃになっていた。重い蒲布団を跳ね飛ばし、体を起こした理吉は、もうお柳はこの世の人ではないのだろう、そう諦めた。

今、理吉が松山寺にいるのは、お柳のためではない。自分のためだった。己の空白を埋めてくれるはずだった女は、己より遥《はる》かに強い暴力によって奪われた。だからこそ理吉は力を得んと魯心についている。魯心は己の過去を語ろうとはしない。だが、その卓越した武の力は不気味に黒光りしている。この男から学びたい。そして、他人から奪われるのではなく、奪う側になりたい。そう願っていた。

「もう少し、和尚様の許《もと》に居させてはくれませぬか」

理吉はそう切り出したが、魯心は首を横に振った。

「いや。せっかくのいい話だ。西海屋といえば、わしでも知っている大店だ。こんなによい機会はない。まじめに働けば、そこな直十さんのように独り立ちして幸せに暮らすこともできよう」

理吉は幸せそうに微笑む直十の顔を眺めた。だが、直十の生活、人生に、まるで食指が動かなかった。きっと直十は、朝早く起きて店の仕込みに精を出し、暖簾を店先に掛けてからはあくせくと働き、店を閉めてまかないを口に運び、疲れ果てて眠る生活に喜びを感じているのだろう。かつては理吉もそんな生活に、張り合いと喜びを感じていた。

だが、今は違う。

ささやかな暮らしは精巧なからくり細工のようなものだ。小さな歯車の狂い一つで壊れてしまう。それが証拠に、理吉が慎ましやかな日々を送っていた信濃屋《しなのや》は、今はもうない。

口を引き結ぶ理吉を前に、魯心は諭すように続けた。

「それに、江戸に出れば、もしかしたら妹の消息も知れるかもしれぬ。もし女が売り飛ばされるとすれば、江戸に行かされることが多いからな」

気休めにしか聞こえなかった。

なおも首を縦にすることのなかった理吉を前に、直十は取り成すようなことを言った。

「まあ、まだ急がぬことゆえ、心の内を整理してからでもよい。和尚様が推されるお人なら、間違いはあるまいしのう。とはいえ、あんまり長く待てぬのも事実。もし西海屋に行くとなったら、半月待ちますゆえ、わしに声を掛けてくだされ」

そう言い残し、直十は白子に帰っていった。

その日の夜、まんじりともできずにいた理吉は夜具から抜け出て庭に出た。

月がぽっかりと浮かぶ闇夜。庭の隅に群生する薄が秋風に揺れ、理吉の身体を冷ました。

理吉は、闇の中、立ち尽くす。

何も考えず、ただ、呆然と。

やがて、心の中にわだかまっていた様々な思いが整理されてゆき、これまで頭の中に放り込んでいた様々な物事が、一気に動き始めた。

このまま寺にいるのと、江戸に向かうのではどちらの方がいいだろう、と。

寺での生活は案外に居心地がよく、魯心の人物にも愛着を抱いている。だが一方で、魯心とは、どこかすれ違いがあるようにも思える。それは、塩加減の好みが合わないとか、生活の拍動がずれているとか、そんな上辺のことではない。魯心とは、目を向けている方向がまるで違う気がする。ここのところ、理吉は少しずつそんな僅《わず》かにして深刻な違いに息苦しさを感じ始めていた。

魯心を嫌いになりたくはなかった。ならば、疎ましく感じる前に魯心の許から離れたい、そんな思いに駆られていた。

理吉は虚空に浮かぶ月に手を伸ばした。今の己なら、なんでも己のものとできそうだった。

寝床に戻ると、それからはぐっすり眠れた。

次の日の朝、理吉は江戸に行く旨を魯心に伝えた。

「そうか。行くか」

穏やかな声でそう口にした魯心は褒めるような口ぶりで続けた。

「よくぞ、決心したな。普通に生きることが一番難しい。難しい道を選ぶことができるのは、智者の証《あかし》ぞ。誇っていいことだ」

あれよあれよのうちに、江戸行きの話がまとまっていった。白子の直十には話が通り、十日後に江戸に上がることと決まった。

出立の日。

旅姿に身を包んだ理吉は堂宇《どうう》に向かった。

大きな仏壇の前で、いつものように破れた法衣を身に包み、魯心は読経を行なっていた。だが、理吉の気配に気づいたのか、読経を止め、くるりと体ごと振り返った。

「おお、ついに今日か」

目を細める魯心を前に、理吉は頷いた。

「これまで、お世話になりました」

「いや、構わぬよ。しかし、お主との付き合いも意外に短かったな」

結局松山には半年しかいなかったことになる。穏やかな日々ながらも、刺激も多かった。芋版で押したような日々、そこにわずかばかり入ってくる非日常の相談事。まるで芝居を見ているがごとき日々だった。確かに楽しかったが、理吉は目の前で繰り広げられる荒事を、桟敷席《さじきせき》の側から眺めているばかりだった。

「確か、これから直十が迎えに来るのだったな」

「はい。確か昼過ぎに、と」

「ならば、少し時はあるな。――ちと、散歩にでも行かぬか」

否《いな》やはなかった。二人して堂宇を出て、寺の境内を出た。

錫杖を鳴らしつつ魯心が松山の町を歩くと、町の人々が次々に声を掛けてきた。和尚様、いずこへ行かれるのですか。和尚様、この前ご相談いただいた件、おかげさまで丸く収まりました。和尚様、またお寺へ伺ってもよろしいですか――。その度に魯心は足を止め、笠を取って丁寧に応じていた。

いつしか二人は北の町外れに至った。そこには小川が流れ、小さな橋がかかることで境となっていた。疎水と言った方がしっくりくる、河原もほとんどない、穏やかな川だった。魯心が左手側――上流の側のあぜ道に折れ、川に沿って歩いてゆくのについてゆくと町が途切れ、見渡すばかりの田畑の光景が広がっていた。既に田は水が抜かれ、刈り取られた稲が干されている。町方で暮らしてきた理吉にとって、村方の光景はどこか野暮ったいものに映った。しかし、魯心は目を細めてその様を眺めている。

やがて魯心は、田畑の真ん中にぽつんとある森に至った。鳥居をくぐると、そこには物置小屋のような風合いさえ見せる社が立っており、その境内には、年の頃十ほどの子供たち四人が、大人について棒術を学んでいる様子だった。

棒術――。理吉は目を輝かせた。だが、次第に落胆へと変わる。

子供たちの棒術は、まるで魯心のそれとは質が違った。稽古の進み具合？　違う。何かが根本的に違う。気を落としながらもその違いについて思いを致すうち、あることに気づいた。魯心の棒術と、術理はよく似ている。だが、子供たちのそれは舞と混淆《こんこう》しており、ある種の振り付けとして棒術が使われているらしかった。

境内にある大岩に腰を下ろした魯心は、その様を眺めながら続けた。

「あれは、もう少ししたら開かれる秋祭の棒使いよ」

「棒使い？」

「祭の演目の一つでな。獅子《しし》を追い詰める武芸者の役よ。この時期になると近くの子供たちを棒使いに仕立てて、祭に出す。今はちょうど練習の時期なのだ」

「和尚は参加なさらないので」

「棒使いは子供しかなれぬ」

「そうではなくて。和尚はお教えにならぬのですか、棒を」

すると、魯心は声を張り上げて笑った。心底楽しそうな笑い声だった。

「馬鹿をいえ。わしの棒術は、荒事よ。氏神様に奉納するようなものではないわ」

口を結んだ魯心は、ややあって、錫杖をしゃらりと鳴らした。何のまじないだろうかと眺めていたが、やがて気づいた。魯心は錫杖を鳴らそうとしていたのではなく、地面を突いていた。下を向き、憎々しげに地面を睨む魯心は、錫杖の先を何度も地面に打ち付け、穿《うが》っていた。

「わしはな。棒使いのような生き方をするべきと思うのだ」

「どういうことで、ございましょう」

「棒使いは他人を傷つけることはない。人の心を豊かにし、今年の豊作を氏神様に感謝するためのものだ。それは、わしの棒術には存在せぬ境地よ。一見、わしの棒術は力を持っておるように見えよう。されど、わしの棒術では、あの子供たちの棒に勝てぬのだ」

魯心の視線の先で、子供たちが舞うように棒を操っている。その動きは心許なく、文字通り、児戯に等しかった。魯心がその気になれば、あんな子供たちなど錫杖ひと薙ぎで打ち倒すことができるはずだ。にも拘らず、あの棒術に勝てぬとは、どういうことなのだろう。

混乱の中にある理吉をよそに、魯心は続けた。

「平穏な日々、普通の暮らし、当たり前の日常。そのすべては得難く、またそれを追い求めるのは簡単なことではない。特に、力を持ちたる者にとって、それらは万金を積んですら手に入らぬものだ。――思えば、お主の過去を聞いたことがなかった。だが、兄妹で故郷を離れたということは、人には言えぬ事情を抱えておるのだろう」

心の臓が高鳴った。余計な詮索をされるのではないか、と。

だが、杞憂《きゆう》だった。

「お主がどんな人生を歩んできたのか聞くつもりはない。されど、人に言えぬ事情を抱えておる者は、往々にして平穏や普通、当たり前を軽んじるようになる。なぜなら、それらのものを与えられなかったからだ。そして、危ない橋を渡ってでも――、となる。だからこそ、言うておくぞ、理吉。平穏、普通、当たり前を大事にせえ。もしかしたら退屈かもしれぬ。だが、本当に大事なものは、退屈な日々の中にこそある。退屈な日々を支えるのも苦労を伴うし、一度破綻してしまうと直すことも難儀であろう。だが、それでも、つまらぬ日々の中に、己の居場所を見つけるのだ」

魯心の言っていることが、肚《はら》に落ちてはゆかなかった。

魯心の視線の先で棒を振る子供たちは、楽しげに頬を緩めている。屈託もなく笑み、まるでこの世にいくらでも転がっている理不尽など知らぬとばかりに。

魯心は立ち上がった。

「さて、話が長くなってしもうたな。直十さんが来るやもしれぬ。寺に戻るとするか」

すたすたと歩き始めた魯心だったが、何かに気づいたのか、懐をまさぐって振り返った。

「そういえば、これを渡しそびれておったわい」

魯心はそのごつごつした手で理吉の左腕を取ると、懐から出したそれをおもむろに巻いた。

理吉の左手首で輝くのは、黒い数珠だった。何重にも漆が塗られているのか艶《つや》やかだったが、粒の大きさが揃っておらず、中には歪《いびつ》な形のものさえ混じっている。そう高く売れるものではないと見定めていると、魯心は気恥ずかしげに頬を指で掻《か》いた。

「もう少しお主が長く寺にいるだろうと考えて、少しずつわしが作っておったのだ。寺男なのに数珠一つ持っておらぬは体裁が悪いでな。中途半端な仕上がりになってしもうたが、餞別《せんべつ》代わりだ。持って行くとよい」

魯心は理吉の肩を強く叩いた。

「もし、わしの言うことを忘れそうになったら、この数珠を眺めるといい。そして思い出せ。退屈に生きること。そしてその奥にある平穏、普通、当たり前を大事にせえ、とな」

魯心は理吉の脇をすり抜け、先に行ってしまった。

理吉は棒使いの少年たちを眺めた。二人一組になって棒を打ち合っている。打つ側、受ける側、どちらも汗を滝のように流しているものの、楽しげだった。あの日、魯心が男どもを薙ぎ倒した修羅場とかけ離れた光景がそこにあった。

だが――。

「俺は、そんな生温いもんに、なりたかねえんだ」

理吉は知っている。普通の生活は、驚くほど容易《たやす》く消し飛んでしまう。

平穏な日々が悪いとは言わない。ぬるま湯の中を泳ぐような日々は、可もなく不可もない、のんべんだらりとした安堵《あんど》に包まれている。だが、そんな日々に、理吉は生きてゆけない。

博打の光景が頭をかすめる。そして、出目を当てた時、体中に走る稲妻を思い起こして、体が震えた。

鉄火場に身を置くように生きたい。

力が欲しい。

理吉の願いは、ただそれだけだった。

理吉は楽しげに棒を振る子供たちから目を離し、踵《きびす》を返した。

――黒数珠が、じゃらりと鳴った。

四　西海屋《さいかいや》

「理吉《りきち》、理吉はおるか」

また寝坊してしまった。台所から呼び声がする。欠伸《あくび》をして手拭いを頭に巻きつつ、理吉は奥へと続く廊下を駆けてゆく。まだ明けきらぬ空を睨《にら》みながら台所に至るなり、大声で怒鳴られた。

「おめえ、また寝坊か。ちっと気合を入れ直せ」

「すみません」

「まったく、直十《なおじゅう》さんの紹介だっていうから入れてやったのに、使えねえ奴だな」

台所を差配する頭の吉兵衛《きちべえ》は、小言もそこそこに羽根つきの大鍋を差した。

「今からこの米を研いで来い。米粒一つ一つがピカピカに光るまでだぞ。いいな」

へい、と応じて米が一升は入っている羽根つき鍋を持ち上げた。ひどく重く、腰にずんと衝撃が走るものの、いい加減この感覚にも慣れた。吉兵衛の怒鳴り声を背中で聞き、理吉はふらつく足取りで裏手にある井戸へと向かった。

真っ暗な井戸端には、既に先客があった。

同じく羽根つきの大鍋の前に、男が二人たむろしている。一人は着物の裾をからげて井戸から水を汲《く》んでおり、もう一人はがしがしと米を研いでいた。

米を研いでいる方の男が顔を上げた。その男は、肩から腕にかけて筋肉が盛り上がり、浅黒く日焼けした顔に白い歯が浮いていた。年の頃は十歳代の後半、詳しい年齢は聞いていないが、理吉と同年代だろう。

「おう、新入り、遅いぜえ」

「いや、あんたも新入りじゃねえか」

理吉が口ごたえすると、男はからりと笑った。

「まあな。でも飯炊き係では新入りなだけで、西海屋は俺の方が長いんだぜ」

米を研ぎつつ胸を張るこの男は源次《げんじ》という。廻船《かいせん》問屋の西海屋の中でも猪牙舟《ちょきぶね》の扱いで右に出る者はないが素行の悪さでも有名で、時折問題を起こしては謹慎代わりに飯炊き係や屋敷の掃除といった役目に落とされ、ほとぼりが冷めたらまた船頭に戻されてを繰り返している。周囲の白い目にも恬《てん》として動じることなく、どこか居直っている風すらあった。今回飯炊きに回されたのは、博打通いが露見したかららしい。

軽快にちゃっちゃと米を研ぐ源次は、研ぎ汁を大盥の中に流して、額をぐいと拭った。

「こんなもんでいいんじゃねえか」

すると、井戸の水を引き上げていたひょろりと背の高い大男が、源次の釜を覗《のぞ》き込み、手を差し入れた。少しかき回したのち、首を横に振った。

「まだ駄目だ」

「かーっ、固いねえ、嘉助《かすけ》はよ。食べちまえば一緒だろうに」

「もう一度だ」

にべもなく源次の釜に水を入れたこの大男は嘉助という。やはりこの男も十歳代の後半、理吉などと年齢は似たり寄ったりといったところだろう。源次とは逆に、品行方正ではあるが特に目立って優れたところがなく、それどころか気働きができぬと評判であるゆえに、かなり長く西海屋にいるにもかかわらず、舟の棹《さお》を握るでもなく、帳場に登るでもなく、飯炊き一筋でやっているのだという。おしゃべりな源次とは違い、必要がなければ口を開くこともない。

そんな嘉助は理吉の釜にも無言で水を流し入れた。研げ、ということだろう。

理吉は釜の中に手を差し入れた。きんきんに冷えた水のせいで手がかじかむ。しばし米をかき回してから、手に息を吹きかけた。まだ秋の終わりだというのに冬になったらどうなってしまうのだろうかと考えかけて、不毛なことを想像するのは止めようと決めた。


秋の終わり、理吉は直十の紹介で江戸築地《つきじ》の西海屋に奉公する運びとなった。

信州《しんしゅう》生まれの理吉からすれば、西海屋での暮らしは驚きの連続だった。

西海屋の裏手に広がる海に度肝を抜かれた。桟橋《さんばし》の向こうに広がる、大小さまざまな船の行き交う黄金の海。生まれてこの方水平線を目にしたことのなかった理吉は言い知れぬ恐怖を覚えた。これまで、理吉の見てきた景色は山と川、建物によって区切られた小さな処だった。だが、江戸の海を見たその瞬間、無量無辺の天地に放り出された心地がし、遠くへやってきたのだという感慨を新たにした。

さらに驚いたのは、毎食のように白米が出ることだった。白米は祭の日にしか口に運ぶことのできないハレの食べもので、普段は雑穀と玄米を混ぜた赤茶の飯を食べていた。だが、江戸では毎食、山盛の白米が出てきて、お代わりすらできる。

とはいえ、西海屋での日々は、退屈に次ぐ退屈だった。

日が昇るより早く目覚め、米を研いで炊き、それが終わったら食膳を運び、片付ける。そうしたらまた昼飯の用意を始め、食膳を運んで片付ける。そして休み間もなく夕飯の用意を始める。とにかく単調な生活だった。朝早い仕事ゆえに、飲みに行くこともできない。そのくせ疲れもせず、夜も目が冴《さ》えて眠れない。

「面白くねえな」

米を研ぎつつ、つい本音が口からこぼれた。

理吉の独り言を耳聡《みみざと》く拾ったか、横で米を研ぐ源次が脇をつついてきた。

「安心しろよ。たぶんおめえ、そのうち飯炊きから離れられるよ」

「どういうことだい」

「新入りは一度飯炊きについた後、別のお役目に回されるんだよ」

なんでも、この西海屋では、新入りに飯炊きと配膳を任せることで店の者の顔と名前を覚えさせているらしい。

「悪い手じゃねえが、頭があんなに怒りっぽいのは、長く飯炊きが居つかせねえことにもあるみたいだぜ」

つまるところ、西海屋の上の連中は、飯炊きを新入りの行儀見習いか鼻つまみ者の罰くらいにしか考えてねえってことだからよ、と源次は他人事のようにけらけら笑った。

「おめえ、ここに来て一か月だっけか。もうそろそろだと思うぜ」

遠くから頭の怒鳴り声が聞こえる。いつまで米を研いでいるんだおめえらは、と。

「とと、いけねえ、手早くやっちまおうぜ」

「あ、ああ」

掌に感覚がなくなってゆくものの、気にしている暇はなかった。力任せに米を研ぎ続けた。

研ぎ終わった米を台所に運ぶ。米を炊くのは別の奴の仕事だ。しばしの休憩の後、仕上がった膳から運んでいけと頭から号令が出た。理吉は膳を三つ抱え、西海屋の一番奥の部屋へと急いだ。

二階にあるその部屋に向かい声を掛けると、入っていいよ、と優しげな声がかかった。

戸を開いて中に入ると、そこは南向きの八畳間で、そこには若い男女の姿があった。男は南向きの障子を丁度開くところだった。がらりと開くと、赤い欄干の向こうに穏やかな江戸湾が広がっていた。西海屋の持つ猪牙舟や一回り大きな船が居並ぶ桟橋がそこから一望でき、その向こうに広がる江戸湾は螺鈿《らでん》細工のように輝いている。満足げに頷《うなず》いた男は、理吉に顔を向けた。その顔は、存外に若い。いや、幼いといった方がいいかもしれない。顔にはシミ一つなく、皺《しわ》もない。二十と少しと聞いているが、十五と言われても納得してしまいそうだ。

「ああ、もう朝餉《あさげ》か。ご苦労様」

柔らかな物腰で労《ねぎら》いの言葉をかけてきた男は、部屋の真ん中に座り、青い顔をしてうつむく女に話しかけた。

「お清《きよ》さん、食べられますか」

清と呼ばれた女は、努めて明るい表情を作って見せた。だが、顔色が悪い。

「無理はしなくてもいいんだ」

「ごめんなさい、お前様」

「今は大事な体なんだから、ゆっくりしなさい」

朝っぱらから見せつけられる上品な睦《むつ》み合いに、理吉は閉口した。

この二人は、この店の主人である武太郎《たけたろう》と、その妻であるお清である。

昨年急死した先代武兵衛《たけべえ》の後継ぎとして息子の武太郎が立ち、家の形を整えるために、急遽《きゅうきょ》懇意の豪商から娘を貰《もら》うことになった。それがお清だ。見合結婚ではあったものの、気が合ったのかたいへん睦まじく、祝言から半年ほど経《た》ったところで腹の中に子を宿していることが明らかになった。

とんとん拍子だが、当人が一番その急流に流されている感もある。まるで子供のままごとを見ているようでおもはゆい。

「あのう、膳はどこに置いておけばよろしいですかね」

声を掛けると、二人の世界に入っていた武太郎はようやく「ああ」と声を上げた。

「その辺に置いておいてくださいな」

その辺、というのが一番困る。変なところに置いたのが上役に見咎《みとが》められて怒られるのはこちらなのだ。仮に旦那様にそう言われたんだと抗弁しても、ならばお前が気を回してもっとましなところに置けばよかろう云々と叱られるのは目に見えている。

「んじゃ、この辺に置いておきますからね」

部屋の隅に膳を置き、二階の部屋を後にした。

大丈夫かい、お清さん。

ええ、ありがとうございます、お前様。

安い芝居の台詞のような夫婦の甘ったるい声が背中越しに聞こえる。

廊下を歩きつつ、理吉は舌を出した。

それからしばらく経った冬、源次の言う通り、理吉は飯炊きから他の仕事に回された。

理吉のお役目は、番頭の手下働きだった。なんでも、普通の男衆とは違い、番頭の身の回りの世話や、個人的なお使いを任されるらしい。これの通達があった時、船頭に戻ることになった源次からは同情めいた目を向けられた。

『地獄の門に片足を突っ込んじまったな』

どういうことだと聞いても、まともに答えてくれなかった。心配になって普段はあまり話しかけることもしなかった嘉助にも話を聞いた。だが、嘉助は大きな体を丸めて『俺は知らん』とそっぽを向いた。

初めてお役目につく日、理吉は言われた通り、一階の奥の間に向かった。丁度武太郎夫婦の真下に位置する部屋だ。

そこは八畳一間となっていて、冬も近いというのに開け放たれた障子の向こうには、猪牙舟が屯《たむろ》し船頭たちが働き回っている桟橋、荒れた江戸湾の姿がよく見えた。部屋の中には、火鉢で手をあぶりながら外の景色を眺め、文机《ふづくえ》に頬杖《ほおづえ》を突く男の姿がある。だが、理吉の気配に気づいたのか、その男はぬらりと振り返った。

一目見た瞬間、蟷螂《とうろう》の姿が頭をかすめた。それほどまでに、鋭く、細い。存外に若く、男振りもいい。年の頃は二十五やそこらだろう。紺色の小袖に、西海屋揃《ぞろ》いの藍色羽織を纏《まと》っている様は、いかにも問屋の番頭といった趣だ。口角の上がった上品な顔立ちをしているが、半衿《はんえり》や足袋が揃いの赤で、目は一切笑っていない。

——堅気の匂いがしなかった。

その男——番頭の慶蔵《けいぞう》は、面倒くさそうに口を開いた。

「来たかい」

立ち上がった慶蔵はしばらく嘗《な》め回すように理吉を眺めながら近寄って来るや、最後に顎に手をやりながら目を覗き込んできた。一切笑わぬその瞳が、無表情の理吉の顔を映す。負けじと見上げていると、不意に慶蔵は噴き出した。

「面白い奴だな」

「何が、ですか」

「何も聞く気はねえが——。てめえ、修羅場を見てるな」

二人の人を殺した過去が揺らめく。呑《の》んだ唾が固い。

慶蔵は文机の横に置かれた煙草盆から、一本の銀煙管《ぎんキセル》を手に取った。普通の煙管と違い、羅宇部分が長細く、まるで小刀のようになっており、そこに鬼の顔が象嵌《ぞうがん》されていた。そんな刀《なた》豆《まめ》煙管に煙草を詰めると、火鉢の炭から火を移し、口から紫煙を吐き出した。

「余り者《もん》の野良犬の風情だ」

余り者——。軽井沢《かるいざわ》の、そして高崎《たかさき》の日々が脳裏をかすめ、心の古傷から血が溢《あふ》れ出た。

胸に痛みが走る。つい、声が荒くなった。

「それが何だって言うんですかい」

「別にいいんだよ。——修羅場をくぐり抜けた奴ァ目が違う。ぎらぎらしていて、見ているだけでぞくぞくするってもんだ。それに、余り者は、強くなけりゃ生きていけねえことを知っている。俺は甘ったれが嫌いなもんでな。期待してるぜ」

慶蔵の下で働く日々は、苛烈《かれつ》の一言に尽きた。

船頭たちに慶蔵の命を伝えに行った時には、てめえみたいな若造に命令されて動けるかよと船頭たちの顰蹙《ひんしゅく》を買った。慶蔵の遣いで西海屋に借金をしている商家を訪ねた時には、侮《あなど》られて門前払いされた。だが、何もせずにおずおずと引き上げれば慶蔵の叱責、いや、折檻《せっかん》が待っている。

「おめえ、そんなこともできねえのかい」

冬の日、下帯一枚で庭先に座らされ、表面に薄く氷の張った桶《おけ》の水を浴びせられた。冷たいというよりは、痛かった。全身に冷気の針が刺さったかのようだった。それに遅れて、全身を貫く怖気《おぞけ》が体を震わせた。

「今日び、犬だって芸の一つは覚えるもんだぜ。犬以下か、てめえは。えぇ？」

縁側に座って煙草をくゆらせながら、まるで塵芥《ちりあくた》を見るような目で慶蔵は理吉を見下ろしていた。

縁側を行く女中も見て見ぬふりをしてこの場からそそくさと離れてゆく。汚物にでもそうするように、さっと目を伏せて。

不思議と、慶蔵に怒りは湧かなかった。

犬以下。

身を切るような寒さに体を震わせ、奥歯をがちがちと鳴らしながら、理吉は縁側に座る慶蔵の姿を見上げた。そこにいるのは、まさに強者を絵に書いたような男の立ち姿だった。

慶蔵の辣腕《らつわん》ぶりは、眩《まぶ》しかった。

主の武太郎が商才に欠ける中、大問屋である西海屋の隆盛は慶蔵の手腕に負うところが大きかった。廻船問屋は血の気の多い船頭を叱りつけ、気難しい船主をなだめすかして荷を運ばせ、船荷を売りさばく商売だ。この稼業においては諸色の相場を読むことが求められるため、熟考は仇《あだ》となり、果断さや即決が貴ばれることとなる。そうした意味では、主人の武太郎よりも、苛烈な性《たち》をした慶蔵の方がよほど主人に向いている。

他の船頭——主に源次——に訊《き》いたところでは、一時期慶蔵が西海屋を継ぐ話もあったらしい。だが、先代のお子さんもいるのに俺が継ぐのはお門違い、というほかならぬ慶蔵の意見もあり、武太郎が主人となり、慶蔵がそれを支える今の形が整ったのだという。

忠義の男、という評も聞いたが、理吉は小首をかしげた。その評を口にする者も揃って己の言葉にしっくりきていないようですらあった。

昼間の間中ずっと桟橋の見える縁側の障子を開け放ち、文机に寄りかかって帳簿に目を通しつつ船頭に命を出し、さらには西海屋の家政まで一手に総攬している。武太郎には「旦那様は心安くお過ごしください」などと述べて、一切経営に手を付けさせていない。忠義の一言に押し込むには余りにも不気味だった。そして、その不穏さは、西海屋の従業員が薄々感じているものだった。

理吉は、慶蔵の姿に己の理想を見た。

だからこそ、船頭に必死で食らいつき、時には血を見せてでも商家と借金について片をつけた。方々に恨みを買っている気配は感じたが、気にすることはなかった。

慶蔵の下についている者の多くは長続きしなかった。

あまりに人使いが荒すぎる。それに、中には借金取りにも似た役目すらあるために、心を病む者が多かった。理吉が手下働きに入ってから、何人も他の役目に移っていった。

「やっぱりおめえは残ったか」

慶蔵はほれ見たことか、と言わんばかりに笑った。

確かに激務に他ならなかった。だが、それでも理吉がこの役目に食らいついたのは、何より慶蔵の存在が大きかった。

この人は何でも持っている。

出入りの者を含めれば百人を超える大所帯である西海屋を鶴の一声で動かす慶蔵に、狂おしいほどの憧憬《しょうけい》を覚えた。理吉は慶蔵になりたかった。だからこそ、慶蔵の言うがまま、西海屋に借金のある商家の主人を足蹴にし、船頭どもを怒鳴りつけて回った。

ある日の夜、理吉は慶蔵に呼び出され、品川へと向かった。

突然のことだった。某屋の遣いを名乗る男がやって来て、刀豆煙管を持ってきてほしい、大事なもんだから理吉に持たせろ、そう託《ことづ》けて。

品川宿《しながわじゅく》は江戸の墨引きの外にある。闇に沈む海を眺めながら東海道を下っていくと、やがて街の灯《あか》りが見えてくる。宿場町入り口の冠木《かぶき》門《もん》をくぐり、旅籠《はたご》が続く一角を素通りして奥へ進むと、三味線の音が混じる一角が現れた。噂《うわさ》には聞いていたが、忙しくて足を運ぶことができなかった。旅籠などよりも数段強く街道にまで中の光が漏れているそこは、品川名物の飯盛宿だった。

遣いの後に続いて辺りでも一番大きな飯盛宿に上がり込んだ。そうして案内された二階の奥の間に入った。

思いのほか質素な八畳間だった。かつて身を置いていた志村屋《しむらや》の方が遥《はる》かに調度も整っていた。床の間を見れば、薄汚れた、季節外れの掛け軸が風に揺れていた。黄ばんだ畳の部屋の中、慶蔵は黄八丈の小袖を纏って三味線を弾く女にもたれかかるようにして、炙《あぶ》った沙魚《はぜ》を肴《さかな》に酒を呷《あお》っているところだった。

「おう。来たかい」

慶蔵はもったいぶったしぐさを嫌う。部屋に小走りで入ると、懐から鬼の首があしらわれた刀豆煙管を取り出し、両手で差し出した。すると慶蔵はひょいと手に取り、顔をほころばせた。

「この〝鬼首〟じゃねえと、気が昂《たかぶ》らなくてな。ご苦労さん」

理吉は立ち上がった。慶蔵は馴《な》れ馴れしい態度も嫌う。

部屋を辞去しようと身を翻しかけたその時、三味線を弾いていた女が声を発した。

「あら、もう帰っちゃうの。せっかちなお人ねえ」

まるで小鳥がさえずるような声だった。

慶蔵にばかり注意が向いていて、三味線を手に微笑む女の造作が目に入っていなかった。だが一度意識して見れば、相当な別嬪《べっぴん》だった。目、鼻、口。女の顔を構成する部品の大きさや形は平凡そのものなのに、その三つがあるべきところに納まった時、なぜこんなにもそそるのだろうか。とにかく塩梅《あんばい》のいい顔立ちをしている。しかし、唇の右下にあるほくろが僅《わず》かばかり完璧な塩梅を崩しているのがまたいい。年の頃は二十と少しくらいだろうか。

「おいおい、せっかくの水入らずだってのに、余計なもんを呼び止めるなよ」

「いいじゃないの」女は笑う。「いつも二人っきりじゃつまらないでしょ。蕎麦にだって七味とか山葵《わさび》を添えるでしょうに」

「おめえには敵《かな》わねえよ」

鬼首の刀豆煙管に火を灯《とも》しながら、慶蔵は苦笑いを浮かべた。

二人の様を眺めていた理吉の前で、女は、

「お座りなさいな、小僧さん」

と言った。まるで小ばかにするようだったが、有無を言わさぬ力があった。理吉は女の言う通りにした。

「小僧さん、お名前は」

「理吉」

「へえ、いい名前ねえ。生まれは」

「信州軽井沢」

「田舎者の割に男ぶりがいいじゃない。気に入ったわ」

女は赤い唇に舌なめずりをした。

不味そうに紫煙を吐き出す慶蔵が、おいおい、と呆《あき》れ声を発した。

「俺の前で男を口説くつもりかよ」

「あら、ごめんよう。でも安心しとくれよ。あたしが心底惚《ほ》れてるのは、あんただけなんだから」

立ち上がった女は、慶蔵に科《しな》を作り、煙管をどけて慶蔵の口を吸った。

慶蔵の胸の中で楽しげに紫煙を吐き出した女は、ようやく名乗った。

「あたしは蓮《れん》っていうんだ。金簪《きんかんざし》の蓮っていやあ、この辺りじゃ有名なはずだよ」

その割に、お蓮の御髪《おぐし》に金簪は見当たらない。

訝《いぶか》しく思っていると、慶蔵が軽薄に笑う。

「悪名ってやつだ」

元を正せばお蓮は吉原でも名うての遊女だったが気性が荒く、男客に食ってかかることもよくあった。多少のわがままなら可愛いものだと大目に見られるものだが、お蓮のそれは度を越していた。ある日、男客の背中に金の簪を突き刺す事件を起こした。幸い怪我は大したことなく、男客も事を荒立てたくないと申し出たおかげで鉄漿溝《おはぐろどぶ》に投げ入れられることなく、吉原放逐で済んだ。そうして流れに流れ、今は品川の飯盛女に落ち着いた。

「気に食わない男に抱かれるくらいなら、殺された方が幾分かましってもんさ」

「おっかねえ女だよ、おめえは」

慶蔵すら苦笑いしている。

「そ、あたしはおっかないのよ。気に食わない男はぐさり。だから、金簪なのさ」

それから、慶蔵、理吉、お蓮の三人での酒盛りが始まった。お蓮は三味線を弾いているばかりだったから、呑むのはもっぱら慶蔵と理吉だけだった。慶蔵はかなり酒に強い。幾本も銚子を空けているのに、まったく酔った風がない。だが、理吉も負けていない。

「てめえ、随分いけるくちじゃねえかよ」

「へえ、子供の頃から飲んでましたんで」

「なるほどね。てめえ、金持ちだったか」

己の過去を言い当てられて、ばつが悪かった。脇本陣《わきほんじん》の主人の養子に、居酒屋の住み込み。どちらも明日の食うものに困るどころか、一時は余裕さえある暮らしぶりだった。

無言でいると、慶蔵は猪口《ちょこ》を傾けて鼻を鳴らした。

「ま、そんなおめえも、今はへえこら他人に使われる立場だ。世の中ってのは理不尽だあな。ま、せいぜい頑張るんだな」

理吉は思い切って問いを発した。

「慶蔵さん、一つ、聞いてもいいですかい」

「なんだ？　愚につかねえ質問にゃ、答えねえぞ」

「どうしたら、分限者《ぶげんしゃ》になれるんですかい」

一瞬、慶蔵は虚をつかれたような顔をした。だが、ややあってにんまりと笑い、刀豆煙管を灰入れに打ち付けた。

「簡単だ。いざって時に、博打を打てるようになることさ」

「博打？　慶蔵さんは、鉄火場にも行かれるんですかい」

「何言ってんだ。鉄火場の丁半だけが博打だと思うなよ。俺に言わせりゃ、人生そのものが博打なんだよ。ついてる時もありゃ、いけねえ時もある。結局、ツキの波を見切って、ここぞという時に危ねえ橋を渡ってでも勝ちを取る。そうでもしなきゃ、大勝ちなんざ夢のまた夢ってやつよ」

「でもよ慶蔵さん、俺には元手がねえし、腕力もねえ。どうやって、元手を得りゃいいんだ」

すると、慶蔵は真っ赤な舌をべろりと出し、指した。

「てめえにだって口舌はあるだろうがよ。口舌をうまく使えば、無一文でも金を作ることはできるし、腕力のある相手にだって負けやしねえ。——あとは、手下を見つけるんだな」

「手下ですかい」

「ああ。力がある奴には、仲間がいる。だが、俺たちみてえな余り者には、仲間はいねえ。だから手下を作るんだよ。余り者を拾ってくるなり、無理矢理奪うでもいい。とにかく手下を作って徒党を組め。それで手下を働かせりゃ、元手はいくらでも入ってくらあな」

慶蔵は威勢よく酒を呷った。

盃を重ねるごとに、慶蔵の目が据わり始め、先ほどと同じ内容の話を繰り返すようになった。ついにはまっすぐ座っていることもできなくなったのか、ごろりと床に寝そべり、刀豆煙管に火を灯して酒を呷り始めた。だが、それも長くは続かなかった。

「この……、煙管はな……。俺の宝物……なんだよ」

呂律の回らない口でそう口にした慶蔵の手から、当の煙管が落ちた。随分前から火は消えている。灰を畳の上にまき散らし、慶蔵はその場に突っ伏した。それからしばらくして、穏やかな寝息が聞こえ始めた。

「あれあれ、寝ちまったねえ」

お蓮は三味線を弾くのを止め、奥の部屋から掛布団を持ってきて、慶蔵に被せた。そののち、子供をあやすようにぽんぽんと布団を叩《たた》いてやった後、子守歌でも歌うように言葉を発した。

「この人はねえ、貧乏暮らしが長かったんですって」

元は伊豆《いず》の農民の生まれだったが、母親の眼病が慶蔵の人生を変えた。金を稼がねばならず、慶蔵の父は妻と長子を遺して、慶蔵の手を引いて江戸に出た。江戸で出稼ぎをして、金を工面しようという考えだったが、まるで江戸に伝手がなく、すぐに物乞いに落ちた。そんな中、ひょんなことから西海屋の先代主人である武兵衛に拾われた。

「なんでもあの人は、武太郎さんの子守が振り出しだったんですって。で、独学で算術を覚えて、船の操り方を覚えて、今の地位にあるのよ。汚いことに手を染めながらね」

酔いのせいでぼうっとしていた頭が、一気に目覚めた。

なぜ、自分が慶蔵に惹《ひ》かれているのか、その理由に思い至ったがゆえだ。

慶蔵もまた、何も持っていない余り者だった。だが、自分の力でその逆境を跳ね除け、時には敵を蹴落として今の地位を手に入れた。その生き方は、力が欲しいと願い、これまで必死で藻掻《もが》いてきた理吉と重なるものがあった。

「あの煙管はね、他の廻船問屋から西海屋に乗り換えたお客さんから貰ったものなんだって。あたしも覚えてるわよ。あの人、毎日のようにここの飯盛宿に来て、脂ぎった爺にへえこらしているの。なんでそこまで、って思ったけど、この人なりの戦い方なんだよ」

布団の中から慶蔵の寝息が聞こえる。

理吉は、ひそかにお蓮の顔を盗み見た。

まるで少女のように清らかな顔をして、お蓮は布団の中で寝息を立てる慶蔵のことを眺めていた。

そして朝、外が白み始めた時分になって、ようやく慶蔵は目を覚ました。

「おい、帰《けえ》るぞ」

一方的にそう言い放つと、慶蔵は飯盛宿を後にした。

「今から帰るんですかい。それじゃ、朝には間に合わない——」

「うるせえ。黙ってろ。おめえの声は目覚めに悪りぃ」

慶蔵が向かったのは、品川宿外れにある桟橋だった。明けきらぬ空の下、猪牙舟が舳先を揃えて停泊している。だが、その一番奥の船の上で、櫂を振る人影がある。桟橋を渡って近づくと、その男の顔が見えてきた。

「慶蔵さん、お帰りなさいませ。——って、お前もいるのかよ」

舟の上にいたのは、源次だった。

品川で遊ぶ時には、朝明けきらぬ前に一艘猪牙舟をこちらに手配しておく。歩くには距離があるが、舟で行く分にはさほど時はかからない。それに足が疲れることがないぶん楽だ、と慶蔵は言い、舟を漕ぐ源次に一分金を投げ渡した。その金を押し頂いた源次は先ほどよりも景気よく櫂《かい》を操り始めた。

「おめえの舟さばきは下手でいけねえよ」

「すいやせん。でも、慶蔵さんに勝てる船乗りなんてそういませんからねえ」

「お追従は結構だよ」

火のついていない鬼首の刀豆煙管の吸い口をかじりながら、慶蔵は苦い顔をした。

この時、理吉の体に稲妻が走った。

この男になりたい、と。

波間を猪牙舟が滑ってゆく。そうする間に、空が白み始めた。

そんなある日、理吉は小さな事件を起こした。

慶蔵の鬼首の刀豆煙管を盗んだのである。

ある日、言いつけ通りに西海屋の蔵の片付けを終え、慶蔵に報告をしに行ったものの、部屋の中には誰もいなかった。いつもは開け放たれている桟橋の見える障子も締め切られ、火鉢の火も落とされている。部屋の中には陰鬱な寒気が満ちていた。

そういえば、今日は付き合いのある商家と打ち合わせた後、吉原で酒宴を持つ、などと言っていたことを思い出した。

部屋を後にしようとした時、文机の上に、銀色に光るそれを見つけてしまった。

鬼首のあしらわれた刀豆煙管だった。

慶蔵が大事にしていることは、誰よりも知っている。

思わず辺りを見渡す。

ふと、体の奥が熱くなった。

欲しい。

理吉は煙草を吸わない。本来、必要のないもののはずだったが、理吉は煙管に伸ばす手を押し留めることができなかった。

義兄の玩具《おもちゃ》を盗んだ昔をふと思い出した。

理吉は文机に近づくと、刀豆煙管を取り上げ、懐に収めた。そして足早に部屋を後にすると、先ほどまで自分が整理していた蔵に入り、その二階の奥にあった行李《こうり》の中に投げ入れた。

刀豆煙管の紛失は、しばらく西海屋を騒がせた。

「見てねぇかい」

慶蔵が店の者たちに聞いて回っている姿を見かけた。

理吉も聞かれた。

「俺の煙管、見なかったかい」

いえ、とあえてそっけなく答えた。

「今の俺なら何本でも買えるようなもんだが、あの煙管だけはそういうもんじゃねぇんだよ。

どっかに落としちまったのかね」

真新しい金煙管の吸い口を齧《かじ》りながら、慶蔵は悔しげな顔を浮かべた。

嫌なことがあると、理吉は蔵の二階に上がり、鬼首の刀豆煙管を吸った。音を鳴らして煙草の脂臭い煙管を吸い続けていると、心にぽっかりと空いた穴が、少しずつ埋まっていくような心地がした。

年の変わった松の内、理吉に客があった。

「久しいな。元気にしておったか」

錫杖《しゃくじょう》を鳴らして訪ねてきたのは、松山寺《しょうざんじ》の住持《じゅうじ》、魯心《ろしん》だった。笠を脱ぎ、首巻を解《ほど》いて通された客間に腰を下ろした魯心は、江戸の知り合いに逢うてきた帰りだと言い、豪快に笑った。

「お主が何をしておろうかと思ってな。こうして足を延ばしてみたわけだが――。西海屋は淀《よど》んでおるな。建物全体から瘴気《しょうき》が漏れておるかのようだ」

禅問答の類だろうかと思ったが、話を聞くうちに、それが捉えどころのない話ではなく、むしろ現実に即した話なのだと気づいた。

「ここにおる者たちは目が死んでおる。血色も悪く、何より陰気だ。お前をここにやったのは間違いであったかもしれぬ」

「そんなことはありません。今、俺は楽しくやってますよ」

「なら、いいのだが……」

魯心はちらと理吉の左手首を見遣った。

「数珠、つけておるな。感心だ」

左手首には、魯心から貰った歪《いびつ》な黒数珠が巻かれている。

外して無くすのも惜しい気がして、二六時中つけているに過ぎなかった。大して重いものでもなし、困ることもほとんどないのでそのままにしている。

「お主の顔にも、随分悪い気が溜《た》まっておるように見える。のう理吉、お主は本当に、この数珠に誓って悪いことをしておらぬと言えるか」

魯心の透徹した目は理吉を捉える。心の臓が高鳴りすら見逃さんばかりの視線に、理吉はたじろいだ。だが、魯心はそれ以上の深追いはしなかった。

「まあ、よい。もしも、己に邪心が芽生えたなら、その黒数珠を見て、心を落ち着かせるとよい。そしてわしの言葉を思い出せ。地道に、普通に生きることが大事なのだ、とな」

そんな話をして、魯心は去っていった。

江戸の雑踏に消えゆく魯心の背中を眺めながら、理吉は聞いたそばから魯心の言葉が色褪《いろあ》せていくことに気づいた。魯心の説法は、正論なのかもしれない。だが、つまらない。魯心の述べる正しさは、江戸の町では――、少なくとも理吉の周りでは、唾棄されるものだった。濃い味付け、過剰なまでの物、毒々しい色のついた遊郭、美しさに磨きをかける遊女たち、一生使いきれない銭を蓄財する商人たち、繰り広げられる汚い言葉の応酬。理吉が好むのは、そうした江戸の過剰さに他ならなかった。

理吉は黒数珠を光にかざした。だがもはや、魯心の言葉が聞こえてくることはなかった。

魯心が訪ねてきてからしばらくして、築地の西海屋にも春風が舞い込むようになった。そんな頃、西海屋は一つの慶事に沸いた。

店主の武太郎、御内儀のお清の間に、子が生まれた。十月十日を経た子は、玉のような男子だった。その子供は武松《たけまつ》と名付けられることになった。家督を継いで一年で、武太郎は跡継ぎとしての責任を果たしたのだった。

と、ここで一つの問題が持ち上がった。慶蔵の処遇である。

裏ではきな臭いことがあったようだが——。慶蔵を快く思わぬ者たちが結託し、西海屋から追い出す算段を打ったらしい。だが、西海屋には慶蔵の息のかかった者も多い。茫洋《ぼうよう》とした武太郎では生き馬の目を抜く廻船問屋の主人としては不適格との声も公然と上がった。そして、日に影に、西海屋では跡目を巡る議論が高まったのである。親戚の商家や廻船問屋の株仲間まで巻き込んだこのすったもんだは、結局元の木阿弥《もくあみ》に納まった。

「あたしは慶蔵を信じているよ。慶蔵は子供の頃からあたしの面倒を見ているんだ。それにお父——先代も死に際に慶蔵を頼れと言っておられたからね。慶蔵は、あたしの片腕だよ」

武太郎の言葉が異論をすべて封じ込めた。

この騒動をきっかけに、武太郎は少しずつ変化を遂げていった。

かつては一切西海屋の経営に興味を示さなかった武太郎も、次第に帳簿の読み方を覚え始めた。また、船頭たちにも自ら声を掛けるようになり、彼らの思う処に耳を傾け、不満を受け入れるようになっていった。船頭の要請に従い、古くなった猪牙舟を少しずつ新しいものに買い替え始めたのも武太郎だった。

「ああー、武太郎さん、困りますよ。まだ使える猪牙舟を勝手に買い換えられちゃ」

慶蔵の言葉にも、武太郎は動じなかった。

「いや、船頭は店の宝。古い舟のせいで彼らが事故に遭ったら、取り返しのつかぬことになる。ここは吝嗇《りんしょく》すべきところではないと思う」

これには古参の船頭たちも泣いて喜んだ。調子のいい者などは「先代の再来」とまで喜んだ。そこまで言わずとも、妻も子供もできて腰が据わったからかと口にする者もあった。

だが、武太郎の変化は、必ずしも好ましい方向へのものだけではなかった。月に数回、品川の飯盛宿へ足を延ばすようになった。

武太郎に期待する者たちも悪所通いには微妙な反応をした。「西海屋の主人ともあろう人が飯盛宿なんぞで遊んでは家格に係わる」などと言う者もあれば、「夜の遊びに精を出す男なんて、奥様が可哀そう」と眉を顰《ひそ》める女中もあった。しかし、そんな声が聞こえぬのか、武太郎は船頭の源次に命じ、船底にも荷を積める新しい猪牙舟でもって品川と築地を往復するようになった。

そして、ある噂が、理吉の心をざわつかせた。

「旦那様は、金簪のお蓮とかいう女に入れ上げているんだと」

お蓮の顔が頭をかすめる。理吉の記憶の中のお蓮は、口角を上げてこちらを眺めていた。

記憶の中のお蓮に、理吉は語りかけた。かつて気に食わぬ男を簪で刺したおめえは、あの武太郎のことを気に召したのか、と。

あんなつまらない男に抱かれているお蓮の姿を想像して、反吐《へど》が出そうになった。

慶蔵の遣いで品川の飯盛宿に行った際、お蓮と顔を合わせる機会があった。その際に、思い切って武太郎とのことを聞いてみた。

するとお蓮は、ここだけの話だよ、と釘《くぎ》を刺し、理吉に耳打ちした。

「実は、武太郎さんをあたしに紹介したのは慶蔵さんなんだよ。大事なお人だから、おめえの手管で絡め取れって言うもんだから。でも、あれは堅物でいけないね。あたしが誑《たら》し込んでいるってのに、月に二回くらいしか会いに来ないんだよ」

なぜか、ほっとしている己に気づいた。

様々なことが音を立てて変わってゆく。そうして気づけば、西海屋にやってきて一年が経っていた。


ある夏の朝、西海屋に激震が走った。

朝早く、慶蔵の部屋に行くと、障子の向こうに広がる桟橋が騒がしいことに気づいた。船頭たちが係留された猪牙舟の周りで人だかりを作り、何やら叫んでいる。喧嘩でもしているのだろうか。朝一番で船頭たちが小さなことで揉《も》めるのはよくある話だった。主の命令を待つ理吉は、やや騒がしい一日の始まり程度に捉えていた。

だが、そんな日常の気配は、桟橋の人だかりの中にいた船頭が、開かれた縁側の前に駆け寄ってきたことで、粉々に砕け散った。

「番頭さん、今すぐ、こちらに来ていただけませんか」

「ああ？　なにがあった」

「それが……」

普段は威勢のいいのを売りにしている船頭が、顔を青くしている。何か察するものがあったのか、慶蔵は文机に筆を置いて立ち上がり、縁側の沓脱石《くつぬぎいし》に置かれたつっかけを履いた。

「おめえもついてこい」

慶蔵に言われ、理吉も後に続いた。

桟橋近くの喧騒《けんそう》に身を投じる。朝の江戸湾が黄金色に輝いている。いつもの凪《な》いだ江戸湾を前に、船頭たちは皆常になく浮足立っており、揃って顔色が悪い。その輪に加わった慶蔵は、緩やかな海風に袖を揺らしながら迷惑そうに声を上げた。

「おい、何があったのか早く言ってくれ。俺も暇じゃねぇんだ」

すると、船頭の一人がある猪牙舟を恐る恐るの体《てい》で差した。

船に近づく慶蔵の後に続くと、思わず理吉は鼻をつまんだ。

途轍《とてつ》もない悪臭が鼻を突いた。

糞便《ふんべん》のような臭いがする。そして、その悪臭に混じり、魚市場で嗅ぐような生臭さが、潮の香りに混じって迫りくる。

なんだ――。

慶蔵と共に猪牙舟を眺めたその時、思わず声を失った。

猪牙舟の上には、二人の男が転がっていた。

一人は腹をめった刺しにされ天を仰いでいた。傷ついた両腕を伸ばし、相手を睨みつけるような凄絶《そうぜつ》な表情のまま血の海に沈んでいる。もう一人はうつぶせに倒れ、まるで大事な宝物を抱えるように、背中を丸くして血の海に跪《ひざまず》いていた。だが、その男もピクリとも動かない。二人とも死んでいるだろうことは、一目見ただけでもわかった。

口元を袖で押さえた慶蔵は、近くにいた船頭に奉行所の役人を呼んで来るよう命じた。

皆が死体から目を逸《そ》らす中、理吉だけはその顔をまじまじと眺めた。

そして、気づいた。

めった刺しにされ、天を仰いでこと切れている男が、西海屋主人の武太郎であることに。

そして、しばし眺めているうちに、うつぶせに丸まったまま絶命しているもう一人の男も知り合いであることに気づいた。この男とは付き合いが長かっただけに、背格好や横顔だけでも判別がついた。源次だった。

「お前様」

紙を裂くような悲鳴が辺りに満ちた。

それは、お清だった。

男物の下駄を鳴らして桟橋を駆け、船頭を突き飛ばして舟に飛び乗ると、血がつくのも構わず、武太郎の死体にすがりつき、泣いた。

「なんでお前様、こんなことに。ねえ、お前様、目を開けて」

女の悲鳴が、高い空に吸い込まれていった。

しばらくして、十手をかざした役人がやってきた。黒の巻き羽織の男は欠伸を嚙《か》み殺しながら辺りを見て回り、血の海になっている猪牙舟をちらりと見ると、二人の喧嘩だな、と独りごち、辺りを飛び回る目明しに撤収を命じた。形ばかりの調べの後、しばし慶蔵と何かを話していた役人は、猪口をくいと呷るようなしぐさをして下卑に笑い、慶蔵は笑みで以《も》って頷き返し、何かを役人の手に握らせた。

その後、慶蔵から死体の始末と舟の清めを命じられた。

「おめえが適任だろうよ。どいつもこいつも気が動転して使えねえんでな。——ほれ、先払いだが、厄払いにでも使いな」

慶蔵は一分判を二枚、こともなげに投げやってきた。

どうやら、理吉に断る道はないらしかった。

襷《たすき》を掛けながら船頭たちが避けて通る猪牙舟の前に至った際、すでに桟橋には襷姿の大男が立っていた。

「あれ、嘉助じゃねえか」

それは、依然として飯炊きのままの嘉助だった。振り返った嘉助は、ああ、と小さく声を上げ、ひょろりとした体を少し傾けた。

「相棒を用意すると慶蔵さんが言っていたが」

「俺だ」

小さく頷くと、嘉助は息をついた。

「因果なものだな。二人して、源次の死体を始末するのか」

三人で米を研いだ記憶が頭をかすめる。だが、それを振り払い、猪牙舟に乗り込んだ。

想像以上に死体はひどいことになっていた。特に武太郎のそれは言語を絶するものがあった。何度も刺されていて、腹はまるでヘチマだわしのようになっていた。二人がかりで死体を桟橋に下ろすと手早く清めた後簀《す》巻《ま》きにして、棺《かん》桶《おけ》に押し込んだ。そしてそれが終わると、今度は顔を突っ込むようにして倒れている源次の死体を拾い上げ、簀巻きにすらせずに棺桶に投げ入れた。源次の死体は粗略に扱ってもよいと言われている。容赦はなかった。

その後、猪牙舟の掃除に当たった。広がる血を集めて海に捨て、水拭きをする。ただそれだけの作業だが、長い間捨て置かれた血は甲板の板目に染み込み、簡単には取れなかった。何度も雑巾がけしてやったのに、生臭さはいつまでも残った。しかもこの舟は武太郎が買い換えた新しい猪牙舟で、長持ほどの大きさの荷物を入れておくことができる場所が船頭の立つ艫《とも》近くの甲板の下にある。そこの扉を開くと、やはりそこにも血がしたたり落ちていた。

荷物入れの中に入り込み、四つん這《ば》いになり理吉が無心で拭き掃除をしていると、いつもは無言の嘉助が声を発した。

「おかしい」

「は？　何がだ」

「お役人様は、源次が旦那様を刺し殺したのち、自害したと言っていたな」

源次は今日の朝、品川で遊ぶ武太郎を迎えに行く段取りになっていたらしく、武太郎が朝まで品川の飯盛宿にいたことも裏が取れている。そのことから考え合わせ、朝方、西海屋へ帰る海の上、あるいは西海屋の桟橋で源次が武太郎をめった刺しにしたのち、自らの胸に刃を突き立てたというのが役人の筋書きだった。

それがどうした、と問うと、嘉助は続けた。

「解せない点がある。まず、そうだとしたら、なんでどこにも殺しに使った得物がない？」

そういえば、凶器はどこにもなかった。

「もしかしたら、源次がてめえの胸を刺した後に引き抜いて、海に捨てたのかもしれねえし」

「いや、ほかにも疑問がある。源次の動きだ。海の上で刺したにしろ、西海屋で刺したにしろ疑問が残る」

「どういうこった」

「まず、西海屋の前で刺したとすれば、もっと大騒ぎになっていたとしても不思議じゃないんじゃないか。それこそ、喧嘩の声を聞いていた人が一人くらいはあったはずだ。なのに、誰もそんな声は聞いていない」

「じゃあ、海の上で刺したんじゃねえか」

「ということは、旦那様を刺した後、源次はわざわざ西海屋の桟橋まで漕いでいって舟を繋いだ後、手前の胸に刃を突き刺したことになる。死を覚悟した人間が、そんなことをするか」

これまで、嘉助はてっきり頭の働きが悪いものだとばかり思っていた。だが、それが間違いであることを悟った。余計なことを言わず、黙々と事に当たっていただけのことだった。

血のこびりついた甲板を雑巾がけしつつ、理吉は首を振った。

「人一人殺した奴の気が動転してたとしても、不思議じゃねえだろ」

「まあな。だが――。これだけいくつもの不審があれば、何か裏にあると考えるのは、大した飛躍ではないだろう」

「かも、な」

頷いたものの、その疑問が何を意味するのか、理吉にはわかっていなかった。

みゃあみゃあと鷗《かもめ》が鳴いていた。


武太郎の死からしばらくして、西海屋では模様替えが始まった。

言い出したのは慶蔵だった。

「武太郎さんがあんなことになっちまったのは、家の相が悪いからだ。店を建て替えるわけにはいかねえが、ちと部屋の配置を変えようじゃねえか」

もはや、慶蔵の鶴の一声を封じることができる者はいなかった。

武太郎の死を受けて、西海屋の親戚一同が集まった。今後の西海屋の行く末を相談するためだ。遠縁から養子を貰うことや、慶蔵が寡婦となったお清と祝言を上げるなど様々な案が出されたが、結局このように収まった。

一、西海屋は当面当主不在とし、慶蔵がその代行をすること
一、西海屋の家督は武太郎の一子武松が十五になった暁に相続すること
一、武松が西海屋の家督を継いだ暁には、慶蔵に西海屋の財産を半分譲り渡し、暖簾分けをすること

この取り決めによって、慶蔵が当主代行の肩書を得た。

当主代行の威光は、先代の妻であるお清ですら抑え込むことができなかった。

西海屋の模様替えの際、武太郎夫婦の部屋であった二階南向きの部屋を客間にすると慶蔵は言い出し、お清母子に北向きの板の間に移るよう命じた。そこは、病の女中を休ませておく部屋として使われていた処だった。

最初、お清は抵抗した。この部屋は亡き先代との思い出のある部屋なのです、譲りたくはありません、と。しかし、あれよあれよのうちに外堀が埋められ、気づけば二階南向きの部屋から調度が運び出され、ついにはがらんどうになった。この仕打ちにさすがにお清は疲れ果てたのか、用意された部屋に移っていった。

客間として使うと慶蔵は言っていたし、確かに客間として模様替えもされたものの、そのうち慶蔵はここに自らの文机や大福帳を持ち込むようになった。起居は一階南向きの部屋でしていたが、仕事を始める段となると客間へと上がり、障子を開け放ち、欄干越しに船頭たちを見下ろし、時には欄干から身を乗り出して船頭たちに指示を与えて、客間であるはずの部屋の中で仕事に当たった。これについて慶蔵は、

「客がひっきりなしに来るから、いっそ客間にいた方が楽なんだよ」

とうそぶいた。

慶蔵が当主代行に登ったことで、西海屋はさらに栄えた。他の廻船問屋の握っていた太い客

を根こそぎ奪って回り、西海屋前の桟橋は舳先がぶつかり合うほど盛んに舟が行き交うこととなった。他の店で仕事にあぶれた船頭を集め、競わせることで、西海屋の蔵には次々と千両箱が積み重なった。

だが一方で、ぎすぎすした気配が店の中に流れ始めてもいた。それまで、船頭たちは厳しいなりにも仲間同士の連帯があった。だが、かつての西海屋に存在した紐帯《ちゅうたい》は、新参者の流入や過度な競争によって少しずつ損なわれていった。

慶蔵の噂は、良くも悪くも築地中を駆け巡った。

それらの噂を耳にしている理吉は、誇らしくてならなかった。

物乞いの子を振り出しにした慶蔵が、今や築地の大店の店主代行だ。理吉からすれば、慶蔵は生ける目標そのものだった。

もしかしたら自分だってああなれるかもしれない。

慶蔵は、希望そのものだった。

だが、流れてくる噂の内、一つだけ理吉の心に棘《とげ》を遺すものがあった。

『慶蔵が、あの金簪のお蓮を身請けしたらしい』

番頭から店主代行となったことで、患《うれ》いがなくなったらしい。築地近くの小さな貸家に住まわせ、三日と空けず訪ねているともっぱらの噂だった。

お蓮——。

身体に疼《うず》きを覚えると、理吉は慶蔵から盗んだ刀豆煙管を隠れて吸った。だが、心中にある暗い穴は、もはや煙管一つでは塞がりそうな気配がなかった。

そんなある日、お清が体調を崩した。

夫に先立たれた心労が体を痛めつけたのか塞ぎ込み、ついには床についてしまった。

これを知った慶蔵は医者を呼び、武松のために乳母をつけようとしたらしいが、お清はその要請をすべて断ったという。

「お気持ちだけ、頂戴いたします」

慇懃《いんぎん》ながらも決然と述べたお清は、武松を白子《しらこ》の直十に預け、自らは医者にかかることなく部屋に引きこもった。

「あらあら、久しぶりじゃない」

お蓮は艶然と微笑み、やってきた理吉を迎えた。

お蓮の住む妾宅《しょうたく》は、築地のほど近くにある豪勢な貸家だった。人一人が暮らすには少々広めで、女中部屋を含めて四つも部屋がある。縁側に面した八畳間からは四季折々の花や木の植わる庭を眺めることのできる、数寄者のお屋敷を絵で描いたような処だ。きっと前に住んでいたのは、引退した芸者や、俳諧を好むご隠居だったのだろう。

部屋の真ん中に座るお蓮は、熟れた果実そのままに、ほのかな芳香を振りまいていた。爛々と濡《ぬ》れほぞる花は、驚くほどに下品で、それゆえに目が離せなかった。何が理吉にそう思わせるのかはわからない。仕立てのいい着物を嫌味ない範囲で着崩し、ただ薄く微笑んで座っているだけだというのに、目の前の女にむせかえるほどの色気を嗅ぎ取った。

頭を下げると、お蓮の丸い腰つきが目に入る。

お蓮は笑った。まるで、理吉の視線のありかを咎めているかのようだった。

「今日はいったいどういう風の吹き回しで？」

「へえ。慶蔵さんから言いつかって、これをお渡しするようにと」

懐から小さな紙包みを取り出し、両手で差し出した。それを片手でぞんざいに受け取ったお蓮は、包みの端を切り逆さにした。中からは一枚の小判が転がり落ちた。

「なんだ、たったこれっきりなの。あの人、威勢のいいこと言って、結局は吝《しわ》いのよね。こんなんじゃ、新しい反物一つ買えやしない。あの人に身請けされたのは、早とちりだったのかしらん」

ぷりぷりと頬を膨らませるお蓮に、理吉は続けた。

「これから、俺がお蓮さんと店とを繋ぐことになりました。なにとぞ、お含み置きを」

「え、そうなの。あらあら、小僧だったあんたがねえ。随分慶蔵さんに可愛がられているじゃないのさ。あれ、前にここに来ていた何とかって男はどうしたの」

「へえ、あいつはまた船頭に戻りまして」

「なんだ、つまらない。根性なしばっかり」

お蓮は鼻を鳴らした。

前任の男は割と保った方だった。

お蓮を妾《めかけ》として囲った後、お蓮の身の回りの世話のために女中が一人、慶蔵とお蓮の間を行き来する男が一人つけられた。しかし、妾となっても金簪のお蓮は健在で、気に食わぬ男には心を許さぬばかりか罵詈雑言を投げつけ、参らせた。既に五人は替わっている。前任者は目鼻立ちが整い、女どもに黄色い声を浴びるのを当たり前だと思い込んでいたいけ好かない野郎だったが、結局お蓮の逆鱗に触れ、ぼろぼろにされて戻ってきた。舟に戻ったとは言ったが、実際のところ、その船頭は西海屋から離れた。

ありゃあ金簪だからな。

なぜか嬉しげにそう言った慶蔵は、理吉にお蓮の世話係を命じたのだった。

目の前のお蓮は、理吉ににじり寄り、顎に触れた。

「前の人はいじめがいがあったのに、つまらないったらありゃしない。まったく、慶蔵さんも、よくわかっているじゃないの」

頓狂な声を上げると、理吉の顎に指を添わせたまま、お蓮は薄い唇から白い歯を覗かせた。

「あんたはどうも、慶蔵さんに似ている気がするよ」

絶妙な並びで均衡を保つ綺麗《きれい》な顔が、理吉のすぐ近くにある。

「慶蔵さんって男は、体温がないんだ。なんていうかね、近くにいたって、肌に触れていたって、いや、のしかかられている時だって、まるで体温を感じないんだ。態度がつれないわけじゃない、熱がないわけじゃない。冷たい手触りを遺しているだけなんだ。でも、それがたまらない。癖になるんだよ」

お蓮は理吉の顎の下をぴしゃりと叩いた。

「あたしは結局、熱が嫌いなのさ。俺はすごいんだ、俺は何でもできる。そんな暑苦しい奴を見ると、背中に簪を刺したくなるんだよ」

よく、わからない。お蓮が付き従っている慶蔵からしてそういう手合いではないかと。築地でも一、二を争う廻船問屋の二階で船頭たちに檄《げき》を飛ばし、荒くれを率いる男は、お蓮の言う処の「暑苦しい」男とどう違うのだろう。

表情で理吉の思うところに気づいたのだろう、お蓮は薄く笑った。

「あたしの目には、慶蔵さんが物乞いの頃とおんなじに見えるんだ」

ここだけの話だよ、と言って、お蓮はまるでその輝きを誇るように己の瞳を指した。

「ご立派に見えるかもしれない。もしかしたら、悪辣な人に見えるのかもね。でも、あたしの目には、他人の目に怯《おび》えながら足を抱いて道の隅に座る、あの人の本当の姿が見えるのさ。だから、あたしはあの人についているのさ」

――本当に自分とは全く違う景色が見えているのかもしれない。そう疑いたくなるほどに、お蓮の言葉は確信に満ち溢れていた。

「でもね、あたしはこうも思うのさ。乞食の手前を捨ててないからこそ、あの人は危うげに輝いているんだよ。で、そこがそそるんだ。あの人みたく言えばね」

肩を揺するようにしてころころと笑うと、お蓮は手を叩いた。すると奥から女中が現れた。年の頃は十五ほどだろうか。器量よしというほどではないが、感じのいい、おどおどとした娘だった。

「お常《つね》ちゃん、お酒を出してちょうだい」

へえ、と頷いて、お常と呼ばれたこけしのような女中は奥へと引っ込んでいった。

「飲んでいくでしょう。固めの杯ってやつよ」

「いけませんよ。これから、店に戻って仕事が」

「御内儀さんに飲まされたって言えば、慶蔵《あのひと》も何も言わないでしょうよ」

そうこうしているうちに、銚子が二本、盃が二つ運ばれてきた。見とれるほどに恭しい手つきで銚子を手に取り、音もなく二つの盃を満たすと、お蓮は手前の盃を手に取った。

「さあ」

盃を掲げるお蓮に誘われ、理吉も盃を取った。

「一気に飲みねい」

言われ、味わうこともなく一気に盃を乾かした。普段飲んでいるどぶろくとは違う。きりりとした味わいのこの酒は下り酒だろう。酒精がぱきりと立っていて、鼻で息を吐き出すと、すうと涼しい風が抜けていった。

「いい飲みっぷりだね。いい男だよ、あんたは」

ふと、お蓮の口元にあるほくろに目が行った。薄い唇の下にある大きなほくろは、妙に理吉の心をざわつかせた。

「んじゃあ、もう一杯どうぞ」

お蓮は銚子《ちょうし》を掲げ、傾けた。

理吉はお蓮を眺めた。丸みを帯びた腰、横に投げ出した裾から覗く真っ白な脛《すね》、うなじの後ろに伸びる肉付きのいい首。そのどれもが、麗《うるわ》しい芳香を放っている。

俺は、この女が欲しいのだ。

否——。

首を振って、理吉は己の思いを形にする。

俺は、この女を慶蔵から奪いたいのだ。

理吉は己の中に浮かび上がった邪心を、酒と共に飲み干した。

その年の冬、病みついていた先代の御内儀お清が、いよいよ危篤になった。

部屋を移されてから、お清は伏せりがちになった。そのせいで、武松を白子の直十に預けざるを得なかったほどだったが、夏に至り、持ち直した。

夏の終わりには杖《つえ》ついて海岸近くを歩いているのを見た。秋の始まりには、丁稚《でっち》に手を引かれて廻船問屋の寄り合いにも顔を出した。秋の半ばには親戚の法事にも参列して「あら、随分様子がよくなって」と親戚の御内儀からも喜ばれていたのに、秋の終わり、突然多量の血を吐いて、そのまま床についた。

慶蔵はしきりに医者を呼ぼうとした。だが、お清はそれを固辞したという。

そしてお清は、年をまたぐことなく、逝った。

ひどい死に方であったという。与えられた女中部屋の中、いくら血を吐いても面倒を見てくれる者はほとんどなく、一日一度、身を清め、飯を食べさせる女中が出入りするほかは、ほぼ捨て置かれているような状態だった。苦しみのあまりか床を掻きむしり、夜な夜な骨を削るかのような音が部屋から漏れ出ていたというし、呻《うめ》きとも怨嗟《えんさ》ともつかぬ女の声が廊下にまで聞こえ、夜回りしていた女中を怯《おび》えさせた。そんな有様ゆえ、死に際の言葉についても色々と噂がなされた。

「呪ってやる」

髪を振り乱し、そう女中に食ってかかって死んだ、と、見てきたことのように言う者もおり、

「武松を頼みます」

と涙ながらに述べて息を引き取ったと言う者もいる。

店の中で死んだ人間の噂がこんなにも錯綜しているのは、お清の葬式があまりにも慌ただしいものだったからだ。使用人はおろか、実の父母すらも死に顔を見ることがなかった。死ぬのを待ち構えていたかのように、死んだ次の日に葬式が開かれ、墓の下に収められた。

ほぼ同時期に飯炊きの嘉助が出奔したことの方が、理吉にとってはよほど大きな出来事だった。

西海屋では出奔は日常茶飯事だ。もともと廻船問屋は船頭同士の関係が難しいゆえ、客のついていた船頭ですらある日忽然《こつぜん》と消えることも珍しくはない。特に、ぎすぎすしだしてからの西海屋では、月に一度は出奔騒ぎが起こっている。だが、あのぬうぼうとして、人と争うことを知らぬような嘉助と逐電が頭の中で結びつかなかった。

何かあったのか――。

嘉助と同時に出奔した者もいるらしく、色々の噂が立った。だが、当人たちがおらぬ以上、噂がこれ以上広がりを見せることもなかった。

冬の終わり、こんな噂を耳にした。白子の直十に預けていた武松が、松山寺の魯心の預かりになったのだという。なんでも直十が病みつき、生まれたばかりの子を世話するのに難儀して、松山寺の魯心を頼ったということらしかった。武松を西海屋に呼び戻した方が良いのではないかと意見を述べる者もあったが、慶蔵がいい顔をしなかった。

「今から乳母を雇って江戸に来てもらうんじゃ、若様が可哀そうってもんだろう。向こうでのびのび育ってもらうのが、若様のためってもんだ」
もはや西海屋は慶蔵の意見ばかりが通るようになっていた。

そして、明けて弘化《こうか》五（一八四八）年の正月――。

西海屋に、お蓮が引っ越してきた。

その日、お蓮はわざわざ猪牙舟でやってきた。舟の縁には梅の花をあしらい、お蓮自身も黒の打掛に紫の小袖という豪奢《ごうしゃ》な姿の胸元に、梅の枝を差していた。

桟橋に立っていた理吉は、花の猪牙舟から投げられた縄を桟橋の杭に結んだ。そうして横付けされた舟から、黒い打掛姿のお蓮がゆっくりと桟橋に上がった。その足取りは、驚くほどにしっかりしている。

おめでとうございます。そう声を掛けた。

間違いなく今日は晴れの日のはずだった。桟橋の上から店の方を見遣れば、船頭たちが居並んでおり、その奥には西海屋揃いの羽織をはためかせ腕を組む慶蔵の姿がある。

白無垢《しろむく》こそ着ていないが、これは、嫁入り行列のようなものだ。

慶蔵は代行の立場ながら、西海屋の主人の地位に登った。妻を迎えても何の問題もないはずだった。だが、色々の差し障りを感じたようで、結局は花嫁行列のようなそうでないような、不思議な行列となった。

お蓮はつまらなげだった。

「どうせなら、表から正々堂々と入りたかったもんだね」

「さあて」

理吉は朱塗りの大傘を開いた。理吉は日除け傘を掲げる役目を追っている。

打掛の裾を左手で握りつつ、お蓮は一歩一歩、高下駄を鳴らして桟橋を歩いていく。その様はまるで、吉原の高級遊女の花魁《おいらん》道中のようだった。ずっしりと重い傘を傾けつつ、理吉はお蓮の後に続く。

「ねえ」

そんな道中の最中、お蓮は振り返りもせずに声を掛けてきた。

「これであたしは、幸せになれるのかね」

その声は余りにも深刻で、息を呑んだ。

何も言えずにいると、お蓮は桟橋の上でなおも続けた。

「あたしはもう、欲しいものを全部手に入れちまったのさ。一生使い切れないだけの金、一生飽きさせないでくれるだろう旦那、皆が羨む大店の内儀の立場。洪水のせいで一家離散して、吉原に売られた女としちゃ、とんでもなくいい目が出た人生ってもんよ。器量よしなだけじゃ、結局は投げ入れ寺で無縁仏がせいぜいのところだった。そう思えば、万々歳の人生さね」

理吉の歩みに合わせて、桟橋が不気味な悲鳴を上げた。その軋みを、殊更に明るい声で、お蓮がかき消した。

「たぶん、あたしはうまく行き過ぎたんだ。大それた――、って自分でも思っていた夢がすべて叶《かな》って、あたしは今、ここにいる。だからこそ、怖いんだよ。じゃあ、あたしは次、どこを目指して歩きゃいいのか、ってね」

桟橋の乗り板に躓いたのか、お蓮はよろめいた。思わず理吉はお蓮の後ろ肩を取った。

「あら、悪いねェ」

艶然と微笑むとなおのこと唇の下のほくろが映えた。

ふと向こうを見ると、腕を組む慶蔵が険しい顔をしている。慌てて肩から手を放し、一礼した。お蓮へのものだったのか、それとも、慶蔵へのものだったのか、頭を下げた本人がわからなくなっていた。

「ふふ」

冬の日に照らされた慶蔵と、理吉の顔を見比べながら、他人事のようにお蓮は口を開いた。

「でもまあ、ちょっとは楽しくなりそうだわね」

華やかとはいいがたい、ささやかな花嫁行列はしずしずと進む。

穏やかな波の音だけが、辺りに響いている。

五　奈《な》落《らく》

「おいおい、国松屋《くにまつや》さんよう、そりゃちっと虫が良すぎるんじゃねえか」

身を乗り出して凄《すご》むと、前に座る国松屋の主人は目を逸《そ》らした。己の親どころか、祖父ほどの年齢差はあろう主人は、顔色を悪くし、白い横鬢《よこびん》を掻《か》きながら、唇を震わせた。

「いや、ここのところ不景気でして。どうしても――」

「同じ言い訳、前にも聞いたぜ？　まさか、返さねえつもりなんじゃねえだろうな」

ずいと顔を近づけると、いよいよ国松屋主人は顔を青くした。

「もちろん、返すつもりですよ。でも――」

「こっちは三か月も待ってるんだ。証文は三月《みつき》も前に期限が切れてるんだぜ。いくらうちの旦那さんが仏でも、そんなに待てませんぜ」

　相手はすっかり弱り切っている。

　ここで笑い顔を作った理吉《りきち》は、顔をしぼませる店主にずいと顔を寄せる。

「じゃあ、こうしましょうや。あんたの店も結構な身代《しんだい》だ。大事にしている骨董品の一つや二つ、あるってもんだろう。こいつを貰《もら》っていく。これでどうだ」

「そ、それだけはご勘弁を」

「おいおい、そりゃいけねえぜ。耳揃《そろ》えて金を返せば済むってのに、我儘《わがまま》を言っているのはあんただぜ」

優しげな口調は崩さない。今は恫喝《どうかつ》すべき場面ではない。あくまで、じっくりと責める。

堂々巡りを何度も繰り返すうちに、ついに向こうは折れ、女中にあれこれと命じた。やがて戻ってきた女中が持ってきたのは、錦の刀袋だった。店主が刀袋を払い、おもむろに金の金具が所々にあしらわれた太刀を取り出すと、捧げるように理吉に突き出した。

「これは先祖伝来のもので……」

「ふうん」

無造作に受け取って鞘《さや》を抜き払うと青白い刃が露《あら》わになる。

古い刀は長く使われるうちに何度も研ぎに出され、刀身が痩せていることもままある。だが、この刀は古刀の趣を漂わせている割に、ほとんど肉の減りがない。

なかなかの上玉だ。

「んじゃ、こいつを貰っていくぜ」

「あの、もし、一月後にお金を支払ったら、その刀は」

「ああん、何言ってやがる。これはあくまで利子みてえなもんだ。返すわけねえだろ」

「これは先祖伝来の」

「知るかよそんなの」

主人が肩を落とすのを尻目に、また来るぜ、と吐き捨て、店を後にした。

刀を手にした理吉《りきち》は、その足で西海屋《さいかいや》近くにある質屋伊勢重《いせじゅう》へと向かった。

質屋は往々にして辛気《しんき》臭いものだが、伊勢重のそれは群を抜いていた。黒くすんだ店の看板、北向きに店を構えているからか、甍《いらか》の一部が苔《こけ》むしている。暖簾も紺色でいかにも暗い。

暖簾を掻き分けて中に入ると、いらっしゃいまし、と声がかかった。現れたのは、これまた辛気臭い顔をした四十絡みの番頭だった。

「ああ、理吉さん。今日は何を」

「こいつだ」

先ほど奪ってきた刀を渡す。すると番頭はその場で袋から刀を取り出し、鯉口《こいくち》を切った。まじまじとその刀身を眺める番頭の目は怜悧《れいり》に冴《さ》え渡っている。

「なるほど、まあまあの業物《わざもの》ですなあ」

「銘は見ないのかい」

「うちは刀屋じゃありません。あくまで質屋ですのでね」

要領のつかないことを言って、刀を鞘に納めると番頭は算盤《そろばん》を弾《はじ》いた。

「七十両ってところですかね」

「ふうん」

国松屋の借財は百両。まあまあといったところだ。

商談成立。刀を渡し、代わりに七十両を得た。

伊勢重から出た後、理吉は西海屋へと戻った。

午後の西海屋は、船頭たちもほとんど出払っていて、がらんとしている。こんな時分に店にいるのは、帳簿を見ている者たちや女中、丁稚《でっち》くらいのものだ。だが、皆、理吉の顔を見るやそっぽを向いて、さも忙しそうな振りをしている。

ふん――。

鼻を鳴らし、二階の客間へと向かう。

だが、もはやそこは客間の建前を忘れているがごとき有様だった。

女ものの着物が衣文掛けにもかかっておらずに散乱している。衣文掛けそのものは壁に沿っていくつも並んでいる。だが、余りに着物の数が多すぎる。遠目には花畑に見えぬこともない極彩色の部屋の奥で、一人文机《ふづくえ》に向かい、慶蔵《けいぞう》は煙管《キセル》を噛《か》んでいた。

声を掛けると、慶蔵は眉を動かし、こちらを一瞥《いちべつ》した。

「おう、理吉か。首尾はどうだった」

「ばっちりでさ」

着物を踏まぬように慶蔵の傍に寄り、腰を下ろした。そして、懐から七つ、金の包みを取り出した。

「へえ、七十両。国松屋の野郎、値打ちものを貯《た》め込んでやがったか」

「ええ、あの店、絞ればいくらでも出てきそうですねい」

ここのところ、理吉は西海屋の証文の整理を任された。もっとも、この役目は以前からあった。先々代の武兵衛《たけべえ》が剛毅な人で、貧乏している知り合いや商いの傾いている商家に金を貸していたらしい。その多くは「まあ、あんたとは付き合いが長いから」と適当に期限を切り、ほったらかしも同然になっていた。その借財を利子共々取り立てるのが理吉の役目だったのだが――。

「だとすると、伊勢重様々ってところだな」

ここで出てくるのが、伊勢重女主人のお勘《かん》である。

もっと、楽に稼げる方法がありますよ――。

どの商家も金回りの良くなった時期に骨董品を買い漁《あさ》るもので、借財を馬鹿正直に返してもらうより、そうした骨董品に狙いをつけた方がいい。お勘はそう耳打ちしたのだという。

借金のかたと称して骨董品を取り上げ、売り払う。たとえばそれが五十両で売れたとしたら、「利子を除いて十両」などと嘘《うそ》をつく。そして何度も骨董品を出させれば、利子以上に儲《もう》かるし、「利子は要らない」と約束した相手からも結構な額をむしり取ることができる。

これに慶蔵が乗った形である。

確かに馬鹿みたいに儲《もう》かる。今日などは元金の七割が手に入った格好だ。しばらくしゃぶってやれば、元金の倍は固いだろう。

「頼りにしているぜ、理吉」

「へえ」

この役目を拝領してから、慶蔵の覚えもめでたくなった。以前のように折檻《せっかん》されることもなくなり、時には飲みに連れていってくれるようにもなった。

西海屋の誰よりも、理吉は目が利いた。その確かさは伊勢重の番頭も驚いているという。何のことはない、かつて志村屋《しむらや》にいた時、屋敷内で見た調度よりもよさそうなものを選べばいいだけだった。そしてそこに慶蔵譲りの口舌を加えれば、もはや敵はなかった。

そして今、理吉は慶蔵の片腕に納まっている。

もちろん、ここで終わるつもりはない。

慶蔵《このおとこ》のようになってやる。

そのつもりで、ここにいる。

上目づかいで慶蔵を窺《うかが》っていると、不意に冷たい声をかけられた。

「おい、何見てやがんだ。文句でもあるのか」

気づかぬうちに睨《にら》みつける格好になっていたらしい。滅相もない、と卑屈に首を振り、これ見よがしに部屋を見渡した。

「御内儀様のお姿が見えねえなあって思いまして」

慶蔵は金煙管の口を強く噛んだ。

「ああ、芝居見物だ」

部屋の有様を思い浮かべながら、ああ、それで、と独り言ちた。恐らく、芝居に着ていく小袖と帯をとっかえひっかえし、押し込みにでも入られたような有様になったと見える。

「あれぁ、我儘《わがまま》でいけねえよ。しつけのなってねえ犬を飼っているようなもんだが、そこが可愛いってもんだがな」

「おや、のろけですかい」

茶化した。長い付き合いの内に、ようやく慶蔵に軽口を叩《たた》けるほどの関係になった。

「よせやい」

慶蔵が小判を無造作に摑《つか》み、脇にある金庫に収めたその時、丁稚《でっち》が血相を変えて部屋に駆け込んできた。

「大変《てえへん》です――」

「おい、挨拶なしに入ってくるたあ、いい度胸してやがるな」

「い、いえ、火急の報《しら》せなんです。国松屋の主人《あるじ》が、首ぃ括《くく》ったみたいです」

「なんだと」

理吉は慶蔵と顔を見合わせた。

先ほどまで元気だったあの野郎が――。

人間の生の不思議を想ったのは一瞬のことだった。すぐに頭の中にある算盤の珠《たま》がぱちぱちと音を立て始める。

罪悪感など、あるはずがなかった。好機到来に胸を躍らせていた。立ち上がった理吉は羽織を脱いで肩に掛けると、慶蔵に深々と頭を下げた。

「早速行ってきますわ」

「もう行くのか、早いな」

「この手のことは早めにやるのがコツってもんですよ」

西海屋の男衆をかき集め、大八車と共に国松屋へと走った。国松屋の前にはまだ人だかりはない。内心ほくそ笑みながら、店の暖簾をくぐった。

「おう、国松屋さんよ。お邪魔するぜ」

理吉が中に入ると、刺すような視線が理吉の体を貫いた。中には、今にも殴り掛からんばかりにしているのを横で止められている者もある。

「――何用ですか」

上がり框《かまち》に腰を下ろす番頭が低い声で問うてきたのに対し、理吉は明るい声で応じた。

「おう、世話になった国松屋さんが死んだって小耳に挟んだんでな。ちと線香を上げさせてもらいに」

「何を白々しい。あなたのせいで、旦那様は、旦那様は」

「はは、なんだ、湿っぽくていけねえな。でもいいじゃねえか、金はあの世には持ち越せねえっていうが、借財だって同じなんだからよう」

他の者に押し留《とど》められていた若い衆が、拳骨を握って殴りかかってきた。喧嘩慣れしているのか、拳の握りも様になっている。だが、魯心《ろしん》と比べれば児戯に等しい。

理吉の敵ではない。魯心直伝の見切りの術のおかげだ。

次の瞬間、理吉は若い衆の突きをかいくぐり、足を掛けた。

三和土《たたき》に倒れた若い衆の頭を蹴り飛ばし、理吉は肩をすくめて見せた。

「ご挨拶だな、おい」

若い衆の襟《えり》を左手で摑んで持ち上げる。手首に巻いている黒数珠がじゃらりと鳴った。

「二度と悪さできねえように、腕の一つはひねっておかねえとな」

あくまで穏やかに、にたりと笑いかけながら若衆の右腕を手に取ると、番頭は憎しみの籠った顔を何度か振り、ようやく頭を床にこすりつけた。

「勘弁してやってください、そればかりは」

「そうかい。じゃあ、許してやらあ」

若い衆から手を放した。どしゃりという音が、不気味に響き渡る。

「邪魔するぜ」

答えを聞かず、屋敷の中に上がり込む。足音高く廊下を歩き、ずんずんと奥に進んでいくと、やがてすすり泣きの声が聞こえてくる。乱暴に戸を開くと、尻の青い若旦那といった風情の男と、泣きじゃくり布団にすがる老女の姿が目に入った。そして、昼間だというのに敷かれた布団には一人の人が寝ており、顔に白布がかけてある。

「おう、ご愁傷様だな」

軽くそう言ってやると、理吉は矢立を引き抜いて、懐から取り出した半紙に西海屋と殴り書きし、部屋にあるめぼしい骨董品に挟んでいった。

「何をするのですか」

問うてくる男に、理吉は言い放った。

「決まってるだろ。差し押さえだよ」

「な、なんてことを、あなたが父を殺したも同然なのに」

「俺じゃねえよ。金が殺したんだ。もし西海屋が金を貸さなかったら、てめえの親父は五年前に首を括っていたはずだぜ。早えか遅えかの話、ただそれだけだよ。医者は今にも死にそうな奴を五年長生きさせたら泣いて頭を下げられるのに、金を貸した人間がどうして感謝一つされねえのか、不思議でしょうがねえよ」

先ほどまで息をしていた男の胸に置かれた守り刀にも、西海屋の半紙を置く。

「邪魔したな」

足早に国松屋の中を回り、次々に半紙をつけて回った。そして、その理吉の後を追いかけるように、連れてきた男衆が荷を運び出し、大八車の前に積み上げる。そうして一刻ほど物色した頃には、大八車の荷台は山を為した。

その山を見上げた理吉はもう一度国松屋の暖簾をくぐり、呆然《ぼうぜん》としている番頭の目の前で古証文を取り出した。その末尾に矢立ですべての借財を払い終えた旨を書き添え、手渡した。

「ほれ、これで完済だよ。ご苦労さん」

理吉は表に出た。

山のように積み上がる骨董品を見上げながら、人間の不思議をふと思った。

この骨董品、すべて売れば百両なんぞいくらでも返すことができたろう。にも拘らず、それを快《よ》しとせず、あの主人はあの世へ飛んでしまった。この手のことはよくある。特に何代も続く老舗だったりすると、家の蔵に納まっているものをがらくた程度にしか考えていないのか、己の存在理由の一つとまで思い詰めてしまうのか、手放そうとしない。

前者なのだとすれば見る目がない。後者ならば馬鹿だ。

国松屋もそうだったのだろう。

安穏の中に生きてきた人は弱い。

そこにこそ、付け入る隙がある。

「行くぞ」

男衆に命じ、大八車を押させた。ゆっくりと車輪が回り始め、ついには人の速足程度の弾みがついた。

日差しを眩《まぶ》しく感じ、左手を空にかざした。

その時、巻いていた黒数珠がじゃらりと鳴った。

心中の魯心に、理吉は話しかけた。

俺はもう、あの大八車みたいに、止まらない。慎ましやかに、普通に。そんな生き方はできやしなかったんだ、と。

「もう、本当に嫌になっちゃう」

二階の客間から、お蓮《れん》の金切り声が聞こえた。

慌てて階段を上り部屋に向かうと、蓮が着物を無造作に放り捨て、衣文掛けを力任せに倒している。さながら大猿が暴れているような有様を前に、お付きの女中であるお常《つね》も為す術《すべ》がないようで、部屋の隅で小さくなっていた。

どうしたんですかい、そう声を掛けると、お蓮は口角を上げた。笑っているのではない。牙を見せつける獣のようだった。

「赤の着物が一枚もないの。今日は赤の気分なのに」

「そりゃそうですよ。この前、うさんくせぇ占い師に赤は不吉って言われてから、全部焼き捨てさせたんじゃないですか」

「あの時なんで止めてくれなかったのさ」

「いや、お止めしましたよ。でも――」

お蓮の剣幕に押し切られ、赤い着物を焼いたのは、他ならぬ理吉だった。

昼過ぎ、桟橋《さんばし》近くの空き地に赤い着物を積み重ね、火をかけた。絹の着物は一度火が点《つ》くと止まらない。ごうごうと燃え盛る火柱は、暗い海と対照をなし、煌々《こうこう》と輝いていた。炎によって巻き上げられる新品の赤い着物はまるで舞を演じているかのようだった。

そしてお蓮はといえば、二階の客間の欄干から、その様を満足げに見下ろしていた。

「うるさい」

黄《き》八丈《はちじょう》の小袖が理吉の顔めがけて飛んできた。一瞬視界が遮られ、そののちに、鬼などよりよほど恐ろしい、お蓮の顔が眼前に現れた。正気を失った人間は、まず表情を失う。そんな気付きを新たにした。喜怒哀楽の感情が立ち現れぬ、まっさらな人間の表情。途《と》轍《てつ》もなく綺《き》麗《れい》で、怖気《おぞけ》が走った。

「もう、どいつもこいつも使えないね。お常、今から呉服屋をお呼びよ」

お常は火の粉がかかるのを恐れるように、そそくさと廊下に出ていった。

西海屋にやってきて数か月。お蓮は次第に心の均衡を崩した。

表向きは満ち足りた生活のように見えた。西海屋のおかみの地位、豪華な暮らしぶり、皆の羨む散財。簪《かんざし》や帯留め、着物に囲まれ、女中にかしずかれて暮らすお蓮は、当初こそ誇らしげに胸を張っていた。だが、次第にその表情からは自信も笑みも消え失せ、ついには他人に当たり散らすようになった。

　お蓮は頭を掻きむしった。

「ああもう、何か気晴らしはないのかね。築地《つきじ》は駄目だよ。何もかもが野暮ったくていけないわ。——ああ、そうだ。箱根《はこね》に行きたいわ。湯治よ、湯治」

　自分一人で次々に物事を決めていく。だが、声を弾ませるお蓮はなおも無表情で、何もない壁に目を向け、凝視している。まるでそこにお芝居の筋書きがあるかのようだった。

「そうだわ、慶蔵さんに頼んでみよう。慶蔵さんはどこ？」

「ああ、今、廻船《かいせん》問屋の寄り合いに行かれてますよ」

「いつ帰るの」

「さあ、いつになりますやら」

　また、理吉の顔めがけて着物が飛んできた。今度は青だ。

「本当に使えないわね。ねえ、今から慶蔵さんに話に行って」

「そんなご無体な」

「行けって言ってるのよ」

　部屋を辞し、廊下を歩く理吉は、二階の客間の主に思いを致した。

　あの女は、狂乱の中にある。

だが――。それでも大輪の花の色香は衰えていない。

自分を見失い、辺りに毒をまき散らす女。だが、それゆえに、美しさがなおも際立つ。

もしも、己のものにできたなら――。

丸みを帯びた腰つきが劣情の火を灯《とも》した。

結局その後、慶蔵とお蓮は箱根に行くことになった。半ば迫るように箱根行きを切望するお蓮に、慶蔵が折れた形だった。

「留守を頼まあ」

荷物運びの男たちを引き連れた慶蔵は、早くも疲れを顔に滲《にじ》ませていた。それとは相反して、お蓮だけは花が開くように笑みを浮かべていた。

「ああ、楽しみだわ。どんなところなのかしら、箱根って」

明暗分かれた夫婦は、箱根へと旅立っていった。

鬼の居ぬ間になんとやら。慶蔵とお蓮のいない西海屋には、常にない穏やかな風が流れていた。慶蔵を支える番頭も、この時ばかりはほっとした表情を浮かべ、いつもよりも言葉尻が柔らかかった。

それゆえに、いつもは聞こえてこない噂話《うわさばなし》が、理吉の耳にさえ届いた。

噂には何の責任もない。その場限りの座興のために尾《お》鰭《ひれ》背《せ》鰭《ひれ》がつき、ついには原型を失う。

そんなことは誰に言われるまでもなく弁えているが、その中に、不気味な輪郭を持ったものが混じっているのにも気づいた。

その中の一つに、こんなものがあった。

『お清様は、慶蔵さんに殺された』

慶蔵は部下に命じてお清《きよ》の飯に毒を混ぜ少しずつ飲ませていた、というものだ。その実行犯は、お清が死んだ直後にいなくなった嘉助《かすけ》と、もう一人行方知れずになった後に土左衛門となって見つかった飯炊き役だったのだろう、というものだ。

さもありなん、という気がしないでもない。いくら産後の肥立ちが悪いとはいえ、血を吐いて死ぬことはあるまい。それに、お清の衰弱死はあまりに急激で唐突だった。だからこそ出てきた噂話なのだろうが、妙な説得力がある。やや解せぬのが、実行役の一人に嘉助の名が挙げられていることくらいだ。毒殺と、あの男のぬうぼうとした態度が結びつかない。

理吉は、ある想像をしている。

数年前、武太郎《たけたろう》が殺された。あれは、船頭の源次《げんじ》が武太郎を殺したのち、自裁したものだとされていた。だが、真の下手人は慶蔵ではなかったのか。

なんの証《あかし》もない。どうやったのかなど想像の埒外《らちがい》だが、そう考えると平仄《ひょうそく》が合う。武太郎が死んだことで得をしたのは誰かと考えていくうちに、慶蔵に行き当たる。

それだけではない。その後に起こったお清の変死と並べてみると、一つの筋書きが浮かび上がる。

主人である武太郎を殺し、西海屋主人代行の地位、十五年後の暖簾分けのお墨付きを得た後、武太郎の妻であるお清を殺し、目の上のたんこぶを取り去った。

一連の怪事件は、慶蔵の西海屋乗っ取りと見れば、つじつまが合う。

恐らく店の中にも、同じことを考えている者はいるだろう。あまり頭の良くない理吉ですら気づくのだから、もっと鋭い奴ならもっと事件の核心に近づいている者があるだろう。

ならばなぜ露見しないのか――。

武太郎が殺された際、奉行所の同心と親しげに話し、何かを握らせていた慶蔵の姿が蘇る。

西海屋はもはや、町奉行所の調べすら届かない治外の地となっているのだろう。

そういえば、ここのところ出奔する者が多い。てっきり西海屋の重苦しい気配に嫌気が差してのものだと思っていたが、慶蔵の企《たくら》みに気づいて高飛びしたか、あるいは消されたのかもしれない。

失望はない。むしろ、仰ぎ見る思いはなおも強まる。

何も手札のないところを振り出しに、登り詰めた男。

かつて、慶蔵の口にしていた言葉を思い出す。

『俺に言わせりゃ、人生そのものが博打なんだよ。ついてる時もありゃ、いけねえ時もある。結局、ツキの波を見切って、ここぞという時に危ねえ橋を渡ってでも勝ちを取る。そうでもしなきゃ、大勝ちなんざ夢のまた夢ってやつよ』

あの男はここぞという時に札を張り、大勝ちの目を引き続けたのだろう。

心の中に冷たい風が吹き荒ぶ。もしも慶蔵のいるところまで登り詰めることができたなら、俺の心は安んずることはあるのだろうか。理吉は、そんなことを思った。


ひと月ほどの湯治を終え、西海屋に戻ってきた慶蔵に呼び出された。

二階の客間には金煙管を噛む慶蔵と、蛇を目《ま》の当たりにしているかのように表情を凍らせるお蓮の姿があった。ここのところ、この部屋は良しにつけ悪しにつけ賑《にぎ》やかなだけに、葬式のように静まり返っている有様は、どこか不気味だった。

慶蔵に言われるがままその場に腰を落とすと、文机に向かっていた慶蔵が振り返った。

「おう。おめえに頼みてえことがあるんだが」

慶蔵の声は、いつもより張りがない。だが、気づかない振りをして、あえて明るく振舞う。

「へえ、何をしたらいいですかい。また、国松屋んところみたいに、首ィ括らせますか」

いつもならけらけらと笑うはずだが、慶蔵は眉一つ動かさなかった。口に噛んだままの金煙管を取り、指でくるくる回す慶蔵は、言葉を探すようにして、しばし口を真一文字に結んでいた。こんな慶蔵の姿を見るのは初めてだった。

意を決したかのように、慶蔵は口を開いた。

「兄貴の面倒を見てほしくてな」

「え？　慶蔵さん、兄貴なんていたんですかい」

「――ああ」

普段は口数の多い慶蔵が言葉少なに言う処では――。

箱根湯治の途中、慶蔵の男衆に声を掛ける者があった。その男は慶蔵の兄を名乗り慶蔵との面会を願った。分限者《ぶげんしゃ》の縁者を騙《かた》る者などいくらでもいる。その男衆も心得たもので話だけ聞いて追い返そうとしたらしいが、いつしか九兵衛《きゅうべえ》なる男の話術に引き込まれてしまった。江戸に出る父と弟を遺し、眼病に苦しむ母を看ながら一人で畑を耕していたものの、母はすぐに死に、畑は悪い人間に取られてやくざ者同然の暮らしに落ち、遊女屋の女に瘡《かさ》（梅毒）を移され箱根に湯治に来た、そんな碌《ろく》でもない人生を、まるで講釈師のように謳《うた》い上げる迫力に圧され、結局その男衆は兄を名乗る男を慶蔵に取り次いだ。

その男は、確かに生き別れになっていた兄、九兵衛だった。

だが、兄の面倒を見る気はさらさらなく、慶蔵はにべもなく追い返したのだが――。

「あの野郎、どこで店の話を聞きつけたか、江戸まで追ってきやがったんだよ。先の短い身だから、面倒を見てくれよと泣きついてきやがった。追い返そうもんなら、江戸中に悪い噂を流すって脅しつきだ。まったく、碌でもねえ」

「で、俺は何をすれば」

理吉は拳を強く握った。もし、お清を毒殺したのが本当なら、そして、武太郎を殺したという想像が正しかったなら、九兵衛を消せと言われたとしても不思議はなかった。

身構えたものの、慶蔵の口からは穏当な頼みが零《こぼ》れ落ちた。

「あれの面倒を見てやっちゃくれねえか。本当は適当な丁稚に頼めばいい仕事だが、あいつの話すことを誰にも聞かれたかねえんだよ。その点、おめえなら安心だ」

「へえ、心得ました」

「あいつは築地の裏にある長屋に住まわしてる。早速今日から行ってくんな」

部屋前の戸が開かれ、丁稚が慶蔵を呼んだ。お得意様の番頭が挨拶にやって来たらしい。すると、息をついて慶蔵は立ち上がった。

「適当に頼まあ」

理吉の肩に軽く手を置いて、慶蔵は部屋を後にした。

取り残された格好になった理吉は、小さく息をついた。拍子抜けもしたし、安堵《あんど》もした。さすがに殺しは荷が重い。やれと言われたらやらぬわけではないが、寝覚めが悪いのは事実だった。立ち上がろうと膝に手をやると、部屋の隅にいたお蓮が、不機嫌な声を発した。

「意気地のない人」

思わず顔を向けた。お蓮は着物を畳みながら、つまらなそうに息をつく。

「あの人、なんだかんだで九兵衛とかいう奴への情けがあるのよ。馬鹿みたい。もう余命いくばくもない人を抱えるなんてね。あんなもん、捨て置いたって誰も文句は言わないのに」

お蓮は吐き捨てるように言った。

「あの九兵衛――。気持ちが悪い」

「散々な言われようですね」

「思い返しただけで震えが来るよ」

お蓮はまるで蛇蝎《だかつ》に向けるような目を着物に向けた。

その日の昼、言われた長屋へと足を運んだ。築地の裏手にあるそこは、どこかじめじめとして、肥溜《こえだ》めめいた臭いが漂う長屋だった。中に入れば蹴破られたり、障子紙ばりばりに剝《は》がされて中の様子があらわになっている表戸もある。むせかえるような貧乏の香りがそこかしこから漂ってくる。

そんな長屋の中、一つだけ、真新しい障子紙に替えられた戸があった。

理吉はその戸を開いた。

中は三和土と板の間の一間となっていた。春先とはいえまだ寒いというのに竈《へっつい》や火鉢には炭が入っておらず、寒気が部屋全体にこびりついていた。そんな部屋の奥に、真新しい蒲布団の上に座り、寝間着の上に綿入りの半纏《はんてん》を纏《まと》う男の姿があった。その男は口を手で塞ぎ咳《せき》をしていたものの、理吉に気づいたのか、のそりと動いた。

その顔は鼻が落ち、大きな穴が開いていた。

ありのままに受け止めた。遊女から貰った瘡で余命いくばくもないようなことを慶蔵から聞かされていた。何も、驚くことはない。

「九兵衛さんですかい」

「いかにも。そういうおめえは」

苦しげな声で誰何《すいか》された。理吉は答える。

「あんたの面倒を看ることになった、理吉だ」

すると、九兵衛は大仰に肩を揺らした。

「短い間だが、よろしくな」

何が楽しいのか、黒ずんだ歯を見せるように、にたりと笑った。

九兵衛は不思議な男だった。

一言でいえば、底意地の悪い男だった。訪ねて行っても心張棒が戸に立てられたままで入れずに難儀することは一再ならずあり、その度に「すまねえな、かけっぱなしにしていたよ」とわざとらしく笑う。理吉を小者と見てからかっているのだろうことは容易に想像がつくところだった。だが、その笑い顔には、媚びるでもない、小ばかにするでもない。しょうがねえじゃねえか、俺はこんな人間なんだから、と言わんばかりの開き直りに満ちていた。

さらに、結構な頻度で瘡の毒が頭に回り、支離滅裂なことを言って悪態を吐き散らすこともあった。その発作が終わった後には肩を落として詫《わ》びを入れるまでが一つの流れだった。まるで万華鏡を見ているような心持がした。病のもたらした錯乱と正気、そして偏狭な人生ゆえにねじ曲がった性根がころころと顔を覗《のぞ》かせ、毎回違う配合で立ち現れる。家族や知り合いだったなら、あるいはいたたまれぬものなのかもしれない。だが、他人として接している理吉からすれば、毎日新たな顔を見せる九兵衛は、毎回違う刺激を与えてくれる相手に他ならなかった。もっともそれは、糞便《ふんべん》と死肉と蛆蝿《うじばえ》の織り成す万華鏡だったのだが。

　狂気が凪《な》いでいる時は、昔話を口にした。

「俺は、よく慶蔵を川に連れて行ったんだ。でも、あいつ、溺れやがってな。それを必死に助けてやったんだ。だからあいつの背中には、川底でついた大きな傷が残ってる」

　もしかすると慶蔵が聞かれたくなかったのは、こうした何気ない昔話なのかもしれなかった。江戸に出て成り上がりの道を勝ち登っていった慶蔵からすれば、九兵衛の語る話はとうの昔に投げ捨てたものであったはずだ。

　狂気が牙を剝《む》くと、九兵衛は己の人生を恨んだ。

「なんでお父は俺も連れて行かなかったんだ。死にかけのお母なんて置いて、三人で江戸に行ってりゃ良かったんだ」

　だが、狂気の時に口にしたことは、すぐに正気の九兵衛が取り消した。

「俺は、家族四人で暮らしたかったんだ。貧乏してもよう。お母、泣いてたぜ。あの人がいてくれるだけでよかったのにって、最後まで」

　かと思えば、話は己の欲望の話に飛ぶ。

「もっとでかい家に住みてえ。いいものが食いてえ、女も抱きてえな」

どれがこの男の真実《ほんとう》なのだろうと最初こそ首をかしげたが、そのうちどうでもよくなった。というより、どちらもこの男の実像なのだろう。人間は理屈で以って己の言動に筋を通しているが、その箍《たが》が外れると、欲望や黒い野心が飛び出してくる。どれもその人の本当の姿なのだ、と。


ある日、九兵衛は黄色い歯を見せながら、こんなことを言った。

「そういやあ、慶蔵の女……お蓮だっけか、あれはいい女だなあ」

この日の九兵衛は、狂の側に落ちていたのか、それとも理の側に立っていたのか、まったく区別がつかなかった。澄み切って感情の炎が落ちてしまったその目は狂気を発しているようにも見えたし、喜色満面のその表情には、相手に何かを伝えんという強い意思を感じた。

「ああいう女が好みだ。程よく肉付きがあって、男好きのしそうな面に柔らかそうな肌で男を誘いやがる。かーっ、しゃぶりつきてえな」

なるほど、お蓮がこの男を「気持ち悪い」と嫌っていたのは、それが理由だったかと得心した。理吉の前であっても、この男は己の目に灯った劣情の光を隠そうとしなかった。

「ありゃ、慶蔵の女にはもったいねえと思わねえか。若いの」

「さあ、そんなの、俺に訊かねえでくださいよ」

「なんだ、てめえの股ぐらには何もぶら下がってねえのか」

「俺にだって言えねえことの一つや二つ、ありますよ」

「――ふん、つまらねえ野郎だ」

なぜか、半死人の言葉に揺るがされる理吉がいた。

九兵衛を世話する日々は、このまま半年ほど続いた。


その年の秋、いよいよ九兵衛は駄目になった。

体中に斑点が浮かび、急速に弱っていった。医者は匙《さじ》を投げる、どころか、檀家の寺はあるのか、よかったら紹介してやるぞと先回りされたほどだった。

あれほどのべつ幕なしにへどろにも似た言葉を吐き出していたというのに、最期の時は静かなものだった。時々呻《うめ》く他は始終静かな寝息を立て、長屋の奥の万年床に横たわっていた。理吉はと言えば、慶蔵の許可を得て、二六時中、この長屋に詰めている。

人の命の灯火《ともしび》が消える瞬間を、何の期待も祈りもなくぼうっと眺め続けた。我ながら粋狂なことだと自分を笑い飛ばしつつ、行燈《あんどん》に照らされた部屋の隅で、壁にもたれかかっていた。

その日の夜、自分も寝ようかと夜具を広げていると、理吉の名を呼ぶ声に気づいた。

「何か、言いましたかい」

声を掛けると、身を横たえる九兵衛がこちらに顔を向けていた。鼻がなく、耳も片方落ちている。目もほとんど見えていないのか、天井に視線を泳がせている。

「水……水をくれねえか」

「へい」

理吉は湯呑《ゆのみ》に水を汲《く》んだ。口元に近づけたものの、うまく飲めないらしい。綿を水に浸して箸で拾い上げ、唇の上で絞ってやると、九兵衛は何度か喉を上下させて、ああ、と声を上げた。

「うめえなあ。水ってのは。酒ばっかり飲んでたのが悔やまれるぜ」

九兵衛は軽口を叩いた。

その時、理吉は悟った。今がこの男の末期なのだろうと。『蠟燭《ろうそく》が消える直前に炎が大きく燃え盛るように、人の末期も命の炎が明るくなる』という。浮世の不条理と汚猥《おわい》を詰め込んだ万華鏡のような男は、最期の時にどんな色を見せるのか、理吉はそのことばかりが気にかかった。

身を横たえたまま、俺ァよ、と九兵衛は切り出した。

「慶蔵みてえに生きてみたかったよ。てめえの腕だけで、行けるところまで行ってみたかった。でもよう、そもそも俺には、才覚がなかった。慶蔵みてえに、あんなでかい店を回す器量なんざ、まるでなかったんだ。そんな俺が、雨風凌《しの》げるところで死ねるのは幸せなことなのかもしれねえなあ。しかも他人の銭でだ」

「――お休みくださいな」

末期の呻きを聴いているのも気が滅入る。理吉がその口を封じようと布団をかけ直そうとその時、九兵衛は震える手で理吉の手首を摑んだ。

「なあ、理吉。おめえ、慶蔵を食っちまいなよ」

体中に衝撃が走った。

何も言えなかった。

だが、無言を答えと取ったのか、かかと九兵衛は笑った。

「おめえは、俺とよく似てるんだ。てめえに才覚がねえとは言わねえ。でも、気づいているんだろ？　慶蔵には敵《かな》わねえ、ってな」

近くに身を置けば置くほど、慶蔵の大きさに気づかされる。築地でも随一の廻船問屋を一人で切り盛りし、維持するばかりか身代を大きくしている。認めざるを得なかった。己には、そんな才覚はない。もしも慶蔵に成り代わって当主代行の座についたところで、何もできないままに呆然としてしまうことだろう。理吉は結局、数ある慶蔵の仕事の一つ、それも汚れ仕事に宛がわれているに過ぎなかった。

理吉は絞り出すように声を発した。

「てめえに何がわかる」

「わかるさ。俺は、慶蔵の兄貴だぜ。親父だって、俺じゃなくて慶蔵を江戸に連れて行ったんだ。見込みがあるって考えたから、あいつを江戸まで引っ張っていったんだろうよ。俺とお前は、同じなんだよ。結局のところ、どんなにあがいても、あいつには勝てねえんだよ」

九兵衛の双眸《そうぼう》は、まるで木の洞《うろ》のように真っ暗だった。覗き込むうちに、こちらを不安にさせる。日の目を見ることなく腐れ落ちた動物の死骸《しがい》、その死骸にとりつき蠢《うごめ》く蛆虫たち。今いる部屋には気の早い死臭が満たされていて、ふとした想像が、頭にこびりついて離れなくなった。

　理吉は声を発した。だが、意に反して声が震えた。

「何が、言いたい？」

「だから、二人で勝とうってんだよ。慶蔵の野郎にさ」

「どういう、こった」

　死の床の中で、心から楽しげに、九兵衛は黄色い歯を見せた。

「お蓮だよ。お蓮を寝取っちまえ」

　寝取っちまえ。その言葉が、いつまでも耳の奥で響いた。

「正気かよ」

「ああ。俺の見立てじゃ、あの女が、慶蔵唯一の泣き所だ。将を射るにはまず馬をもってせよ、っていうだろ。あいつを奪っちまえば、慶蔵はふぬけになる。兄貴だからこそわかる。あれは毬《まり》みてえなもんさ。中身がまるでない。潰すのも造作ねえこった」

「だが――」

「おめえは、見てみたくねえのかよ。慶蔵が落ちぶれるさまを。お前の足元に跪《ひざまず》くさまをよ」

見てみたい。狂おしいほどに。両手をついて慶蔵が頭を下げる日がやってきたとしたら、心の内の満たされぬ思いは、果たしてどこかに消え失せてくれるのだろうか。

「だったら、俺の言うことを聞け、いいか――」

死にかけの男とは思えぬほど、九兵衛の鼻の落ちた面は上気していた。

「いいか。慶蔵を、呑むんだよ」

語り終えた後、九兵衛は眠りに落ちた。

次の日の朝、九兵衛は目覚めることはなかった。その死顔は、余りに苦悶《くもん》に満ちていた。それが病のゆえなのか、今世の未練のためなのか、理吉には判然としなかった。

手はず通り、近くの寺に葬った。葬式どころか、経文一つ上げぬ弔いだった。その日のうちに棺桶《かんおけ》を拵《こしら》え、かねてより掘っていた墓穴に下ろし、その上に卒塔婆《そとば》を立てた。

形ばかり手を合わせ、西海屋へと戻った。

九兵衛が死んだことを知らせると、慶蔵は二階の欄干から外を眺め、

「そうかい」

と口にした。声には張りがなかった。そして振り返りもせずに一分金を投げよこし、精進落としだ、酒でも飲んでこいと抑揚のない声を浴びせられた。一分金を拾い、部屋を後にせんと立ち上がると、部屋の隅に座るお蓮が、つまらなげに唇を伸ばした。

「本当に意気地のない人」

何のことだろうかと思い振り返ると、欄干の前に立つ慶蔵の姿が目に入った。その立ち姿は、いつもの慶蔵だった。声を掛けづらいほどの威圧感を滲ませ、桟橋とその先に続く遠浅の海を眺めて野心を昂《たかぶ》らせる、いつもの慶蔵だった。

だが、気づいた。

金煙管を握る慶蔵の手が震えていることに。

一つ、九兵衛が勘違いをしていることに気づいた。

確かに、慶蔵にとって、お蓮は弱点なのかもしれない。

だが、九兵衛もまた、慶蔵の泣き所だったのではないかと。

実際のところはわからない。だが、もしそうだとしたら——。

興覚めだ。

理吉は唾を吐き捨てた。

理吉はその日、九兵衛の卒塔婆の前に立っていた。

誰もいない墓場の真ん中で、手を合わせることすらしない。風に揺れる卒塔婆たちは、まるでしゃくり上げているようにも見えた。

それにしても——。

今は亡き九兵衛の顔を思い浮かべた。

「本当に来るのかね。このまま放っておかれたままなんじゃねえのか」

朝から待ち続けて、もう昼になる。

苛立《いらだ》ちと共に、こんもり盛り上がった墓土を足先で蹴り上げた。

すると、本堂の方から、裏手の墓場にやって来る人影があった。

顔見知りだった。

いつものあでやかな着物は鳴りを潜め、今日は無地の紺色小袖を纏っている。地味な形《なり》だが、光に当たる度、着物地がきらりと光る。からころと履物を鳴らしやってきたのは——お蓮だった。

九兵衛の言う通りだ——。心の臓が高鳴った。

しばらくすると、お蓮は理吉に気づいた。

「あれ、理吉じゃないか。なんでここに」

「へえ、今日は九兵衛さんの三七日《みなのか》ですんで」

「意外に義理堅いんだねえ」

曰《いわ》くありげにお蓮は笑う。

「いや、御内儀さんこそ」

「あたしは違うよ。三七日に誰もお参りしないんじゃ外聞が悪いでしょう。でも、慶蔵さんは寄り合いがあるから行けないってんで、あたしが代わりに足を運んだってわけでね」

お蓮は卒塔婆を一瞥し、腰に手をやった。

「ま、それも違うかしらね。暇なのよ、わたしも」

「暇、ですかい」

「以前、言ったねぇ。あたしは欲しかったものをすべて手に入れたって。でも、手に入れたものは、とんでもなく退屈だった。いや、それも違うね。あたしの欲しかったものは、手に取っちゃいけないものだったんだ、最近、そんな気がしているよ」

「なんだ、御内儀の御身分に、飽きちまったんですかい」

「飽き飽きだよ。一生使い切れない金を手に入れて、遊び回れる時間もあって。でもね、触れたものが、一気に腐り落ちていくような心地がする」

　そんな世界を想像してみた。手を伸ばした花が、指先に触れた瞬間にしぼみ、茶色く変色し、枯れて地面に落ちる。それは、孤独な地獄だった。

「結局、人間ってのは慣れちまう生き物なんだよ。今着ている着物だって、飯盛女の時分には袖を通すこのできなかった逸品だけど、三日も着ていれば慣れちまう。人間ってのは、手に入れたもんが当たり前になっちまう生き物なんだろうね」

　手に入れた瞬間に、色褪《いろあ》せる――。

　理吉は息を呑んだ。

　これから、理吉は手を伸ばそうとしている。その手が届いた瞬間、憧憬《しょうけい》や欲望がすべて色褪せ、腐れ落ちていくのだろうか。そんな形なき恐れに囚《とら》われた。

だが――。あの世の九兵衛の筋書きのまま、理吉は口を開いた。

「御内儀さん、これから、ちと甘いもんでも食べに行きませんかい」

「あんたがそんな場所を知ってるとは思えないけど」

冷淡に言い放つお蓮に対し、理吉は頷《うなず》いた。

「ええ、騙《だま》されたと思って」

「なら、騙されてあげるわ」

そうして理吉は、お蓮を寺近くにあった出合い茶屋へと引き込んだ。

その出合い茶屋は、そうと知らなければ旅籠のような佇《たたず》まいだった。事実、気の早い浅葱《あさぎ》裏の旅人が宿を取るつもりだったのか暖簾をくぐっていったものの、すぐに不服そうな顔をして出てきた。

理吉たちが暖簾をくぐると、男と女であることを見定めた女主人が部屋に案内した。その途上、廊下を歩いていると、男と女の荒い吐息、嬌声《きょうせい》が部屋の中から漏れ出ていた。後ろを歩くお蓮に振り返ることをしなかった。どんな顔でお蓮が己を覗き込んでいるものか、怖かった。

部屋に通された。そこは真新しい布団が隅に敷かれた八畳間だった。

ごゆっくり。抑揚なく述べた女主人が去った後、昼だというのに薄暗い部屋の中には理吉とお蓮が残された。

「どういうつもりなんだい」

お蓮はようやく口を開いた。

「まさか、あんたにこんな度胸がある――」

お蓮の言葉が途中で途切れた。

それは、理吉が己が唇でお蓮の言葉を塞いだからだった。

長い口吸いの後、少し顔を話すと、お蓮は怒りの混じった目を理吉に向けた。

背中に痺《しび》れが走る。美人だとは思っていた。だが、この時ほど、この女がそそる時はなかった。熱のこもった女の目は、見る度に色が変わる。

「覚悟はあるのかい」

「何の、覚悟ですかい。慶蔵さんに殺される覚悟なら、もうとうの昔にできてますよ」

「違う。手に入れたもんが、次から次に色褪せていくことを受け入れる覚悟だよ」

しばし考えた後、乾いた笑いが口をついて出た。

「俺はこれまで、何も手に入れることができなかったんだ。もう喉が渇いてしょうがねえんだ」

「いいね、ぞくぞくする」

「うるせえ。黙ってろ」

吐き捨て、お蓮を力任せに布団に押し倒した。

すべてが終わった後、慶蔵の腕枕に頭を預けたまま、お蓮は熱っぽい息を理吉に吹きかけた。

「ふうん、あんた、意気地があるんだね。慶蔵さんとは大違い」

「手に入れた途端、色褪せるんじゃなかったのか」

「ちょっとは楽しめそうだね」

わずかばかり染みの浮いた肩を布団から覗かせたまま、お蓮は意地悪げに白い歯を見せた。

だが――。理吉は冷ややかにことを眺めるもう一人の己の視線に気づいていた。

確かに、お蓮は手に入れた。途轍もなくいい女だ。己の横に身を横たえる女は、今でも理吉の心を捉えて離さない。だが、薄皮一枚、本当に僅《わず》かな分だけ、何かが理吉から剝がれ落ちた。それは、本当に僅かばかりのものだ。だが、もしこのこれが少しずつ進んでいったら――。そんな日のことを思い浮かべるうちに、背中に冷たいものが流れていくのを感じた。

驚くほどに、うまくいった。

今は亡き九兵衛の言ったことが、まさかここまで図に当たるとは、思ってもみなかった。

『あの女はいつでも飢えてる。あんたが力押しに押せば、間違いなく転ぶ。俺の三七日を利用しろ。世間体を憚《はばか》って、間違いなく墓参りに来るはずだ。慶蔵は絶対に来ない。あいつはそういう奴だよ』

己の死後のことを、さも見てきたように九兵衛は口にした。

『一人で墓参りに来たお蓮を、あとは力押ししちまえばいい。あんたになびくはずだ。あの手の女は大事にされることに慣れて、手荒な目に遭ったことがねえ。逆に新鮮に感じるはずだ』

九兵衛の述べたことのうち、その見立てだけは間違いだった。

お蓮は、その激情の余り、男の背に金簪を刺した女だ。九兵衛の言う通りにしていたら、理吉も刺されていただろう。

唇を塞いだあの一瞬、目が合ったあの一瞬で、慶蔵は九兵衛の間違いを悟った。あの女は、手荒にされることなど望んでいなかったのだと。だからこそ、理吉はじっくりと、生娘を相手にするようにお蓮を抱いた。

理吉はお蓮の情夫《いろ》に納まった。

この関係は誰にも露見してはならない。しばらくは出合い茶屋で逢瀬を重ねる日々が続いたが、ある時お蓮が癇癪《かんしゃく》を上げた。

『なんであたしが毎回毎回外に出向かなくちゃならないのよ。全く面倒な』

言い放ったお蓮は、次の日、理吉が二階の客間に顔を出したのを見計らうようにして、慶蔵に声を掛けた。

「ねえお前さん、あたし、欲しいものがあるんだけど」

「ああ、なんだ。着物か？　それとも帯か」

帳簿から顔を上げることなく、慶蔵は猫撫《ねこな》で声を上げた。

普段は誰に対しても厳しい慶蔵も、お蓮に対してだけは甘い。店の者たちはそれを羨むが、理吉の目には、お蓮と慶蔵の関係は狆《ちん》とその飼い主の関係のようにも見えた。

お蓮はこともなげに、言った。

「家」

さすがにこれには、慶蔵は顔を上げた。

「おいおい、この家じゃ不満ってか」

「だって、居心地が悪いんだもの」

「ああ、さしものお前も、店の者の目は気にするってか」

お蓮に対する西海屋の者たちの視線は、決して温かなものではない。先代の妻が死ぬなり西海屋に入り散財を極めている女であり、しかもそれが当主代行の妻なのだ、反発を食らわないわけがなかった。

「気にはしないけど、蚊の多い家に居つく気にならないでしょ」

「そりゃ道理だ。――まあいい。新しい家、用意してやる」

それから少しして、慶蔵は鉄砲洲《てっぽうず》にある空き家をお蓮に与えた。なんでもそこはある商家の御隠居が暮らしていたもので、なかなかの掘り出し物であるという。すぐにお蓮はその屋敷へ引っ越していった。

「理吉。すまねえが、あれとの繋ぎをやってくれねえか」

案の定、慶蔵から、お蓮の面倒を任された。苛烈《かれつ》に従業員を扱って何人も辞めさせているお蓮と関わろうという男衆は理吉を除いて他にいなかった。

仕事はそんなに難しいものではない。一日に一回鉄砲洲の家に顔を出し、お蓮の欲しいもの、足りないものを聞き、西海屋に帰って報告、買い揃える。そしてそれが届き次第、お蓮の許に参上するだけのことだ。

理吉は、毎日のようにお蓮を抱いた。

「あんた、本当に底が見えないね」

火照った顔をだらしなく歪《ゆが》めながら、お蓮は熱い息をつく。

女の汗ばんだ腕を首の辺りに感じながら腰を振る理吉は、どこか白けた思いの中にあった。

お蓮は美しい女だ。だが、心の中にある穴を塞いではくれない。それどころか、この女と相対していると、穴の大きさ、深さを思い知らされ、突き付けられているような心地さえした。

ふと、お蓮の首を締めそうになったことも、一度ならずあった。

事が終わった後には、心の空白を埋めるように煙草を吸うのが癖になった。

横で眠るお蓮を横目に、理吉はいつぞや慶蔵から奪った鬼首の刀豆《なたまめ》煙管に葉を詰め、火をつけた。ほとぼりも冷めただろうと見て、今では懐に入れて持ち歩いている。

紫の煙を吐き出しながら、理吉は物思いに沈む。

俺が求めていたものは、こんなにも味気ないものだったのだろうか、と。

お蓮も似たような思いに囚われているようだった。次第に行動が大胆になっていった。

慶蔵が鉄砲洲の宅へやってくるのは、いつも夕方から夜にかけての時分だった。まるであてつけのように、その直前まで情事を引き延ばすようになった。おかげで慶蔵と鉢合せることもあった。

「おう、今帰りか」

思わず自分の衿に手をやり、正した。

「へ、へえ」

「おい、そういや、ここんとこ、仕事が滞っているんじゃねえか。赤金屋《あかがねや》の借金は取り返せそうなのか」

「ああ、ちょいと手がかかりそうでして」

「頼むぜ。おめえには期待しているんだからよ」

肩に手を置いて、慶蔵はお蓮の家に入っていった。先ほどまで、理吉が裸で過ごしていた場所に。

さらにお蓮は大胆になった。

毎回のように、理吉に酒を振舞った。

「まあ、呑んでお行きよ」

さらにお蓮の家に居着く時が延び、ついに家の中で鉢合わせた。とはいっても、酒を呑んでいるところだっただから、言い訳は立った。

「何を怒っているのさ。いつも世話になってる理吉に、酒の一つもつけてやるのは甲斐性ってもんだよ。あんただって、吝嗇《りんしょく》の評判がつくのは嫌でしょうに」

「――ふん」

慶蔵の鋭い目が、理吉を貫く。だが、理吉は倒錯した快感に酔っていた。

だが、こんな日々が破綻しないわけはなかった。

ある日の昼、いつものようにお蓮の家に腰を下ろしていると、廊下に大きな足音が響いた。もしかしたら慶蔵かもしれない。この頃には、履物は肌身離さず持ち歩くようにしていたから、縁側から外に逃げることができた。

しばらく辺りをぶらぶらして戻ると、居間のお蓮は密《ひそ》やかに笑った。

「慶蔵さんだったよ」

なんでも、仕事に空きが出たとかで、お蓮を芝居に誘いに来たらしい。だが、お蓮は断った。

「だって、あの人、お常ちゃんを馘《くび》にしたんですもの。許せないわよ」

お常は、以前の妾宅《しょうたく》にいた頃からお蓮に付き従い、西海屋でも影のようにお蓮につき、この家に移ってからも家事をこなしていたお蓮お気に入りの女中だった。男の従業員に対して当たりがきついお蓮も、お常のことはまるで妹のように可愛がり、着物や小物を買い与え、身近に置いていた。だが、ひと月ほど前、慶蔵によって暇を出され、田舎に引っ込んだらしい。

「新しい女中が薄気味悪くってね。だから、お常ちゃんを返してちょうだい、だったらお芝居についていくわって言ったら、一人で見に行っちまったんだよ」

お蓮は理吉の首に手を回した。

「さ、今日もやっていくだろう？」

ほくろの上にある薄い唇が、理吉の唇を吸った、その時だった。

廊下に続く引き戸が、乱暴に開いた。

その奥には、芝居に行っているはずの慶蔵の姿があった。

お蓮を引き剝がした。だが、もう遅かった。

慶蔵の顔から血の気が引いていた。表情がない。まるで幽霊のようだった。だが、だらりと下げているその手には、鞘《さや》に収まったままの長脇差が握られている。

ぽつりと慶蔵は口を開いた。

「理吉、てめえ、裏切りやがったな」

「――芝居を見に行ったんじゃなかったんですかい」

理吉は驚いていた。思いのほか、心が凪《な》いでいる己自身に。

「お前たちを嵌《は》めるつもりだったんだよ」

「なるほど、芝居に行ったふりして、その間に浮気しているところをザバっと斬り捨てるおつもりだったんですかい。でも、なんでバレたんですかね」

「新しい女中に、全部吐かせた」

「ああ、お常を馘にしたのは、新しい女中を送り込んで、自分の目にするためでしたかい」

乾いた笑い声が出た。

「余裕じゃねえか、理吉」

「いや、余裕なんざ、これっぽっちもないですよ。今の俺の気持ちは――、捨て鉢、ですかねえ」

築き上げてきたものが、足元から崩れていく。その現《うつつ》を前に、理吉はただ、捨て身だった。

「なるほどな。じゃあ」

慶蔵はゆっくりと長脇差の鞘を払うと、青白い刀身が白く輝く。そして鞘を捨てて、慶蔵は畳を蹴った。

「覚悟しやがれ」

理吉はその一撃を躱《かわ》した。魯心の棒捌《ぼうさば》きと比べれば、その一撃は蜻蛉《かげろう》が留まるがごときものでしかなかった。

争うことなど考えなかった。とにかく逃げた。今度は無我夢中だった。履物を懐に収めたまま、縁側から庭に下り立ち、振り返りもせずに門まで走った。もしかしたら慶蔵の手の者が待ち構えているかもしれないと身を固くしたが、意外にもそこに人の気配はなかった。

そしてそのまま、振り返ることもなく理吉は江戸の町に己の身を溶かした。

理吉はそれからすぐ、築地の裏長屋に身を潜めた。

西海屋に帰るわけにはいかない。さりとて、お蓮の家は門前に屈強な男がつくようになって迂《う》闊《かつ》には近づけなくなってしまった。どこにも行くあてのない理吉は、その日暮らしの男たちが住む裏長屋にしか居場所を見つけることができなかった。

すぐに暇を持て余すようになった。

そのうち、西海屋を物陰から眺め続けるのが理吉の日課となった。鬼首の刀豆煙管の吸い口を噛みながら、物陰に置かれた天水桶の縁に腰を掛け、船頭たちの行き交う店先を眺めていると、ほんの少し前まで自分がそこにいたことが信じられなくなっていた。

やがて、理吉は慶蔵の後をつけるようになった。

日が経《た》つにつれ、慶蔵への思いが形をなしていった。

ずっと、理吉は慶蔵に憧れ続け、慶蔵の持っているものを欲しがった。だからこそ、慶蔵を困らせてやりたかった。鼻を明かせてやりたかった。その種を探すために、理吉は慶蔵の後ろについて、色々と嗅ぎ回った。

そのうち、面白い出来事に出会った。

ある日のこと、西海屋から出た慶蔵が、少し離れたところにある出合い茶屋の暖簾をくぐった。

慶蔵一人だったが、不思議なことは何もない。出合い茶屋は男と女が密会するための場所だから、むしろ男女別々に入るのは当たり前だ。

お蓮？　いや、もしお蓮と会うなら、鉄砲洲の家を訪ねれば事足りる。

何かある。

そのまま三刻ほど待っていると、慶蔵が姿を現した。そして、その横には、年の頃三十ほどの茶の小袖を纏った女房姿の女がある。すらりと長い手足、といえば聞こえはいいが、やせぎすな鶏を連想させるような、貧相な女だった。店先で二、三の言葉を交わしたのち、二人はそれぞれ別の方向へ歩いていった。慶蔵はこれから鉄砲洲へと向かうらしい。

理吉は茶小袖の女の後をつけた。

女の背を追いかけるうち、あの女に見覚えがある気がした。だが、あんな女との接点はあるはずもない。なのに、どこかで会った気がする。いや、どこかで見かけた気がする。

しばらく悩んでいるうちに、女は築地の近辺にまで至り、やがて、ある店の暖簾をくぐり、中に入っていった。

店の看板を見上げたその時、理吉は驚きを隠せなかった。

質屋の伊勢重。

その時、理吉はようやくあの女の正体に思い至った。あれは、伊勢重女主人のお勘だ。

あの二人が密会？

もしも、商談だったなら互いの店ですればいいだけの話だ。

人目を忍ぶように出合い茶屋で密会することの意味を考え、そして得心した。

慶蔵とお勘は、男と女の関係にある。

そう考えが至ると、これまでに存在したちょっとした疑問が氷解していった。

理吉も携わっていた骨董品をかたに取る銭稼ぎ。あれは、伊勢重の協力なしでは成り立たないものだった。この仕事の発案はお勘だった。つまるところ、慶蔵とお勘に仕事以上の繋がりがあって、その上で成り立った仕事であったのだ。

いや、もしかしたら逆かもしれない、と理吉は考え直す。無理のある仕事をでっちあげるために、どちらかがありもしない男女の縁を結んだのではないだろうか。

あまり、お勘からはそんな気配を感じない。お勘はどこにでもいる夫に先立たれた商家の女主人で、脂も抜けきっている。

だとすれば、仕掛けたのは慶蔵だろう。

やはり、慶蔵は慶蔵だった。

見事なものだと一人合点し、一計を案じた。

数日後、出合い茶屋に入っていった二人を見届けた理吉は、入り口近辺に人がいないのを確認して暖簾をくぐり、下駄箱を漁った。そして、穴が開くほど眺めてその特徴を捉えた慶蔵とお勘の下駄を片方ずつ盗《と》り、その足で伊勢重へと向かった。

「いらっしゃいまし。あれ、理吉さんじゃないですか」

伊勢重の暖簾をくぐると、覇気のない番頭の声が耳に入った。いつものように番頭はいつもの帳台の前に座り、何やら書き物をしていた。

「で、何用ですか。なんでもあなた、西海屋を出奔したそうじゃないですか。こんなところを歩いていていいんですか」

冷ややかな番頭の口調に、理吉が怯《ひる》むことはなかった。

「今日は質入れに来たんだよ。とんでもねえ掘り出し物だから、あんたに見せたくなったんだ。きっと、喜んで買ってくれると思ってね」

「へえ」

小ばかにしたような態度を崩さない番頭に見えるように、理吉は懐から先ほど盗んできた下駄を出した。

「こいつだ」

「何を出すかと思えば。男物と女物の下駄、しかも片足ずつ？　こんなもの――」

言葉を遮るように、理吉は番頭の前の上がり框に腰を下ろし、下駄を振った。辺りに木のぶつかる乾いた音が小気味良く響く。

「まあ、ちょいと聞きねえ。こいつは、あっちの出合い茶屋で拾った下駄でね」

「そりゃ、持ち主がお困りでしょう。早くお戻しになられては」

「まあ、そう茶々を入れるない。この男物の下駄は、西海屋の主人代行、慶蔵って奴のもんだ。で、この女物の下駄は――。あんたの方が詳しいんじゃねえかい」

女物の下駄に目を向けた時、一瞬だけ番頭は目を大きくしたものの、また元の表情を取り戻し、大福帳に目を下ろした。

「さて、女物の下駄なんぞ、どこでも見ますからね」

「まあ、その通りだわな。だがよ、もしも、もしもだぜ？　この女物の下駄があんたの店にとって大事なお人のもんだとしたらどうだい。帰る段になって、困っているんじゃねえかね。で、探そうにも、江戸中に出合い茶屋はあるわけだ」

ようやく、番頭は理吉を真正面から見据えた。

「つまり、こうおっしゃりたいわけですね。もしうちにとって大事な人、引いてはうちの評判を守りたければ、その下駄にそれ相応の金を払え、と」

理吉はにやにやと相好を崩す。

元手がなければ口舌で稼ぐ。これは、慶蔵から教わったことだった。

しばらく文机の前で固まっていた番頭だったが、ややあって、筆を置き、煩わしげに息をついた。

「ようござんしょう。その下駄、どちらも買い上げましょう。で、おいくら」

「それを決めるのが質屋の仕事でしょうよ」

「でしたら」番頭は指を五本立てた。「これで」

「五両？」

「五十両」

いきなり大金が出た。だが、頷けるところだ。

今、西海屋の評判は悪い。ここのところ、慶蔵の商いが手荒になり、同業はおろか、他業者からも白い目で見られ始めている。そんな中、そこの主人と逢瀬を繰り広げている質屋の女主人が、二人で筋の悪い商いに手を染めているとなれば、店の暖簾に泥がつく。番頭として見過ごせないと考えたのだろう。

「ま、いいだろう。んじゃあ、早く出してくんな」

「ちっと待ってくださいな。今、知っての通り、うちの主人が帰っておりませんで、五十両そのまま出すことはできません。まずは、うちの主人をここにお戻しいただくまでは、金を渡すことはできません」

「なるほど、道理だ。だがよ、証《あかし》がねえと、渡す気にはならねえな」

「じゃあ、これでどうです」

番頭は脇の木箱から十両包みを一つ出し、理吉の前に進呈した。その包みを懐に入れた理吉は、小さく頷いた。

「いいぜ。じゃあ、今から元の場所に返してきてやらあ」

「残りはうちの主人が戻って来てから取りに来てくださいな」

その声を聞くや否やのところで理吉は伊勢重を飛び出し、先の出合い茶屋へと戻り、その下駄箱に二つの下駄を元通りに収めて元の道を引き返した。その時、理吉は気づいていなかった。

あまりに、物事が己に都合よく回りすぎているということに。

残りの金を回収したかったが、お勘が戻らぬ限りどうしようもないと言われている。一刻ほど昼から空いている居酒屋で酒を呑み、それから伊勢重へと向かうと、その暖簾の前に、一人の男が仁王立ちしていた。

六尺にも至ろうかという年の頃三十前後の大男で、晒《さらし》を巻いた上に白の羽織を纏い、鼠色の袴を穿《は》いている。腰には長脇差を差し、右手に木の棒を持っていた。その男の顔を見た瞬間、理吉は自分の目を疑った。

もう、別れて十年にはなる。だが、面影は何も変わっていなかった。

間違いなくその男は、理吉の義理の兄、九紋龍《くもんりゅう》の新吉《しんきち》だった。

なぜここに。

疑問に苛《さいな》まれるうちに、向こうがこちらに気づいた。

「てめえが伊勢重さんに迷惑をかけているとかいう野郎か」

口ぶりから、こちらがかつての弟であったことに気づいている様子はない。安堵の息をつき、こちらも知らんぷりを決め込んだ。

「迷惑をかけた覚えはねえな」

「無理難題を押し付けて、銭をせびり取る。それが迷惑といわず、なんて言うんだろうな」

「ふん、知らねえよ」

理吉は手足をぶらつかせ、その場に立ち尽くす。

その瞬間、左腕に巻いている黒数珠が軽く鳴った。

もう、黒数珠を見ても、魯心を――魯心の言葉を思い出すことはなかった。

だが、魯心直伝の技だけは覚えている。相手の起こりの見切り。これまで、数多くの修羅場でこの見切りを用い、切り抜けてきた。

今もそうだった。負けるはずがない。

新吉がどれだけ侠客として腕を磨いてきたかは知らない。だが、理吉とて、負ける気はしなかった。

「どけよ」

「どかん」

「釘《くぎ》は、刺したぜ」

息を大きく吸い、左足を踏み出した。

新吉は棒を振り出した。

今の踏み出しは誘いだ。

新吉の起こりを見切り、退く。一撃は空を切った。

その瞬間、理吉は右足を踏み出し、懐の小刀を握った。

修羅場をくぐるうちに覚えた必勝の型。相手に空振りを誘い、刃を突き付ける。

武の才がなくともこれくらいならばできた。

これで、幾人もの敵を黙らせてきた。

はずだった。

新吉は棒を持つ腕を伸ばして、理吉の腕を叩いた。

地面に小刀が転がる。

あっ、と叫んだその瞬間、理吉の視界は大きな掌に覆われていた。

ごうと迫り来る掌が、理吉の顎を捉えた。

ぐるりと天地が逆転し、理吉の意識は途絶えた。

○

理吉が目覚めた時には、辺りは暗くなっていた。

庇《ひさし》と庇に区切られた空には、雲母を散らしたような星々が瞬《またた》いていた。

ここはどこだ。

身を起こしたその時、顎が強く傷んだ。先に新吉にやられたところだ。もしかしたら、顎が割れているか、あるいは腫れているかもしれない。

裏路地のゴミ箱の中で寝ていた。人が通っている気配はなく、古くなって壊れた大八車の残骸や盥《たらい》が転がっている。野良猫でも住み着いているのか辺りには饐《す》えた臭いが満ちている。片方の穴の鼻詰まりに気づいて手《て》洟《ばな》を噛むと、赤い汁が飛び出て、地面にこびりついた。懐をまさぐる。取られていると覚悟はしていたが、十両包みは残っていた。その代わり、手紙が入っていた。

どこの誰かは知らぬが。

そんな書き出しから始まるそれは、新吉の文だった。

懐の十両はあくまでお前の知りえた件の口止めだと思え。これ以上伊勢重を脅すなら、この九紋龍が相手になってやろう。まとめると、ざっとこうした内容だった。

力任せに文を破り捨てた。

五十両が十両に目減りした悔しさもある。だが、それ以上に理吉を蝕《むしば》んでいたのは、己がこれまで培ってきたものが、軽々と新吉に跳ね除けられたことだった。見切りすらも通用せず、かぶせられるように掌底を叩き込まれる——。

まるで落語のサゲのように、平仄が整いすぎている。

「俺は、いっつもこうだ」

何かを得んとして、ようやく手に入れても、結局何者かに奪われる。

どんなに手を伸ばしても、先にかっさらわれてしまう。

そして——。奪われてばかりなら、奪い返してやればいい。

「この世は奪うか奪われるか」の単純明快な論理に立ち返ってゆく。その方が楽だった。

手元には、十両がある。

この十両で、何をしてやろうか。

理吉は、肥溜めのような臭いの中で、必死で考えた。

伊勢重には何の恨みも、執着もない。この際、新吉もどうでもいい。

そうして理吉の執着は、慶蔵に戻ってゆく。

理吉は懐をまさぐった。空に透かすと、星の光を浴びた鬼首の刀豆煙管が白く輝く。

思えば、下駄を盗んだのも、心のどこかに慶蔵を窮地に追いやりたいという暗い情念が働いてはいなかっただろうか。

いつだって、理吉は慶蔵に勝ちたかった。

何も手札を持たぬところから、すべてを手に入れた男になってみたかった。

少しでも、近づきたかった。

だとすれば——。

理吉のやることは決まった。

慶蔵に挑む。そして、勝つ。

それだけが、理吉を突き動かしていた。

数日後の夜、理吉は鉄砲洲の闇の中に身を溶かしていた。

目立たぬよう、紺色の着物を纏い、動きやすいよう裾をからげている。黒に染めた手拭いを被って人相を隠し、例の十両で求めた長脇差を腰に帯びた。

裏路地から様子を窺うはお蓮の屋敷だった。

平屋の家々に囲まれたこの辺りも、昼はそれなりにうるさいが、夜になると耳に痛いほどの沈黙が辺りに満ちている。新月の暗闇の中、門前には誰も立っていなかった。

目を瞑《つむ》ってでも歩き回ることができる。留め金の掛からない戸があることも知っている。その中の一つ、台所近くの雨戸に手を掛け、音もなく屋敷の中に上がり込んだ。

そこは空き部屋のはずだった。だが、六畳ほどの板の間に、人の気配がする。

目が慣れるのを待っていると、部屋の真ん中で雑魚寝をしている男の姿が浮かび上がった。この家の警固だろう。だが、その割に刀も持たず、野暮なりに身を包んでいる。お蓮に小ばかにされる類の男だ。

男は容赦しない。ここに忍び込む際に決めたことだ。

音もなく鞘を払い、男の首に突き刺した。

悲鳴を上げることなく手足をばたつかせていた男は、やがて夏の終わりの羽虫のように動かなくなった。それを見届けると、次に女中部屋に行き、眠りこけていた女中を用意していた縄と猿ぐつわで縛り上げ、最後に残された部屋に入った。

　お蓮の部屋だった。

　微《かす》かな寝息だけが部屋の中に満ちている。

　理吉は、血のこびりついた刀の先を突き付け、眠るお蓮の枕を足で蹴った。

　慌てた様子でお蓮は身を起こした。

「動くな」

　低い声でそう声を掛けてやると、最初は状況を理解していない様子だったお蓮も、次第に事態を飲み込んできた様子だった。闇の中でもわかるほど震え、最後には頷いた。

「着替えろ」

　お前の前で？　お蓮はそう言わんばかりの非難がましい目を向けてきたが、理吉は黙殺した。

　お蓮は純白の寝間着を脱いだ。暗がりの中で浮かび上がる白い背中には、程よく肉がついている。だが、その姿が見えたのは一瞬のことで、すぐに手に取った黄八丈を巻き付けた。

　そうして動ける姿になったところで、次なる命令を出した。

「ついてこい。騒いだら殺す」

　お蓮を家から連れ出した理吉は、手はず通り、近くの水路に浮かべておいた猪牙舟《ちょきぶね》に乗せた。

　理吉は櫂《かい》を取り、川へ舳先《へさき》を向けた。これまで廻船問屋にいたくせに、舟を操ったことがなかった。だが、割合簡単に舟は動き始めた。案外、こちらの方に才能があるのかもしれない。

闇の大川を、猪牙舟が流れていく。

風が吹き、理吉の脇をすり抜けていった。

すると、猪牙舟の上に腰を下ろしていたお蓮が尖《とが》った声を発した。

「どういうつもりだい。あたしをかどわかして」

しばらく漕ぎ、逃げ出せないところまで至ったところで、理吉は己の顔を隠すほっかむりを取った。あ、とお蓮が声を上げる。

「あんただったのかい」

お蓮の驚きに応えることなく、理吉は続ける。

「お蓮、おめえの道は、二つに一つだ。江戸から離れる俺についてくるか、それとも、ここで川に落とされるかだ。どうする」

星が瞬く中、お蓮はきっぱりと言い放った。

「連れて行っておくれよ」

「意外だな。派手好きのおめえが、江戸から離れる方を選ぶのかよ」

「ああ。もう、江戸にも飽きちまったし。それに、慶蔵さんにも愛想が尽きちまったよ」

お蓮はそっぽに目を遣り、大川の流れに手を差し入れた。手で水を弄びながら続ける。

「慶蔵さん、どこぞの後家と懇ろだったんだってね。あんたが起こした諍《いさか》いのおかげであたしの耳にも入ってきたよ」

「そいつぁご愁傷様だったな」

お蓮は小さく首を振った。

「身を投げたいくらいに、あたしは空っぽだけど、あんたがいりゃあ、まだこの浮世は楽しいんじゃないかって思ってね」

「そうかい」

理吉は櫂に力を籠めた。

慶蔵から大事なものを奪う。それが、理吉の取った復讐だった。かつて慶蔵の煙管を奪ったのと同じことだ。

だが――。果たして俺は、あの煙管を奪った時ほど、あの男を傷つけることができたのだろうか。

疑問が頭をかすめ、ふと、大川に手を差し入れる女を突き落としたい衝動に駆られた。

だが、すんでのところで堪《こら》え、声を発した。驚くほど、低い声が出た。

「――これから、房総《ぼうそう》に逃げる」

「わかった。あんたとなら、どことでも」

お蓮は振り返り、理吉に向いた。だが、あれほどに恋焦がれた女の魅惑は、お蓮のどこにも見つからなかった。

理吉は空を見上げた。朝までは、まだ時がある。

六　黒旋風《くろせんぷう》

「江戸も随分久しぶりだねえ」

脚絆《きゃはん》に笠の旅姿に身をやつすお蓮《れん》は、両国橋《りょうごくばし》東の人々の流れに目を丸くした。

「そうだな。ざっと九年ぶりってところか」

安政《あんせい》五（一八五八）年。理吉《りきち》は二十九を数えていた。

江戸から逃げ出して九年余り、理吉はお蓮と共に房総《ぼうそう》を転々としていた。下総《しもうさ》、上総《かずさ》、安房《あわ》は江戸に近いゆえに商いが振るい、漁業も盛んで、雇われの漁師たちが夜の愉しみと博打に精を出す。中には網元が胴元を務める鉄火場すらある国ぶりで、やくざ者の栄えないわけはなかった。宿駅ごとにやくざを束ねる一家がいて、仁義を切れば一宿一飯に与らせてもらえた。だが、施しを受けたからには恩義で返さなければならない。漁師の国で気性が荒いのか、出入りは毎日のようにあった。

修羅場において、正気を保っていられる人間は少ない。図体が大きかろうが、普段壮言を口にしていようが、いざ長脇差を抜いて斬り合うと身がすくみ、目を細めて得物をやたらめたらに振り回すだけの仕儀となる。

だが、理吉は何人も人を殺している。まるで朝、顔を洗うかのように目の前の敵の喉笛を切り裂き、胸を刺し、薙ぎ払って血《ち》霞《がすみ》を舞わせた。そうこうしているうちに理吉の名は高まり、いつしか黒旋風の二つ名までついた。それからは、長《なが》逗《とう》留《りゅう》させてもらった一家もあった。ある宿駅のやくざの親分などは理吉を気に入り、兄弟盃を申し出た。しかし、理吉はそれを丁重に断った。

理吉は暴れすぎた。恨みを買い、代官所に居場所を密告されることも一再ならずあった。追われる暮らしに嫌気が差し、九年ぶりに江戸に舞い戻ったのだった。

己の九年間に思いを致していると、お蓮が声を弾ませた。

「江戸はやっぱりいいよ。房総には芝居小屋なんてほとんどないし、呉服屋にも碌《ろく》なもんがないしねえ」

川沿いの火除け地に立ち並ぶ芝居小屋を眺め、娘のように目を輝かせるお蓮を残し、理吉は歩き始めた。

「ああ、お前さん、待っておくれよ」

「おめえに構っていたら、日が暮れちまうよ」

「意地悪なんだから、お前さんはさ」

お蓮が腕を絡めてきた瞬間、理吉は怖気《おぞけ》を覚えた。

かつて、理吉の身を蕩《とろ》かせたお蓮は、九年を経て爛《らん》熟《じゅく》の時を通り過ぎた。顔には皺《しわ》こそないもののシミが目立ち始め、顔の輪郭が崩れ始めている。着物の下に隠れている二の腕は張りがなくなり、水でふやかした餅のように肉が垂れ下がった。だが何より、目の前の女が普通の女になり下がったことに、理吉は絶望すら覚えた。

お蓮はまるで毒をまき散らす花だった。華麗に咲き誇り、芳香を放つ大輪の花に近づくと、蔓《つる》と棘《とげ》に身の動きを封じられ毒を打ち込まれる、美しくも恐ろしい、この世のどこにも存在しえないからこそ輝く花だった。だが、房総に吹き荒れる海風と苛烈《かれつ》な日差しが、お蓮から棘と毒を奪い、どこにでもいるやくざ者の女にしてしまった。

理吉はさりげなくお蓮の腕を払った。

「さあ、行くぞ」

「え、もう。お芝居見に行かないかい」

「ああ、また今度な」

お蓮をなだめすかして両国橋を渡った後、理吉は浅草界隈《あさくさかいわい》へと足を運んだ。人の行き交う表通りを無言で歩くうち、黒船町《くろふねちょう》の辺りで顔見知りに出くわした。

黄色と黒の縞長《しまなが》羽織を纏《まと》うその小男は、辺りをきょろきょろと窺《うかが》いながら十字路の隅に立っていた。だが、理吉たちを見ると欠けた歯を見せるように笑い、手を振った。

「おお、親分、おかみさん。長旅、お疲れ様でござんす」

久しぶりに見る顔に、理吉は頷《うなず》きを返す。

「お前が出迎えか、富蔵《とみぞう》」

「へえ。親分とおかみさんが江戸にお越しになるってんで、手を挙げさせていただきやした」

目を輝かせ、富蔵は感慨深げに何度も頷いた。

富蔵とは房総に入ってすぐに出会ったから、もう八年余りの付き合いになる。

名前を上げる前、まだ単なる渡世人の一人だった理吉に声を掛けてきたのが富蔵だった。もともとは江戸の掏摸《すり》だったようだが、いろいろあって房総に流れてきたという。

どことなく愛嬌《あいきょう》のある男でずっと傍に置いていたが、二年ほど前、子分と一緒に江戸へ向かわせた。

「二年余り、ご苦労だったな、富蔵」

「滅相もねえ。親分のためなら、多少の苦労は楽しみのうちでさあ」

富蔵は首にかけた手拭いで顔を拭いたのち、立ち話もなんですから、と道を先導した。そしてしばらく行くと、水路近くの一角で足を止めた。

「ここでさあ」

富蔵が指したのは、二階建ての商家だった。屋号は書かれていない。富蔵が中に飛び込んでしばらくすると、中にいた者たちが表に飛び出してきた。

「親分、ようこそ！　親分、ご無沙汰いたしております」

「親分、親分、親分！」

理吉を取り囲む男たちは皆総じて柄が悪く、中には紋々を背負っている者もある。それもそのはず、ここにいる者たちは博徒崩ればかりだった。

房総に身を置きづらくなった理吉は、江戸へ戻るための算段を練り、子分を江戸へ送り、足がかりを作らせた。そして子分たちは、傾きかけた廻船《かいせん》問屋の主を博打漬けにし、株ごと店を奪い取ることに成功した。

理吉は子分たちの顔を見渡した。

「おめえらには苦労掛けたな。これから、ちったあおめえらを楽さしてやろうってつもりだ。これからも頼むぜ」

涙ながら子分たちは頷いた。

かくして理吉は廻船問屋主人の地位を得た。

だが、苦労の連続だった。

理吉の店は、廻船問屋を隠れ蓑《みの》にしたやくざ者一家の色合いが強かったが、それでも廻船問屋としての仕事はしていた。とはいえ、かつての西海屋《さいかいや》のような大船主と取引するような大店《おおだな》ではなく、猪牙《ちょき》船《ぶね》を働き蟻《あり》のように走り回らせる、小さな問屋だった。

それまで博打と喧嘩にしか関わってこなかった男たちに櫂《かい》を取らせ、荷運びをさせようというのだから、問題は毎日のように起こった。他の問屋の船頭との喧嘩は日常茶飯事、諍《いさか》いが起こるたび、理吉は出張り、相手を恫喝《どうかつ》して黙らせた。だが、そんな態度が浅草の大きな一家に睨《にら》まれかけ、詫《わ》びを入れざるを得なかったこともあった。廻船問屋の主といえども、大きな秩序の中で立ち回らざるを得なかった。

本業の博打稼業でも同じだった。互いにシマを荒らさないこと、互いの利益に手を突っ込まず、手を取り合うこと――。古い歓楽街のゆえに、浅草のやくざたちにはややこしい取り決めがいくつもあった。房総にいた頃のような狂瀾《きょうらん》めいたでたらめはできない。

くだらねえ――。

帳簿を眺めながら、理吉は鬼首の刀豆《なたまめ》煙管に火を灯《とも》した。紫煙が目にしみて仕方がなかった。

ある日、仕事の合間に、一人、築地へと足を運んだ。

町の有様は随分変わっていた。

数年前にあめりかのぺるりが来航してからというもの、江戸を不景気の波が襲い、築地《つきじ》界隈の老舗も軒並み潰れたと風の噂《うわさ》に聞いていた。海沿いの道に並んでいる店は、屋号の変わったところもあったし、店屋敷が潰されて更地になっているところもあった。しばらく海風に吹かれながら変わりゆく町並みの中を歩いているうちに、西海屋の前に至った。

いや、正確には、西海屋だったところだ。

屋号は既に変わっている。ふと海の方を見遣れば、かつては多くの猪牙舟《ちょきぶね》が止まっていた桟《さん》橋《ばし》は、半ば腐れ落ち、捨て置かれている。

ここに来る前に、子分に調べを命じていた。

お蓮が居なくなってからというもの、あれほど強気の商売をしていた慶蔵は臥《ふ》せりがちになり、ついには西海屋の身代《しんだい》を傾けた。かくして六年前、廻船問屋の株を人に譲り、店を処分して田舎に引っ込んだらしい。

もはや西海屋とは呼べぬ建物を見上げる理吉の脳裏に、盛者必衰の四文字がよぎる。

追いかけていたはずの男は、いつの間にか居なくなっていた。

勝ち逃げとも、最後まで立っていた者が勝ち、とも思えなかった。

そこにあるのはただ、虚《むな》しさだけだった。

お蓮を奪ったことで、慶蔵は堕ちていった。だとすれば、勝ったのだろう。

だが、胸が満たされることは、終《つい》ぞなかった。

その時、雲が割れ、強烈な光が目に飛び込んできた。思わず左腕を掲げると、巻いていた黒数珠が音を立てて光った。

かつて己の目標とした男の愛した女。廻船問屋の店主の地位。そして、有り余るほどの金。

すべてを手に入れた。

そのはずなのに、自分の心底に去来するのは、強烈な飢《かつ》えだった。

俺はいったい、何が欲しいというのだろう。これ以上、何を求めているというのだろう。

理吉はかつて西海屋だった屋敷の前から踵《きびす》を返した。

その日、理吉は子分を引き連れ、浅草黒船町界隈を歩いていた。

ここのところ、江戸ですら治安が悪い。奉行所の目明したちではとても手が回らなくなってきたらしく、町衆が理吉のようなやくざ者にまで取り締まりを頼んでくる。それに応え、暇があれば町を見て回るようにしている。

木刀を手に練り歩く一団に、町の者たちは恐れと憧憬《しょうけい》の入り混じった複雑な目を向けてくる。今となってはその視線には喜びも悲しみも感じなくなった。

どこか捨て鉢な思いで人のごった返す町を歩いていると、理吉に声を掛けてくる者があった。

「親分」

振り返ると、黒船町でもぐりの揚屋を営む老婆が立っていた。昔は名うての芸者だったらしいが、腰が折れ、枯れ木のような手で杖《つえ》を握る姿にその面影はなかった。干し柿のような顔を追従気味に歪《ゆが》めている。

「どうしたい、何か困ったことでもあるのかい」

「いや、面倒事はないんだけどね、困ってはいるよ」

「ああ？」

「ここんところ、不景気だろう？」

老婆は、けけけ、と笑った。

「……安く飲ませてくれるんだろうな」

「そりゃもう。親分方がいらしてくれれば」

揚屋の主人からすれば、この辺りを締めるやくざ者の頭目が遊んでいてくれればよい重石になると踏んでいるのだろう。

「いいだろう、今日の夜、賑《にぎ》やかしに行ってやろうじゃねえか」

「毎度」

老婆は薄気味悪く笑って頭を下げた。

その夜、子分を引き連れた理吉は、その揚屋を訪ねた。

「ようこそお越しを」

一階の奥の間に通された。

老婆に命じて酒を山ほど持ってこさせ、酒盛りが始まった。

子分たちは惜しむそぶりもなく酒を呑《の》み、陽気に手を叩《たた》いている。紋々を背負った屈強な男や、体中に刀傷をこさえたやくざ者の裸踊りはなぜか心から笑えた。いや、他人の傷をいたわるのではなく、笑い飛ばしてやるのが、やくざ者なりの気の遣い方だ。

朱塗りの盃で酒を舐《な》めながら、鬼首の刀豆煙管で煙草をくゆらす理吉は、盛り上がる座の中で、なぜか孤独に囚《とら》われていた。

煙草の火が消えた。

灰を灰入れに落とすと、戸が開いた。

店主の老婆だった。弱り顔をして、こちらに手招きをしている。

理吉は長脇差を引き寄せて立ち上がった。それに気づいた子分たちも立ち上がろうとしたものの、理吉はそれを押し留《とど》め、老婆の前に立った。

「どうしたい」

「それが、性質《たち》の悪い客が暴れ出しちまって」

「そうかい。俺が行こう」

子分たちが俺も行く、いや俺が、と騒いだが、理吉はひらひらと手を振った。

「おめえらは呑んでろ」

なおも食い下がる子分たちに、理吉は言った。

「たまには俺にも働かせろい」

老婆の後について問題の部屋へと向かった。部屋の前に立つと、怒号が漏れていた。戸を開くと、部屋の中にはすっかり酔いの回った若侍たちと、屏風の前で腰を下ろす黒い小袖姿の芸者の姿があった。芸者はにこりとも笑わずその場に座っている。まるで、介錯されるのを待ち構えているかのようだった。一方で若侍の方はといえば、喚《わめ》き散らす一人を四人が抱えるようにして押し留めている恰好《かっこう》だった。足元に転がる銚子《ちょうし》の数からみても、かなり酒を呑んでいる。

「なにがあったんだ」

喚き散らす若侍以外の侍が、皆こちらを向いた。最初、胡乱《うろん》げにこちらを見た男たちだったが、その中の一人が、黒旋風の親分じゃないか、と言い出すと、一様に青い顔に変じた。

「おう、いかにも俺は黒旋風だが、てめえら、何を騒いでやがるんだ」

それに答えたのは、顔を赤くして芸妓《げいき》に怒鳴りかけていた若侍だった。怒りのあまり、その言葉の意味するところを理解するのに時間がかかったものの、どうやら、こういうことらしい。

若侍たちは同じ道場の朋友でよくつるんで遊んでいる。だが、遊び回っているうちに飽きが来るのは当然のことで、新しい刺激を求めていた。そんな中、最近名の売れ始めた芸者、一《いち》丈背《じょうぜい》の小《こ》さんを呼ぼうということになったのだが——。

「どこが一丈背だ。五尺あるかないかの普通の女じゃないか」

そう若侍は怒り、金を返せのなんのと言い出したのだという。

——くだらねえ。

いつしか畳の上に胡座《あぐら》を組み、猪口《ちょこ》を呷《あお》っていた理吉は、己の財布の紐《ひも》を緩めた。

「ほれよ」

無造作に小判を一枚、投げつけるように渡した。

ぽかんとする若侍たちを前に、理吉はくいと酒を呑み干した。

「これで勘弁してくれい。勘弁がてら悪いんだが、河岸《かし》を変えちゃくれねえか。てめえら、うるせえんだよ。他の客が迷惑してるんだ」

騒いでいる若侍が、殺気の籠った目を向けてくる。

理吉は鼻を鳴らし、睨《にら》み返した。

「黒旋風とやろうってか。いい度胸してやがんな。だがようお侍さん、ここは、揚屋なんだ。あんたの親父さんがどんなに大身だろうが、そりゃお城の上での論理だ。今この場では何の関わり合いもねえ。そいつぁわかっているんだろうな」

のそりと理吉は立ち上がり、若侍たちの息がかかるところまで近づいた。

「この黒旋風が、一両を恵んで、こうして頭まで下げて、穏便に済まそうってんだぜ。それを袖にしたらどうなるか、てめえら、わかってるんだろうな」

目の前の若侍たちは酔いが覚めたと見え、血の気をなくして下を向いてしまった。顎をしゃくってやると、若侍は我先にと部屋から飛び出した。理吉の投げやった一両は、結局畳の上に捨て置かれたままだった。

「ふん、骨のねえ奴らだ」

小判を拾い上げると、屏風の前で座ったままの芸妓が手をついた。

「ありがとうございます」

どこかで聞いたことのある声だった。

「構わねえよ」

初めて理吉が顔を上げた芸者の顔をまじまじと見たその時、手の小判が転げ落ちた。

理吉は首を振った。

生きているはずがない。

震える唇で、言葉を無理矢理形にした。

「おめえ……お柳《りゅう》か」

「えっ」芸者は初めて理吉の顔を覗《のぞ》き込み、目を見張った。「もしかして、理吉さん？」

「そうだ。理吉だよ。お柳、おめえ、生きていてくれたのか」

理吉はその場にへたり込んだ。

神仏の導きなど、信じていない。だが、この日ばかりは神社の賽銭箱に一分判の一枚も投げ入れたい気分だった。

もう十五年も前のことになる。二人で高崎《たかさき》の家から逃げ出し、その途中、悪い駕籠《かご》かきに当たってかどわかしに遭ったお柳は、それから杳として消息が摑《つか》めなかった。川越《かわごえ》のやくざの親分すら行方を知らないとなれば、人知れず殺されたのだろうと諦めざるを得なかった。

そのお柳が、こうして目の前にいる。

「おめえ、芸者になってたのか」

「うん。今はこうして、籠の鳥」

お柳は黒い袖を掲げるように手を広げた。それはまるでおどけているようで、痛々しかった。芸者となっていたお柳からは、少女の頃にはなかった匂い立つ色気を感じ取った。そして、己の知らぬ人生を歩いてきた初めての女を前に、疼《うず》くものがあった。

「何があったんだ」

怒り混じりに問うと、お柳は、淡々と己の人生を語った。

駕籠かきに攫《さら》われた後、お柳は次の日には厚木《あつぎ》宿《じゅく》にまで運ばれ、女衒《ぜげん》に売り飛ばされた。どうやらあの駕籠かきたちは厚木辺りを根城にしており、悪事を働く時には遠出をし、その成果を厚木で捌《さば》いていたらしい。

危うくどこかの飯盛宿にでも押し込められそうだったお柳を、ある男が救った。

五十両の金を出してお柳の身を買ったのは、江戸《えど》本町《ほんちょう》で呉服屋を営む林屋《はやしや》忠右衛門《ちゅうえもん》だった。

お柳が売られそうになるのを見かね、女衒と交渉し金を支払ったのだという。

『可哀そうな女だね。女一人で生きるには芸がいる。あたしの知り合いに、芸者の置屋の主がある。そこで、三味線でも学ぶがいい』

そう林屋に諭され、芸者の修業に明け暮れた。そして、一丈背の小さんという芸名で知られる芸者となり、今ではそれなりに太い客もつくようになった。

そこまでの成功譚には頷けた。お柳の顔立ちは、長年の苦労の中でもまるで霞《かす》んでいなかった。それどころか、この暮らしの中で得たのであろう陰影が、より造作の端麗さを浮かび上がらせている。世には二つの女がある。明るい処で照り輝く花と、暗がりで怪しく花びらを開く花。お柳はきっと、後者の花だったのだろう。

「そうかい、うまくやっているのか。そいつは、良かったな」

心からそう言った。道を違えてしまった女に掛ける言葉は、どうしたって他人行儀なものになる。だが、なぜか、心の裡《うち》に寂寞《じゃくまく》たる風が吹き荒れていた。

ところが、お柳は顔を伏せ、大粒の涙を流した。三味線を持つ手も細かく震えている。

「どうしたんだ。おい、泣くなよ」

昔のように、お柳を抱き締めた。しばらく涙を流していたお柳は、理吉の肩に顔をうずめ、ややあって絞り出すようにこう言った。

「いいわけ、ないじゃない」

芸者として暮らし始めた四年ほど前、林屋が、こんなことを言い出した。

『わしの妾《めかけ》にならぬか』

ようやく林屋の真意を知った。そもそも、何の見返りもなく五十両を出す人間などいるはずがなかった。もっと早く気づくべきだったのかもしれない。呉服屋の主人の妾として恥ずかしくないよう諸芸を身につけさせ、十二分に育ってから己のものにしようという、林屋の邪《よこしま》な算段に――。

お柳は投げやりに続けた。

「まだ、妾にはなってない。でも、わたしだって、いつか花の盛りは過ぎる。その時には林屋さんの妾に納まるのもしょうがないやって諦めていたのに――」

お柳から、感情がこぼれた。

「なんてこの浮世は意地悪なのかしらね。理吉さんとこうして会えちゃうんだから」

お柳は、歌うように続ける。

「目の前に欲しいものがあるのに、手に入らないのは人の世の習い。もう、手を伸ばす気にもならなくなっちゃった」

欲しいものをその都度見つけ、手に入れては壊す。理吉の人生はその連続だった。だから、もう欲しいものには手を伸ばさない。そう決めていた。

だが、今、狂おしいほどに欲しいものが目の前にある。

後先は考えなかった。ただ、心の中の飢えに従って、手を伸ばした。

「——なら、俺のところに逃げてこい」

「え？」

お柳は理吉の顔を覗き込んでくる。その顔には、期待と諦めがないまぜになっていた。

まるで自分に言い聞かせるように、理吉は頷き返した。

「明日、おめえの仕事はどうなってる」

「たぶん、どこかのお座敷に出ることになっているはずだけど」

「だったら、その座敷に行かねえで、俺のところに逃げてこい。浅草黒船町の黒旋風といやあ、界隈で知らねえ者はねえ。安心して、俺の許《もと》に訪ねてくりゃあいい」

「でも、そんなことをしたら、林屋さんが手を回して」

「安心しろ。俺は今、結構な店の旦那をしているんだ。おめえ一人匿《かくま》うくらい、わけはねえ。それにおめえは――、俺の女だ」

「あたしのことを、女って言ってくれるの」

「当たり前だろう。おめえは俺の女だ。おめえがうちの家にきたら、祝言と洒落《しゃれ》込もうじゃねえか。高崎でもしそびれてたしな」

理吉の胸の中で、お柳はさめざめと泣いた。

白粉香るお柳を抱きしめたまま、理吉の頭の中ではもう一人の自分が、冷酷に算盤《そろばん》を弾《はじ》いていた。

お柳を迎えるとなれば、当然、今の古女房であるお蓮が邪魔になる。

あの女を、今日明日中に処分しなくちゃならない。

ならば――。

理吉の頭の中で、一つの奸計《かんけい》が形を成した。

黒船町の店に戻った理吉は、わざと難しい顔を作って暖簾をくぐった。

常ならぬ理吉の様子に口をつぐんで顔を見合わせている子分を尻目に屋敷の奥へと向かうと、普段起居に使っている八畳間にお蓮がいた。若い頃によく着ていた色合いの黄《き》八丈《はちじょう》を眺めつつ、つまらなげにため息をついていたお蓮は、理吉の姿を認めるとその着物を手早く畳み、箪笥《たんす》にしまい込んだ。

「何見てたんでぇ」

「ああ、あたしも若くないんだって思ってね。——お前さん、お帰り。ありゃ、随分浮かない顔をしているじゃないか」

「ああ、わかるかい」

「そりゃね。九年もかかあやってりゃさ」

　その九年が、お蓮を変えた。話しぶりに高慢さが消え、代わりにやくざ者の妻としての気風を身に着けた。そして、ず太さを得た代わりに、この女を美しく見せていた何かが刮《こそ》げ落ちた。

　うんざりしながらも、おくびにも出さず、その場に腰を下ろした。

「それがな、ちと、面倒なことになった」

　理吉は空言を述べた。

　浅草近辺で喧嘩の仲裁に当たったところ、向こうを怪我させてしまった。たまたまその男が浅草の大親分の子分筋であったことから話がこじれにこじれ、件《くだん》の大親分から落とし前をつけろと迫られてしまった。そして——。

「百両を用意しろ、そうしたら水に流すって言ってきやがった」

「百両？　そんな金、簡単に手に入るはずが」

「ああ。これを口実に、うちの一家を取り込もうって肚《はら》なのさ」

「なんてえ野郎だろうねえ」

すっかりお蓮は信じ込んでいる。やくざの渡世にすっかり慣れ切っているがゆえだ。

あと一押しか。心中でほくそ笑んだその頃、仕込んでおいた男が部屋にやってきた。

「親分、夜分にすみませんねえ」

部屋に現れたのは、女衒の金七《かねしち》だ。裸踊りで笑いを取りながら、目当ての女をどうやって借財漬けにしようか算段しているような抜け目なさがある。信用ならない相手だが、その利発さを買って手元に置いている。この男を見る度、もしかすると慶蔵はこういうまなざしで俺を見ていたのかもしれぬと理吉は思う。

「おう、金七か。どうしたい、こんな夜分に」

深刻な話をしていたにも拘らず、お蓮もいつものような澄まし顔に戻った。やはり、この女はやくざの色にどっぷり染まっている。

二人の間に腰を下ろした金七は、困り顔を張り付け、後ろ頭を掻《か》いた。

「いえね、親分のご智慧《ちえ》を拝借してえことがあるんですよ」

金七も空言を口にした。

数か月前、ある遊女屋に一人の女を入れた。その遊女屋では遊女の差配や面倒を見る遣手《やりて》が欲しく、金七に頼んできたらしいが、その遣手が今月に入って流行り病で死んだらしい。これに憤懣《ふんまん》やるかたないのが、遊女屋の忘八《ぼうはち》だった。

「いやあ、信じられませんよ。忘八はなんて言ったと思います？『もっと丈夫な女を紹介しろ』って言うもんだから驚いたのなんの。で、明日中に連れてこいってんで大騒ぎなんですよ。金に糸目は付けない。とにかく明日中だの一点張り、じゃないとどうなるかわかってるだろうなって脅されている始末で」

遣手の勤まる女など、そうそう見つかりはしない。遣手は遊女屋の表から裏まで知悉《ちしつ》した女でないとできぬし、時には女だてらに男どもと張り合う場面も出てくる。

「本当にどうしたもんか、悩んじまいますよ。こりゃ、明日、首を括《くく》るしかないですかねえ」

「おい、冗談でもそういうことを言うもんじゃねえぞ」

「冗談じゃありませんぜ」暗く金七は笑う。「あたしら女衒は評判で飯を食ってるんでさ。裏を返せば評判を失えばおまんまの食い上げ。いや、本当に困っちまった」

「何とかならねえのか」

「とは言いましてもねえ。今からそんな女が見つかるはずが……」

その時、お蓮が自分の胸を威勢よく叩いた。

「ねえ、その話、売った側にはどんだけ金が入るんだい」

「ああ、ええと……、ざっと百両ってところじゃねえですかね」

お蓮は身を乗り出して、金七に顔を近づけた。

「あたしが、手を挙げてもいいってことかい」

「へ、おかみさんが？」

わざとらしく目を白黒させる金七だったが、普段から芝居気のある男だ。この男の空言に、お蓮が気づく様子はない。

「あたしはもともと品川の飯盛女だったんだ。廓《くるわ》のことはわかってる」

「で、でも、おかみさんが……どうして」

「ちょいと、うちの旦那が大仕事をするんでね。それで一時入用なのさ。百両ほどね」

「ひゃあ、こりゃあ、おあつらえ向きですなあ」

相変わらずわざとらしい金七の言葉を塞ぎ、理吉が割って入った。

「おい、お蓮。そんなこと、やる必要はねえぞ。お前が身体を張っても何も……」

「何言うんだい。あたしは黒旋風の妻だよ。これくらいのことをやらなくちゃ、女が廃《すた》るってもんだ」

「お蓮……」

「いいんだよ。やくざ者の妻になるってことは、こういうこった」

「すまねえ」

理吉は頭を垂れながら、心中でほくそ笑んでいた。

すべてはお蓮を陥れるための計略だった。

金七に協力を頼み、年増の女を探しているという嘘《うそ》をでっちあげる。それと共に、金に困る事態に巻き込まれたと吹き込む。やくざ者の論理に染まったお蓮がどういう行動をとるか、手に取るようにわかった。もしも気働きしない女だったなら拝み倒してでも廓に沈めるつもりだったが、余計な手間が省けた。

これで、邪魔者が居なくなる。

「本当にすまねえ、お蓮」

本音と言葉が乖離《かいり》し、重なり合わない。

白々しい思いでいる理吉の前で、お蓮は涙ながらに首を振った。

「いいんだよお前さん。でも、金ができたら、身請けしておくれよ」

次の日の朝、お蓮は金七に引かれ、理吉の前から去っていった。きっと、あの女が苦界から抜け出すことはない。元々が派手好きだ。自ら金を遣い、どんどん借財を重ねていくだろう。もちろん身請けなどしてやるつもりはない。

今生の別れのはずなのに、理吉には何の感慨も湧きはしなかった。

理吉の手には、十両包みが三つほど残った。百両の話はあくまで空言だが、女を一人売った以上、その対価は支払われる。

要らない女を金に換えれば三十両になる。割のいい話だ、と理吉は心中で独り言ちた。

「よかったですねえ、親分」

すべての事情を知る富蔵が後ろで曰《いわ》くありげに笑っている。この謀《はかりごと》を唯一知るのは、この富蔵だった。

　理吉は十両包みを二つ、富蔵に投げ渡した。

「ほれ、持ってけ」

「えっ、いいんですかい」

「ああ、金が怖くてな」

「冗談でがしょう」

「心から怖えよ」

　富蔵は小首をかしげたものの、十両包みを二つ、懐へと収めた。

　そして、その日の夜、一人の女が屋敷に駆け込んできた。

「来たよ、理吉さん」

　三味線を抱え、黒い着物姿でやってきたのは、お柳だった。顔を上気させ、肩を上下させるその姿はまるで娘のようだった。すべての重圧から解き放たれ、満面に笑みを湛《たた》えるその顔は、かつて高崎の家で賭け金さえないチョボイチに興じていたあの頃の笑顔で彩られていた。

「おう、おめえの家だと思って、ゆっくりするといい」

　お柳は上がり框《かまち》にいる理吉に手を伸ばした。唇を伸ばし、上目遣いでこちらを見ている。

　息をついた理吉は、お柳の手を取った。温かく、柔らかな手だった。

　この手は、離さねえ。今度こそ。

理吉は、強く、その手を握った。

「痛い、痛いよ」

お柳は顔をしかめながらも、頬をほころばせていた。

三日後、屋敷は厳かな雰囲気に包まれていた。

理吉とお柳の祝言が執り行われた。

仕事をすべて休みにし、子分たちに見守られた華燭《かしょく》の宴は、妙に晴れがましくておもはゆい。思えば、祝言を挙げるのは生まれて初めてのことだった。

互いに紋付や角隠しもないささやかなものだったが、それでもよかった。

蔵の隅に置かれていた金屏風を子分の一人が見つけて表に引っ張り出し、他の子分たちが方々に散って酒や肴《さかな》を集め、二人のために祝ってくれた。もちろん中には怪訝《けげん》な顔をしている者もあった。お蓮に可愛がられていた者たちだろう。だが、そんな者たちの視線など、怖くはなかった。ちらと横を見ると、うつむき、頬を染めるお柳の姿がある。それだけで十分だった。

だが、祝言の後にやってきた客が、華燭の宴の余韻をすべてぶち壊しにした。

本来なら、祝言を理由に断ってもよかった。だが、素通りできない相手だったのも疑いようのない事実だった。

客間に足を踏み入れると、先に部屋に座っていたその男が、行燈《あんどん》に照らされた顔を上げた。

「九年ぶりか」

「ああ、だな。やっぱりてめえ、知らねえ振りをしていたのか」

「まあな。その方がいいだろうと思ったんだよ。九年前はな」

その男は、以前のように傾《かぶ》いた形《なり》はしておらず、地味な色の小袖に黒い羽織を合わせている。だが、首から肩にかけての筋肉の盛り上がりは隠せない。穏やかな気配をかもしつつも、野生の獣を前にしたような威圧感をなおも誇っている。そして、右脇には朱塗りの剝《は》げかけた、いかにも使い込んだ風の長脇差を携えている。

現れたのは、かつての義兄、九《く》紋龍《もんりゅう》の新吉《しんきち》だった。

理吉はちらと新吉の周囲を見た。長脇差だけでやって来ているのを確認し、間合いから半歩離れたところに理吉が腰を下ろすと、新吉は鉄《てつ》煙管《キセル》を手で弄びつつ、吐き捨てるように口を開いた。

「てめえの噂は聞いてるぜ、理吉。随分房総で悪さをして回って、今は株を奪い取った廻船問屋で左団扇だそうじゃねえか」

「まさか、旧交を深めに来たなんて寝言を言いに来たわけじゃねえだろう。何用だ。今、お互いにうまくやってるんだ。あえてこの広い江戸で角を突き合わせる必要はねえ」

新吉が江戸に出てきた経緯は、色んな人から又聞きしている。江戸で名を上げんと欲した新吉は、父母を説き伏せて一人江戸に出て、用心棒をこなすうちに手下もでき、ついには一家を構えて強きをくじき弱きを助ける侠客として江戸にその名を轟《とどろ》かせた。その話を初めて聞いたのは房総を暴れ回っている時期のことだったが、羨ましくてならなかった。江戸に一家を構えたのは、かつての義兄に対する憧れも少しはあったのかもしれない。

だが――。

実際に目の前にしてみると、腹立たしいものがあった。今すぐ叩き切ってやろうか――。殺気が鎌首をもたげる度、まるでそれを咎《とが》めるように新吉が厳しい目を向けてきた。一対一ではこの義兄には敵《かな》わない。

この男に対するには、口舌と謀で挑むしかない。だからこそ、相手の出方を待つ。

理吉がむっつりと口をつぐんでいると、新吉はようやく口を開いた。

「今日は一つ、おめえに頼みがあるんだよ。というよりは、ある人からの伝言だ」

「ある人？」

「本町の呉服屋、林家忠右衛門さんっていやあ、わかるかい」

「知らねえな」

しらを切ったが、一方的に新吉は続けた。

「この忠右衛門さんとは懇意にしているんだが、二日前、俺に泣きついてきたんだよ。話を聞けば、自分が後見している芸者が行方知れずになっちまったから探してくれないかってな。そこで、手下を使って探させたんだが……そしたら、おめえの屋敷が浮かび上がった。三日前の夜、この屋敷に芸者風の三味線を抱えた女が駆け込んだって言うじゃねえか。その面体が、忠右衛門さんの探していた女とよく似てる。――その女、おめえがかどわかしたのか」

「――知らねえな」

なおも己の関わりを否んだ。

新吉は息をついた。

「もう一度聞くぞ。本当に、おめえは、その女を知らねえんだな」

「ああ、知らねえな。だが、俺の昔の女は訪ねてきた。ずっと前に将来を誓い合って、高崎から一緒に江戸に逃げようとして生き別れた、そんな奴だ」

「それを証《あかし》立てるものがあるのか」

「はっ、何言ってるんだよ兄貴。男と女の契りに、証なんぞあるかよ。野暮なことを言うない」

新吉は唸《うな》り、床を叩いた。

「それでは世間は通らんぞ。お前は今まで何をしてきた。お前の噂は聞くぞ。あくどく稼いているとな。そのお前が、将来を誓った女？　誰がそれを信じる」

「なら、どうすりゃいいんだよ。悪党はいつまでも信じてもらえねえのか」

しばし顎に手をやった後、新吉は口を開いた。

「なら、お前はこれから、誠意を見せる必要がある。簡単だ。林屋さんに頭を下げろ。それで、許しを請え。もちろんそれで認められるかはわからないが――」

理吉は怒りのままに割って入った。

「なんだよそれァ。もともと、あいつは俺の女だ。それを林屋とかいう野郎がかすめ盗《と》ったんだぞ。盗人に頭を下げる道理はねえ」

「だが、その女は、林屋に五十両の借りがあると聞いているぞ」

腹が煮えくり返った。結局のところは金か、と。

いや、金だけではない。

生まれついての持ち合わせ、運の良さで引き寄せた手札。浮世はとんでもなく理不尽だ。最初から勝ち負けが見えている。理吉からすれば、まだ博打の方が公平な気がしてきた。確かに胴元が儲《もう》かるようになってはいるが、博打を打っている連中の中でなら横並びだ。

ふざけやがって――。

理吉は叫んだ。

「てめえは、いや、てめえらは、何度俺から奪えばそれで気が済むんだ。てめえらはもう、十分すぎるほど持っているじゃねえか。まだ足りねえのか」

一度吐き出し始めたら、止まらなくなった。

「俺は、生まれた時から何にも持っちゃいなかった。手に入れようとしても無理だった。ようやく手に入っても誰かに横から奪われちまう。俺たちはずっと奪われたままでいろっていうのかよ」

新吉は目をしばたたかせたまま、固まっている。

「てめえにわかるはずがねえんだ。恵まれたてめえにはな」

結局、新吉との邂逅《かいこう》は物別れに終わった。

新吉の背を見送った理吉は、かつての義兄を見送った後、一つ、心に決めた。

「おい、富蔵」

呼ぶと、ひょこひょことした足取りで、富蔵が前にやってきた。

「お呼びで」

「おめえ、掏摸の腕は衰えちゃいねえよな」

すると、富蔵は鉄のやすりと、指紋のなくなった指を袖から出した。

「この通りでやんす」

掏摸は感覚を研ぎ澄ますために、常に指先にやすりがけをして指紋を消すのが嗜《たしな》みであるという。

「新吉の野郎から、何か掏ることはできねえか。扇子でも、煙草入れでも、羽織紐でも何でもいい」

「なんでもいけますよ。命以外なら、なんでも。何に使うんで」

「こちらの話だ。行け」

それから一刻ほど後、外に飛び出していった富蔵が戻ってきた。その手には、武骨な鉄の煙管が握られていた。特注品のようで、吸い口と雁首《がんくび》近くに龍の浮き彫りがなされていた。

その鉄煙管を受け取った理吉は、まじまじと見遣ったのち、くるくると指で回した。

「やるじゃねえか。上々だ」

理吉は邪魔者を消すつもりだった。

まず、本町の呉服屋に忍び込んで、林屋忠右衛門を殺し、今盗んできた煙管を近くに捨てておく。奉行所がその煙管の持ち主である新吉を疑う寸法だ。新吉と林屋は少なくとも相談事をする程度の関係ではあるらしい。昨今、如何に奉行所が無能とはいえ、二人の関係を調べ上げられぬほどとは思われない。

そして二人がいなくなれば、もはや理吉とお柳の仲を引き裂く者はいなくなる。晴れて夫婦となって暮らしていくこともできる。

「おい富蔵、頼まれてくれるか」

「へえ」

「今、子分どもは、吉原《よしわら》に行っているんだよな」

「飲み直しってんで繰り出してますが」

「悪いが、このままあいつらに合流しちゃくれねえか。その代わり、名乗る時は俺の名前を名乗れ」

「お安い御用で」

一分金を握らせると、富蔵は軽い足取りで理吉の前を去った。

龍の透かし彫りがなされ、怪しく光る煙管を強く握った。

「――血の雨、降らせに行くかい」

そう独り言ちた理吉は、林屋に押し入るべく、用意を始めた。


だが、そうは問屋が卸さなかった。

返事に気づいたのは、先に部屋で休んでいたお柳だった。

「お前さん、大変よ」

林屋への切り込みの支度を用意し終え、腰に長脇差を差したところだった理吉は、突然の新妻の声に肩を震わせた。

「なんだ、おめえ、まだ休んでなかったのか」

「そ、それが……。変な物音に気付いて起きちゃったのよ。こっちに来て」

お柳に言われるがまま、表口脇の小窓から外を窺った。

するとそこには、がんどうや提灯を携え、思い思いの得物を持つ男たちが店の前に屯《とん》していた。淡い明かりに照らされたその顔はどれも険しい。そしてその最前には、腕を組んで仁王立ちする九紋龍の新吉の姿があった。

その新吉が何事かを叫んでいる。耳を澄ますと、理吉、出てこい、と叫んでいるようだった。

瞬間、理吉は悟った。恐らく新吉は、こちらが煙管を盗んだことに気づいている。そして、夜中とはいえ江戸市中で人を集めて討ち入りをせんとしているということは、煙管を盗んだこちらの狙いもすべて——。

戦うことはできない。今、子分は吉原に繰り出していて、いるのは火の番にしている宿直《とのい》くらいのものだった。

だが、頭数がないよりましだった。理吉は宿直部屋に走る。だが既にそこに人の姿はなく、残った酒をばら撒《ま》いた銚子《ちょうし》が床に転がっていた。宿直は取るものとりあえず逃げ出したようだ。

舌を打つ。

結局、他人はあてにできない。

理吉の後ろで、お柳が肩を震わせている。

「お前さん、どうしたら……」

「安心しろ」

もうこの頃には、逃げ出す方策を頭の中で思い描き始めていた。

浅草黒船町に居を定めたのは偶然ではない。この町は分限者《ぶげんしゃ》から貧乏人までが暮らしている。秩序がないからこそ、町の有様は入り組み、ところどころに光の指さぬ場所ができる。何かあった際、逃げるにはもってこいの場所である。

理吉の店の裏手は、それなりに富貴《ふうき》な町人の別宅や妾宅《しょうたく》、隠居屋敷などが軒を連ねている。

町が小さな区画に仕切られ、裏路地がまるで蜘蛛《くも》の糸のように張り巡らされるその様は、いざという時に逃げやすくするように町が配されているとしか思えないような作りだった。

　理吉は裏路地の数々を思い起こしながら、お柳の両肩を摑んだ。

「多勢に無勢、逃げるしかねえ」

「あたしの、せいなの？」

「違う。おめえのせいじゃない」

　ならば、誰のせいなのだろう。理吉はしばし考えた。だが、さっぱりわからない。

「だが、逃げなくちゃならねえ。今から、少し待つ。必要なもんだけ持ってこい」

「何にもない。お前さんがいれば、あたしは何もいらない」

「そうかい。じゃあ、行くか」

　店の裏口から外に出た。既に心張棒は外されていた。宿直はここから逃げ出したのだろう。戸を開いて辺りを窺い表に出ると、冷たい風が理吉の頬を撫《な》でた。もう、秋も終わりだ。

　理吉はお柳の手を引いて、裏路地を進んだ。複雑に、幾重にも入り組んだ道はさながら迷路のようだった。しかも、この裏路地は日々その姿を変える。近くの住人たちが物置代わりに荷物を置き晒《さら》しにしたり、物乞いたちが板や蓆を組み上げて雨風をしのいでいる。すぐに行き止まりに当たり、右往左往を繰り返した。

　そのうち、表通りに出た。

裏路地から表を窺うが、まだこちらに手は回っていないようだった。

理吉とお柳は小走りで近くの水路へと向かった。

そこには、店の桟橋がある。当然そこには仕事で使っている猪牙舟がある。

桟橋に至ると、月明りの下、桟橋の横に留められた舟がゆらゆらと漂っていた。理吉は桟橋を進んでその一番奥の猪牙舟にお柳を乗せると、もやいを外し、櫂を水に差し入れた。少し漕ぐと桟橋から離れ、舟は少しずつ水路の中ほどに至る。

息をついた。これで、もし敵方に感づかれたとしても問題はない。あまり櫂を握ってこなかった理吉でも、舟ならば敵方の追跡を振り切るのは大して難しいことではない。

身体のほてりが少しずつ冷めていき、代わりに、理吉の頭は現を捉え始める。

これから、どこへ行く?

本拠地を手放してしまった以上、もはや江戸に居るのは得策ではない。返す返すも新吉のやり口は鮮やかだった。仮にこれから理吉が江戸で旗揚げしても、ついてくる者がどれだけあるものか。股《こ》肱《こう》として使っていた富蔵すら参ずるか怪しいところだ。

逃げるか——。

最初に思い浮かんだのは房総だったが、理吉は首を振った。あの地ではあまりに暴れすぎて顔が知れ渡っている。確かに新吉と出くわすことはないだろうが、結局逃げ回る羽目になる。

上方か、それとも——。

宿駅の図を思い浮かべながら思案していると、猪牙舟に腰を下ろしているお柳が口を開いた。

「これからどこに行くか決まってないなら、高崎へ戻りましょうよ」

思考の間隙を衝かれた思いだった。

「あそこで二人、小料理屋でも開いて暮らしましょう」

「はは、一時は廻船問屋の旦那だった俺が、か？」

「ええ。あたしはそれでもいい。貧乏したっていい。お前さんさえいれば、それで。お前さんは？」

「俺は――」

しばし考えた。小料理屋の主。埃《ほこり》のかぶった、つまらない響きのする言葉だった。そして、その道をたどった己の人生の双六《すごろく》は、上がりまですべて見通せるような気さえした。高崎で必死に働いて小金を貯めて、店を持って贔屓《ひいき》客《きゃく》を増やし、子供を育てて老いていき、いつかは高崎の土に還る。嫌になるくらい平凡で、普通極まりない生き方だった。

なのに、なぜかその上がりが眩《まぶ》しく思えてならなかった。

「お前さんは――、嫌？」

「――嫌じゃない。だがよ、俺は、普通の側に、いられるんだろうか」

「うん、あたしがお前さんを繋ぎ止める舫《もや》いになる。だから――」

理吉は空を見上げた。星々が瞬《まばた》いている。それはまるで、理吉に声援を送っているかのようだった。

天の川の流れる空を見上げたまま、理吉は言った。そのままでないと、目から熱いものが零れ落ちてしまいそうだった。

「――ああ。お前と、行くよ」

「うん」

しばらく上流に遡った後、理吉たちは川岸に上がった。未だ夜も明けきらぬ空の下、確かな足取りで進む二人は、やがて川越街道に入った。


川越街道を行く二人の足取りは軽かった。

一日目の宿で旅支度を整えた時も、互いのお洒落着を見繕うかのようにはしゃぎまわった。そして、宿に入ってから、二人は互いを貪り合った。それはまるで、十数年間の空白を、高崎までの数日の旅で取り戻そうとするかのようだった。

不思議なもんだ――。笠を傾けながら、理吉は街道を行くお柳の背中を眺めた。旅姿に身をやつし、杖を衝き、確かな足取りで歩くお柳の後姿は驚くほどに眩しい。

理吉の視線に気づいたのか、お柳はくるりと振り返った。

「お前さん、どうしたんだい」

「いや、何でもねえよ」

「変な人」

また、お柳は前に向き、軽い足取りで歩き始めた。

理吉は己の身の上の不思議を思う。あれほど、理吉は何かを欲していた。なのに、今ここに至って、ほとんどの物欲が消え失せていた。今、腰に差している長脇差は、いつぞやの折り、復讐《ふくしゅう》のために手持ちの十両で買ったものだった。やくざになってからこの方、己の人生を切り開いてきた分身そのものだったが、この旅の途中で、手放してもよいかという気持ちになっていた。さすがに道中は危うい。特にぺるりが来航してからというもの世情が不安定で、二人旅とはいえども危険はある。高崎に着いて落ち着いたら刀も売り払おうと心に決めた。

なぜ、己の身にこんな変化が訪れたのだろう。

気づけば、心に空いていた大きな穴は塞がりかけていた。

黒旋風の名も地に落ち、手下もいなくなった。にも拘らず、今が最も満たされている。

急旅であるにも拘らず、なぜか、心が浮き立った。

二日目、雨が降り始めた。

大きな雨粒が容赦なく笠を叩く。蓑を被ってもなお、着物の衿に雨粒が忍び込んで、体の熱を奪った。

「この雨、困っちゃうねえ」

途中、白子《しらこ》宿《じゅく》で見つけた茶屋の軒先に座り、お柳は軒先から流れ落ちる滝のような雨だれを眺めていた。

「そうだな」

理吉は分厚い雲がかかり、飽きることなく雨の降り続ける空を見遣った。

ここから先、戸田《とだ》川が控えている。武州《ぶしゅう》の山奥から流れ、入間《いるま》川、戸田川、最後には隅田《すみだ》川と名を変えて江戸湾に注ぐ暴れ川だ。雨が降ると度々増水し、江戸に洪水をもたらす。場合によると、数日の間畔の宿で足止めになるかもしれない。

お柳の横に座り、熱いほうじ茶を啜《すす》っていると、茶屋の奥から一人の影が現れた。

偉丈夫、といって差し支えのない大男だった。身丈六尺はあるだろうか。だが、顔にはあどけなさが残っている。年の頃十五といったところだろう。その青年の後ろに、茶屋を切り盛りしているばあさんが続く。ばあさんは、まるで母親のように、甲斐甲斐しく声を掛けている。

「お前、こんな雨の中、行くのかい」

「ええ、ちょいと急ぎなもんでして」

「でも、この雨じゃ、渡し舟も止まるでしょう。今日は泊っていきなさいな」

「いや、今から走れば、たぶん舟は間に合う。帰らないと魯心《ろしん》和尚に叱られるから、行くよ。じゃあ」

「ちょ、武松《たけまつ》」

ばあさんが止めるのも聞かず、青年は大雨降りしきる中を飛び出していった。

弱り顔をするばあさんに、理吉は問うた。

「ありゃ、ばあさんの孫か何かかい」

「え、ああ……。血の繋がらぬ孫のようなもんです。ある人の預かり人なんです」

「へえ、そうかい。――すまねえ、二人の話を小耳に挟んでいたんだが、あんたらの口から、魯心和尚って名前が出たな。もしかしてそりゃ、松山寺《しょうざんじ》の魯心和尚かい」

理吉が茶店のばあさん――あえて話す必要のない相手――に声を掛けたのは、会話に懐かしい名前が含まれていたからだ。もちろん、同名の別人かもしれなかったが、この日の理吉は気分が良かった。

ばあさんは少し身構えた。だが、理吉はこう付け加えた。

「松山寺の魯心和尚に世話になっていた時期があってよ。あの人の後ろについて回ってたんだ。あの武松とかいうのも寺男なのかと思って、ついな」

武松という名にも、懐かしい響きがある。だが、どこで聞いたものか思い出せないでいると、ばあさんはようやく愁眉を開いた。

「へえ、おっしゃる通り、あの子は魯心和尚に預かってもらっているんですよ。ちょいと訳ありの子でしてね。うちの死んだ亭主の直十《なおじゅう》が、かつての御奉公先の若旦那を預かっていたんですよ。それが、あの武松で」

直十の名を聞いた瞬間に思い出した。武松というのは、西海屋の主人だった武太郎とその妻お清との間の子供の名だった。

理吉は緩みかけていた己の心に鍵をかけ直した。

ばあさんは身構える理吉に気づくことなく、頬に手をやった。

「本当は大店《おおだな》を継ぐはずだった子なんですよ。でも、店が悪い人たちのせいで他人の手に渡ってしまって、暖簾はもう残っていなくて」

「そりゃ、ついてねえな」

「いや、そうは思いませぬよ。ああして健やかに育っただけでもありがたいことと思わないとねえ」

ばあさんの口ぶりには、何かを恨んだり、羨んだりする色を見出すことはできなかった。ごくごく当然のこととして、武松の幸せを祈っている。なぜか、心がざわつき、居てもたってもいられずに立ち上がった。

「——俺たちももう行く。お勘定」

「今から行っても、たぶん戸田川は足止めじゃないかねえ。もう少し休んでいけば」

ばあさんの言葉に、理吉の横から顔を出したお柳が、笑顔を弾《はじ》けさせた。

「少しでも、故郷に近づきたいんです」

ばあさんは手を叩いた。

「ああ、向こうに故郷があるのかい。なるほどなるほど、そりゃ急ぎたくもなるね」

勘定を終えた二人は、雨降りしきる街道を、昼夜問わずに歩き始めた。

だが、ばあさんの言う通りだった。

戸田川は暴れ川になっていた。雨こそ小降りになっていたが、濁流が途轍《とてつ》もない勢いで理吉の眼前を通り過ぎてゆく。目を凝らすと、大木や小屋、大岩が舟のように泥色の水に浮いていた。渡し船の者たちに話を聞くまでもない。足止めだ。

ぐうと腹が鳴った。

「おなか減ったね」

お柳もおなかを押さえ、恥ずかしげに微笑んでいる。思えば、昨日は白子からずっと歩き詰めだった。

「どこかで休むか」

そうは言ったが、街道筋の旅籠《はたご》は既に人でいっぱいだった。数日間足止めされていて空き部屋がほとんどない状態だという。どの店先に顔を出しても、入れないと断られた。

幸い、雨はほとんど止んでいる。だが、どんなに待っていても、あの川の様子では、今日渡しが復活することはないだろう。

近くの民家に助けを求めるしかない。あるいは、納屋のようなところで雨風をしのがせてもらうしかあるまい。

そう心に決め、風の残る町を歩き、民家に頭を下げに回ったが、既にどこも旅人を迎えてしまっているらしく、これ以上抱えることができないと断られてしまった。街道筋の家々をあらかた回ったが、それでも草鞋《わらじ》を脱ぐところを見つけることができない。どうしたものかと思案していると、お柳があるところを差した。

「あそこ、なんだろう」

お柳が示したのは、戸田川を望む丘の上に立つ、一軒の小屋だった。小屋というよりは庵といった方がしっくり来るだろうか。茅葺《かやぶき》の屋根の隙間から、白煙が漏れている。中で囲炉裏を焚《た》いている。人が住んでいるということだ。

「声を掛けてみようよ」

町の喧騒《けんそう》から外れるように建つ庵。恐らくは仏道修行の者が住んでいるに相違ない。もしかしたら同じように断られるかもしれない。だが、行ってみる価値はある。

二人して、丘に登って戸を叩いた。すると、中から一人の人が出てきた。

「いかがなさいましたか」

出てきたのは、頭に白頭巾をかぶり、黒の法衣に身を包む老尼だった。何となく着ているものは垢《あか》じみており、袖もぼろぼろになっていた。元より貧乏なのか、それとも清貧を保っているのか、どちらなのかは測りかねた。だが、その優しげで他人を包み込むような表情に、冷たくなった理吉の体に温かなものが灯《とも》った。

理吉は事情を話した。すると老尼は頷いた。

「それはお困りでしたね。どうぞお入りくださいな。大したもてなしはできませぬが、雨風は凌《しの》げましょう」

その時、後ろにいたお柳が声を上げた。

「ありがとうございます」

その時だった。老尼は目を大きく見開き、わななかせた唇を節くれだった手で押さえると、目から涙を流し始めた。ああ、ああ、と嗚咽《おえつ》しながら。

戸惑う理吉をすり抜けて、老尼は前に駆け出し、お柳を抱きしめた。

「お柳、お柳なのかい。おお、よう生きて――」

「え？　え？」

「親の顔を忘れたのかい。お前の母さんだよ」

「え、お、お母《かあ》？」

思わず、理吉は老尼の顔を見た。頭巾、そして顔に刻まれた深い皺のせいで人相が変わっていたが、言われてみれば、二十年ほど前、理吉を拾ったお山《やま》その人だった。

「ああ、お柳、お柳……」

泣きじゃくるお山、そして声もなくお山を抱きとめるお柳を眺めながら、理吉は、冷たい何かがひたひたと広がり、心を凍り付かせ始めているのを自覚した。

囲炉裏の炭が爆《は》ぜ、音を立てて割れた。

その様を眺めつつ、理吉は来し方をお山に話した。

もちろん、肝心なことは何一つ話していない。ただ、己の人生の欠片を、差し障りのないほどに浅く、お山に説明した。お柳も、涙ながらに自分の来し方を話した。

目の前の囲炉裏の火を火箸でかき回す理吉は、居場所のなさに苛《さいな》まれていた。

どうやら久々の母との邂逅でお柳は気づいていないらしいが、尼の姿に身を包むお山の表情は始終曇っている。時折笑顔は見せるものの、すぐに憂いを顔に滲《にじ》ませ、囲炉裏の炎を見遣っていた。

今すぐここから逃げ出したかった。嫌な予感がする。

お柳が話を終えると、お山は大きく、息をついた。

「——そうだったのかい」

お山は一回も口を挟もうともせず、二人の話を受け止めていた。朝餉《あさげ》の粥《かゆ》を啜りながら。だが、ややあって、お山は己の来し方を語り始めた。

「私はね、この世に生きているのが嫌になったのよ。高崎から逃げるように飛び出して、気づいたらこの戸田川の畔《ほとり》に立っていたの。一度は死ぬことも考えた。でも死にきれなくってねえ。結局、ここに庵を結んで尼になったのよ」

お柳は声を震わせた。

「店を、畳んだ？　なんで」

「それは——、そこの理吉が、一番詳しいだろう。ねえ、理吉」

斜め横から、お山の視線が向けられた。その目には、蔑みにも似た色が籠っている。だが、理吉を生殺しにするかのように、お柳に向いたお山は淡々と続ける。

「お前たちが駆け落ちしたその日、父ちゃんは死んだんだよ。信濃屋《しなのや》の奥で殺されてた。部屋は物色された跡があって、銭袋が見つからなかった。未だに下手人は行方知れず。でも——。どう考えてもあんたらが怪しいってことになっていたのよ。でも、うちの子が、あの人を殺せるはずはない。だとすればあんたしかいないだろう、理吉」

お山の目が、また理吉に向いた。

だが、この際、お山のことなどどうでもよかった。

お山と対座する形で座るお柳の視線を感じる。

だが、そちらの方を向くことができなかった。怖かった。もしも、お柳の顔が己の望まぬものであったとしたらどうしたらいいのか、理吉には皆目見当もつかなかった。

「あんたが、やったんだろう、理吉」

何も答えず、理吉は火を眺めていた。すると、お山は息をついた。

「あの後、大変だったんだ。うちの人が連れてきた、定丸《さだまる》とかいう男も行方知れずになっちまって、大騒ぎさ。もしかしたら、あの男がうちの人を殺したんじゃないかって話にもなったたんだけど、結局、頭金は貰《もら》っちまっていたからね。家財を売り払った金で何とか完済して、ここに来たんだよ」

　お山は力なく首を振った。

「あの時何があったかなんて、もう、どうでもいいんだよ。ただ、知りたいだけ。うちの人を殺したのは、あんたなんだろう」

　お山に再会した四半刻前、こうなる予感はあった。この四半刻は、温かい粥を啜《すす》りながら、いつ己が土壇場へ連れ出されるかを待っているかのようだった。こんなにも味気のない粥を口にしたのは生まれて初めてだったし、きっとこの不味さを忘れることはないだろう。

手に持っていた碗《わん》を置き、理吉は口を開いた。

「あんたはそれでいいだろうよ。でも、俺はそうもいかねえんだ。だって――」

右斜め横に座るお柳に、思い切って初めて向き合った。

　お柳は青い顔をして、囲炉裏の炎を凝視していた。肩を落とし、両手で碗を抱え、それを膝の上に置いている。その姿から、感情を読み解くことは難しい。

「だって、なんだい」

　お山の声を聞きながら、もう、無理かもしれない、そうも感じた。

　ずっとお柳に隠してきたことがついに暴かれた。己の父親を殺した男についてくる奴なんざ、いるはずがない。だからこそ、高崎から逃げる際にもお柳には何の説明もしなかった。

今この瞬間、理吉はすべてを諦めた。

だって――、お柳と生きたかったんだよ。

その言葉を飲み込み、理吉は怨嗟《えんさ》の言葉を紡いだ。

「あんたらが、俺の母親を殺した。だから、俺は辰五郎《たつごろう》を殺した。それだけだよ」

お山は瞑目《めいもく》した。

「そう、知っていたの」

思いのほか、弱弱しい声だった。

無理矢理に己の心の嚢《ふくろ》に怒りを詰め込み、声を荒げる。

「そうだ。あんたらが俺のすべてを奪ったんだ。あんたらが俺の母親を殺さなきゃ、俺はこんなことになっちゃいなかった。なんで、殺したんだよ」

声がかすれる。実体のなき怒りは刃となって、理吉の心をずたずたに引き割く。

お山は、お椀を床に置いて、袂《たもと》から数珠を取り出した。

「あの人も、そしてわたしも、狭くて何も選べない人生だった。そんな切羽詰まった男と女が出会って自分たちの人生を開こうと思ったら、他人を殺して物を奪う道しかなかったんだよ。あの頃は怖いものなんてなかった。でもね、この年になって、わたしは思うんだよ。もっと違った道があったんじゃないか、って」

覚えているかい、とお山は諭すような言葉を発した。

「あの人、料理が上手かったろう。意外だった。私の知るあの人は、乱暴者で短気、とてもじゃないけど地道なことができない人だった。でも、高崎に店を構えてから、博打にのめり込む前までのあの人のことは、お前も見ているだろう」

だし巻き卵を作る優しくも厳しい目つき。その技を理吉に授ける手つき。そのすべてが、記憶の彼方で蠢《うごめ》いている。

だから、とお山は言った。

「お前は踏み止まりなさい。このままいくと、お前はいつか――」

「うるせえ。何の義理があって、てめえが俺に説教できるんだよ」

この時、体全体に、途轍もなく強い脈動が走った。最初、それが何なんか、理解できなかった。だが、体が動いて初めて、それが混じり気のない純粋な怒りなのだと気づいた。

気づけば理吉はお山を切り付けていた。

切っ先がこめかみのあたりを撫で、お山はその場に昏倒《こんとう》した。

だが、理吉の手は止まらなかった。

床に伏せるお山に刀を振り下ろす。

だが、大きな影がお山を庇《かば》った。

お柳だった。

もはや、太刀筋を止めることはできなかった。

お柳の背に、大きな刀傷が走り、辺りに血霞が舞った。

「おま……さん……。もう、やめ……」

理吉はお柳の身体を剝ぎ、なおも這《は》い回ろうと手を伸ばすお山に一撃を繰り出した。叩きつけるよう切り落とした一撃は、その体を二つに割いた。

無我夢中の内に、庵の中は地獄絵図と化していた。

「お、お柳」

声が震える。血の海の中で仰向けに倒れるお柳はぴくりとも動くことはなかった。

「なんで、割って入ったんだよ――」

声にならない声が、喉から漏れた。

だが、どんなに思いあぐねても、理由は一つだった。

お柳は、母親であるお山を守りたかったのだろう。

――それはつまり、最後の最後で、お柳は俺ではなく、お山を選んだということなのだろう。

だとしたら、なんというひどい裏切りだ――。

理吉は除け者にされたような心地に襲われた。結局、お柳も、最後の最後で己から離れていってしまったのだと。

そして、また己は一人になってしまったのだと。

ややあって、ぶち、という音と共に、何かが床に落ちた。雨のようなけたたましい音を立てたのは、左腕に巻いていた魯心の数珠だった。貰ってから十年は経《た》っていて、手入れもしておらず、紐も換えたことがなかった。

もう、お前は、戻れない。そう誰かに囁《ささや》きかけられた気がした。

理吉は、血の海の中で肩を落とした。

死のうか、とも考えた。こんな厄介なこと極まりない人生からおさらばしたかった。だが、どうしても踏ん切りがつかなかった。

生きる気もしなかった。だが、死ぬのも怖い。

理吉は刀の血糊《ちのり》をお山の法衣で拭って鞘《さや》に納めた。部屋を物色し金を得た。そして、二人の死体をそのまま残し、庵を後にした。

いつの間にか外は晴れ間が覗いていた。

逃げよう。理吉は決心した。どこでもいい。とにかく、自分のことを知る人間の居ない地に、逃げ去ってしまおう。

理吉は笠を被り、歩き出した。だが、雲の上を歩いているかのように、足元がおぼつかなかった。

もう、腕には数珠がない。なぜかそのことが、心細く思えてならなかった。

七　罪《ざい》業《ごう》

「丁半、駒揃《こまぞろ》いやした」

壺振りが鉄火場を見渡し、威勢のいい声を張り上げる。

鉄火場に身を置く理吉は、酒をちびちびとやりながら、壺振りを睨《にら》むように見据える。

そんな理吉の視線を浴びながら、壺《つぼ》振りは籠に二つのサイコロを投げ入れ、盆茣蓙《ぼんござ》で逆さにした。そして籠を取り払って、高らかにサイコロの目を読んだ。

「二三の半」

その時、脇から延びた木の鋤《すき》のような棒で、理吉《りきち》の掛札は持っていかれてしまった。

舌を打って立ち上がった理吉は、ふらふらとした足取りで部屋の隅の帳場へと向かった。そこには、黄と黒の羽織――この賭場を開くやくざ一家の揃いなのだろう――を纏《まと》った四十ほどの男が座っている。

「おや、どないしたんや、理吉はん」

「もう、すっちまってな」

「そりゃあ運がありまへんなあ。同情しますわ」

眉を八の字にして述べるその言葉が、真心によるものなのか、それともおべっかの類なのか、今一つ理吉の側からは判断がつかなかった。

「なあ、ちと、融通しちゃくれないかい。今日は来そうな気がするんだよな。賭場には流れってもんがあるだろ。その流れを摑《つか》めそうなんだよ」

「ああ、それはええことでおます。せやけど、理吉はん、悪いことは言いまへんよって、今日はもう帰らなはれ」

「なんだと」

帳台の男は、理吉のなりを舐《な》めるように見回した。

「あんさんから、貧乏の匂いがしますのや。まあ確かに賭場は儲《もう》かる日もありまっせ。わいも、この立場でそうしたお人をようけ見ましたわ。でも、それと同じくらい、賭け銭をすっていった人も見てます。せやさかい、抵当がないと銭を貸さんようにしておるんですわ」

「はっ、胴元がそんな時化《しけ》たことを言ってたら、立ち行かなくなるんじゃねえのか」

「逆だす。今、世情が落ち着きまへんやろ。それに世間様の景気も悪い。賭場はお客さんの上りで食わせてもらっている場所だす。あんまり阿漕《あこぎ》なことして首が回らんところまで追いやったら、お客はんが減ってしまいますわ。まあそんなわけで、無理な金貸しはしないようにしているんですわ」

大坂《おおざか》に流れてきて一年になるというのに、未だにこの地の、柔らかいくせに押し出しの強い言葉に慣れることができないでいる。

そして、目の前の男の、おためごかしの言葉も癪《しゃく》に障る。

理吉が黙ったのを見るや、帳台の男は帳簿を繰った。

「変な気は起こさないでください。お客はんを袋にするのは好きやありまへん。今日のところはお帰りくださいな」

昔の自分だったなら、ここでひと暴れしていたかもしれない。あるいはそのまま賭場荒らしと洒落《しゃれ》込んでいただろう。だが、今の己には、そんなことをする気力もなかった。

「ああ、そうかい」

力なく応じ、賭場を後にした。

春になったとはいえ、まだ冷える。三十振《みそふ》り前の外は、まだ真夜中だった。そんな中腕を組み、時折くしゃみしながら歩きつつ、ふと己の来し方を振り返った。なぜ、こんなことになっているのだろうと。

戸田《とだ》川のほとりでお柳《りゅう》とお山《やま》を殺した理吉は、そのまま急旅を続けた。高崎《たかさき》から信州《しんしゅう》に入り、中山道《なかせんどう》の宿場町を転々としていたものの、思うところあって一年前に大坂で草鞋《わらじ》を脱いだ。

旅に倦《う》んでいた。何のあてもなく、やくざ一家に仁義を切って一宿一飯を恵まれ、出入りとあれば刀を振るう。若い頃はそんな日々にも張り合いがあったし、生きた心地がした。だが、今の理吉は、修羅場に吹く刹那の風に耐えられなくなっていた。

そしてそれは、大坂に入ってからも同じだった。江戸にいた頃のように一家を構えることもせず、一介の博徒として賭場に出入りし、白黒のつく丁半の世界に頭から漬かっていた。あまりに単純な二者択一。もし浮世がこうだったらもっと楽だったと心中で独り言ちながら、酒を呷《あお》って金を賭けた。

そんな生活にも、疲れ果てていた。

世の人は、こういう時、故郷に引っ込むものなのだろう。だが理吉に故郷はない。いや、いつの間にか、消えうせてしまった。

急旅の最中、理吉は軽井沢《かるいざわ》に立ち寄った。特に意味はない。信州へ抜ける道の上にたまたま軽井沢宿があっただけの話だった。その際、理吉は脇本陣《わきほんじん》の前を通った。思い出深い裏通りや表通りの闊達《かったつ》を見遣りながら、かつて己が育った屋敷を見上げた際、屋号が変わっていることに気づいた。近くの茶店に入って話を聞けば、太平《たへい》が数年前に死に番頭が跡を継いだのだが、その番頭が放蕩《ほうとう》の限りを尽くして志村屋《しむらや》を潰し、脇本陣には他の商人が入ったのだという。

最初から、帰る場所などなかった。だが、思い出の中だけでも心安んずることができる場所が失せたことに、思うところがないではなかった。

母の墓も訪ねた。だが、卒塔婆《そとば》だけの粗末な墓の跡地には、既に他人の墓石が立っていた。

理吉にとって、江戸は長らく己の身を置いた故郷といっても差し支えのない場所になっていた。

夜道を歩きながら、理吉は冷たい息を吐いた。

帰るか――、江戸に。

黒旋風《くろせんぷう》の頃にやらかした悪事は忘れ去られているだろう。今更一家を再興するつもりもない。かといってまじめに働くつもりもないが、江戸の闇を隠れ蓑《みの》に、石の下に潜む醜い虫のごとく暮らしていければそれでいい。

大坂ではところどころに借財を作って、首が回らなくなっていた。財産といえば、腰に差している長脇差と、慶蔵から盗んだ刀豆煙管《なたまめキセル》くらいのものだった。

闇の中、鯉口《こいくち》を切って刀身を眼前に晒《さら》した。

修羅場をくぐり、血を吸わせるうちに刃《は》毀《こぼ》れし、鋸《のこぎり》のようになっている。十両で買ったこの刀だが、もはや碌《ろく》な値が付くことはないだろう。

その姿は己を見ているようだった。

道の端で寝ころんでいた老犬に切り付けた。だが、ぎゃん、と悲鳴を上げた犬は絶命することなく、それどころか血を流すことすらなく、一目散に裏路地に逃げていった。

歯を指で触れる。だが、碌に指先は切れなかった。気づかぬうちに、この刀はただの鉄の棒切れになっていたらしい。

そんな大坂での日々は、突如として終わりを告げた。

ある噂《うわさ》が、理吉の耳に入った。

賭場で隣り合った、年の頃二十ほどの渡世人が噂の主だった。東海道から楽旅で登ってきたという男はどこか飄々《ひょうひょう》としていて、翳《かげ》を感じさせない男だった。本人も、見識を広げるために全国を見て回っているんでさあ、と懐かしい江戸言葉を歯切れよく口にしては小さく笑った。

「へえ、あんたも江戸の人なんですかい」

まあな、と応じると、その渡世人は己の木札を半に賭けた。一方、既にすってしまった理吉は様子見という名前の傍観に入っている。それにしても、この渡世人、驚くほど札を張っている。ちょいと強気すぎやしねえかと言ってやると、その渡世人は苦笑いを浮かべた。

「ああ、まだ銀遣いに慣れてねえんですよ。小判でものを考える癖がついちまってるせいで、どうも感覚が狂ってるみたいですねェ」

札を一枚引っ込めた男はぼそりと言った。

「俺も江戸の生まれなもんで」

嬉《うれ》しげに目を細める男に、己の素性を説明するのは気が引けた。

するとその渡世人は、予想だにしないことを口にした。

「江戸で賭場に出入りするような人なら、黒旋風ってご存じでしょう。房総《ぼうそう》で大暴れして江戸に登ってきたものの、忽然《こつぜん》と姿を消したやくざ者ですよ」

「——ああ」

理吉の声が強張《こわば》ったことに、渡世人は気づかなかったらしい。壺振りを眺めながら、渡世人は顎に手をやっている。

「この前、東海道の大磯宿《おおいそじゅく》に泊まったんですがね、そこで、変な噂を聞いたんです。自分は黒旋風の女だったんだって吹いてる女が、宿屋のおかみをやっているって。その宿屋は西金屋《にしかねや》って言うんですがね、飯盛宿みたいに女を入れて、そりゃあ大繁盛しているみたいなんでさあ」

丁半、駒揃いやした。壺振りの口上が遠くから聞こえる。

「黒旋風っていったら、碌でもない噂ばっかりじゃないですかい。もともと房総で大暴れしていたのに、なぜか江戸に居を定めて傍若無人の非道の数々。でも、一年足らずで行方は杳として知れない。噂じゃ、どこぞの商家の旦那が抱えていた芸者を奪って駆け落ちしたとか、他のやくざとの喧嘩の末に江戸を追われたとも聞いてますけど、そんな野郎の名を名乗って商いをしているなんて、おかしい話もあったもんだなあと思いましてね。だって、所詮は昔の人ですよ。わざわざ、そんな男の女を名乗る理由はないと思うんですがねえ」

「——まったくだ」

壺振りが籠を開いた。その瞬間、波となった騒《ざわ》めきが賭場に広がった。

「お、大当たりみたいですよ。いや、今日は運がいい。——おや、お隣さん、もう賭ける金がないのかい。よかったら少し融通しますよ。同じ江戸者のよしみで」

「いや、要らねえ、今日は賭場を眺めながら考え事をしてえ」

「はは、面白いお人だねえ」

興味を無くしたのか、渡世人は理吉から顔を逸《そ》らした。

一方の理吉は、己の問いと戦っていた。

黒旋風の女を名乗るおかみのいる宿屋。そして、西金屋という宿屋の名前。

どちらも己との間の縁を感じてならない。西金屋の屋号は、西海屋《さいかいや》と一文字違いに過ぎない。

もうこの頃には江戸に戻ろうと決めていた。あとは、時期と、東海道かそれとも中山道かの問題だった。今日知った話は、東海道を行こうと決めるきっかけになった。とはいえ、件の宿を訪ねるかどうか、思いは半々だった。それは旅の最中にでも決めればいい、そう考えることにした。

それからひと月後、理吉はかき集められるだけの銭を集め、多数の借財をすべて踏み倒して大坂の地を後にした。


初めて歩く東海道は、何を見ても輝かしかった。

これまで理吉は中山道やその脇街道をうろうろしてきた。街道といえば木漏れ日の下、石段を上り下り、時には峠道で何度も草鞋を取り換えて進むものだとばかり思っていた理吉にとって、東海道の平らな道のりは驚きの連続だった。何より、街道からは海が見えた。それも江戸湾とはまるで違う。海岸に立てば、その向こうには一面の海が広がっている。驚くほどに広い空、海風。そしてその風を受けてみゃあみゃあと鳴く鴎《かもめ》を前にしていると、かつての西海屋や、荒《すさ》みながらも力にみなぎっていた房総での日々を思い起こさせた。

だが、心はまるで奮わなかった。

もはや、西海屋で駆けずり回っていたのも、房総で大暴れしたのも、そして江戸に戻って一家を立ち上げたのも、もはや遠い昔の話、それどころか、己にとって関わり合いのないことのように思えてならなかった。

右手に大海原を望みながら、理吉は東海道をゆく。近江《おおみ》から伊勢《いせ》を抜け、木曽《きそ》三川、尾張《おわり》、三河《みかわ》、遠江《とおとうみ》、駿河《するが》へと至るその道のりは、随分と人心が荒れていた。宿駅に入れば町の人々はみな一様に暗い顔をしており、足取りが軽いのは楽旅と思しき渡世人ばかり、道を行く者たちの多くは鋭い目をして懐手にしている、凶状持ちと思しき者たちだった。

そうした者たちから背を向けて伊豆《いず》箱根《はこね》を抜け、小田原《おだわら》へ至った。

小田原で宿を取った際、いつぞや渡世人から聞いた、大磯の話を思い出した。

大磯に、黒旋風の女を名乗るおかみあり。

今の己に関わり合いがあることだろうか。長旅で痛むふくらはぎを揉《も》みながら、理吉は思案した。

黒旋風の名前は捨てたつもりだった。

だが、黒旋風の女を名乗る者がいる。

俺のものをかすめ取ったのはどこの誰だ。

塞がっていたはずの心の洞穴が、再びぽっかりと口を開いた。

この期に及んでも、理吉は手に入れたものへの執着に満ちていた。

翌日、理吉は大磯宿で足を止めた。

大磯は大宿場町である小田原の次にある宿駅である。箱根を控えた宿駅である小田原に客を奪われがちで、すぐ近くに平塚宿《ひらつかじゅく》があることもあって寂れていると小田原の旅籠《はたご》女中は言っていたが、まさにその通りだった。

宿場に足を踏み入れるなり、どんよりとした気配が町を包み込んでいた。小田原のように二本差しの目が光っているわけでもないこの町では、昼間から酒に潰れた男たちが道端で倒れ、正気な者も蓆《むしろ》の上で博打に興じる有様だった。町人たちは揃って下を向き、そそくさと行く手を急いでいる。何となく町全体に饐《す》えた臭いがこびりついている気さえした。

右手から流れる海風を浴びながら、理吉は西金屋なる店を探した。

だが、探すまでもなく見つかった。

荒れ果てた脇本陣のすぐ横に、その旅籠はあった。甍《いらか》が陽《ひ》の光を照り返す、二階建ての建物。一見すると旅籠風だが、二階の窓には朱の欄干が掛けられていたり、一階の窓が置屋風になっていたりと妙に思わせぶりな造りになっている。何となく周囲が汚らしい中でも、この店の周囲だけは綺麗《きれい》に掃かれており、浮浪者や痩せ犬の姿もない。

果たして、そこは西金屋だった。

笠の縁を持ち上げて様子を窺《うかが》っていると、暖簾を分け、一人の女が店から出てきた。
箒と塵取りを手に表にやってきたのは、木綿の小袖を纏い、頭にほっかむりを被る女だった。
少し太り肉だが表情は明るい。いかにも旅籠のおかみといった風情のくたびれた女だが、頭に一本、金の簪《かんざし》をしていた。そして、その女の口元には、大きなほくろがあった。
随分と印象が変わっていた。だが、間違いがなかった。

「おい」

掃除を始めた女に、理吉は声を掛けた。

すると女は、へえ、と明るい声を上げた。

「お泊りですかい。今、ちょっと片付けをしておりますんで、あともう少し――」

女は理吉の顔を覗《のぞ》き込んだ瞬間、固まった。

どうやら、一目でこちらに気づいたらしい。

「あんた、理吉……」

「おう、なんだ、おめえ、真昼間から幽霊を見たような面をしているんじゃねえよ」

箒を取り落とし、口元を隠したのは、かつての女房のお蓮《れん》だった。

あの、絶妙な釣り合いのもとに存在した美貌は既に枯れ落ち、どこにでもいる疲れた女となっていたお蓮は、体中に震えを走らせた。

「生きてたなんて」

「ああ。しぶとい方なんでな。――おめえが、黒旋風の女だなんぞと吹いて商いをしているって噂に聞いてな。ここに来たって寸法だ」

「そ、そんな」

理吉は腕を伸ばすと、お蓮のほっかむりを引きちぎり、髪を掴んだ。

「痛っ、何をするんだい」

「うるせえ。俺の名前を使うたあ、どういう料簡だ。ぶっ殺すぞ」

そのまま、西金屋の中にお蓮を引きずり込んだ。

暖簾をくぐったその時、いらっしゃいま――、と声が上がったものの、声が止んだ。

店の上がり框《かまち》には帳場があり、その前に年の頃三十ほどの男が座っていた。番頭か何かだろう。

「おい、この店の主《あるじ》はどこだ」

「あ、あなた様はいったい。それに、女将《おかみ》が何かいたしましたか」

「黒旋風って言やあ、てめえんところの主もピンとくるだろ」

察するところがあったのだろう、番頭は顔を青くして奥に引っ込んだ後、すぐに戻ってきた。

そして、理吉を部屋の中へと案内した。

お蓮を引きずったまま案内されたのは、裏庭に面した八畳間だった。普段は客間として使っているのか畳は真新しく、床の間には掛け軸が下がり、花が生けてある。庭も手入れが行き届いており、松の木も形が整えられている。人生をそれなりに成功させた人間の、ささやかな庭という印象を受けた。

そんな部屋には既に一人の男が座っていた。

茶の羽織と小袖に身を包み、腰を丸めて座るその男は、まるで老人のようだった。それは、余りにも座り姿や表情に鋭さを感じなかったからであろうか。

だが、その顔に見覚えがあった。

「てめえは」

理吉が声を上げると、その男はのろのろと顔を上げた。そして、眉を少しだけ上げ、投げやりに口を開いた。

「ああ、理吉か。懐かしい奴が訪ねてきたな」

にわかに信じることができなかった。

どこか穏やかな気配を醸すこの男は、間違いなく西海屋の慶蔵《けいぞう》だった。

慶蔵は理吉の八つ年上に過ぎなかった。理吉が今年三十二だから、四十になったばかりのはずだ。だが、目の前にいる男はどう見ても六十を過ぎた老人にしか見えなかった。髪には白いものが多く混じり、顔にも幾重にも深い皺《しわ》が刻まれている。

何より信じられなかったのは、西海屋にいた頃、理吉が憧れた覇気が、この男から消え失せていることだった。すべてを呑《の》み込んでやろう、己の前に立ちはだかる野郎をすべて潰してやる、そんな尖《とが》った気概を目の前の男から感じることはなかった。

　慶蔵は、節くれ立った指を理吉に向けた。いや、正確には、お蓮に、だ。

「うちの嬶《かかあ》をいじめんでくれ。頼む。この通りだ」

　まるで仏を拝むように、慶蔵は手を合わせ、のろのろとこすった。

　舌を打った理吉は、お蓮の髪から手を離した。その場に尻餅をついたお蓮をよそに、理吉は慶蔵を見下ろし、吐き捨てるように口を開いた。

「なんでてめえが、お蓮と暮らしているんだ」

「なんで、か。おめえはどこまで、俺のことを知っている」

「確か、俺が出奔した後、西海屋を傾けたんだろ」

「そうだ。お前がお蓮を奪い去ってから、やることなすことに張り合いがなくなっちまってな。結局、あれほど大事だった西海屋にも、金にも、値を感じなくなっちまった。で、あれやこれやで仕事が立ち行かなくなっちまって、店を売り払った金で大磯《ここ》に引っ込んだんだ。お蓮と再会したのは、三年くらい前のことだな。ある飯盛宿でばったりな。話を聞けば、理吉の男を立てるために借財を肩代わりしているって聞いたんだ。俺はもうその頃にはこの店をやっていたし、金に余裕もあった。お蓮を身請けして、こうして暮らしていたんだ」

　そこには、理吉の知らぬ慶蔵の十数年があった。そして、慶蔵という強靭《きょうじん》な男をも捻《ね》じ曲げてしまった年月の暴力があった。この男は、まるで海風に晒される松のように、幾重にもその性を折り曲げられて、ここに至ったのだろう。

無様の一言に尽きた。

部屋に入り、対座するように腰を下ろした理吉は、慶蔵に凄《すご》んだ。

「で、なんで俺の名前を勝手に使ってやがる」

「察してくれろ。大磯《ここ》で宿を切り盛りするのは大変なんだよ。おめえの名前は、今でも案外いいハッタリになる。黒旋風の名前を聞けば、江戸からやってきた柄の悪いのは大抵押し黙るもんでな」

「俺がこうして訪ねてくるのは慮外のことだったってわけか」

「そういうことだな。おっ死《ち》んだとばかり思っていたよ」

慶蔵の受け答えは、どこか投げやりだった。

そのことが、異様なまでに理吉の心を蝕《むしば》む。

「だったら、わかってるよな。俺の名前を勝手に使いやがったってこたあ、落とし前が要るぜ」

「落とし前？」

「決まってるだろう。俺の名前の賃料だよ」

「何両、必要なんだ」

「そうだな。——俺を一生面倒見るってんでどうだ」

口にした理吉自身が驚いていた。

かつての理吉なら、金をせびっていたはずだ。自分から籠の鳥になるようなことを口にすることはなかった。ふと口をついて出た己の言葉に不気味なものを抱いているうち、同じことを慶蔵に言って死んでいった男の顔が頭をかすめ、背が冷えた。

だが、一度口にしたことをなかったことにはできなかった。

慶蔵は肩眉を上げた。

「お前の面倒を見る金などない。それに、お前はこれまで、俺にどれだけ煮え湯を呑ませてきた。その気になれば、お前がお蓮の屋敷に押し入ったことをお上に訴え出ることもできるんだぞ」

あからさまな脅しだったが、響かない。空疎な言葉はただただ広がり、消えていくばかりだった。

そもそも、あの西海屋の慶蔵が、「お上に訴え出る」なんて脅しを使うこと自体が到底信じられなかった。

「はん、そんなこと、言ってもいいのか」

「なんだと」

「おめえのやったことは、大体わかってるんだぞ、慶蔵さんよ。おめえなんだろ。西海屋の武《たけ》太《た》郎《ろう》を殺したのは。いや、あの時の様子から察するに、武太郎の御内儀を殺したのもあんただろう。さしづめ、毒でも盛ったんだろ」

「何を言うか。先代は船頭に殺された。お内儀様は病で死んだ。それだけだ」

「そうかね。だとしたら、疑わしい点が余りにも多すぎる気がするんだがな。武太郎が死んでた時、同士討ちだってのに、凶器が一つもねえってのがそれだ。あともう一つ」

理吉は懐をまさぐり、あるものを取り出した。それは、かつて慶蔵から盗んだ、鬼首の刀豆《なたまめ》煙管《キセル》だった。

「こいつァ」

慶蔵の目に恐れの色が混じる中、理吉は淡々と続けた。

「俺は武太郎と源次《げんじ》の死体の始末を命じられた際、舟でこいつを見つけたんだ。こいつはあんたが大事にしていた煙管だろう。あんなところに、てめえの煙管が落ちてたのが何よりの証《あかし》じゃねえか」

鎌をかけた。

慶蔵がこれを失くしたのは武太郎の死とほぼ同時期のはずだ。ずいぶん昔のことだから、記憶が前後していることを祈るしかない。

ややあって、目を閉じた慶蔵は息をついた。

「そうか。――あの時、落としたのか」

「認めるのかい、二人を殺したって」

慶蔵は、瞳を開いた。だが、その目には諦めの色が漂い、濁っていた。

「お前の言う通りだ。あの船頭に金を握らせて、舟の上で武太郎を殺すように命じた。で、桟《さん》橋《ばし》まで戻ってきた船頭を、口封じで俺が殺した。武太郎の内儀もそうだ。飯炊きの二人に金を握らせて、毒を盛ったんだ。一人は江戸湾に浮かんでもらった。もう一人は武松《たけまつ》の始末に行かせたが、そのまま行方知れずだ。大方、逃げ出したんだろう」

「追手は出さなかったのかい」

「損だろうが」

「なるほど」

理吉は己の想像が当たっていたことに誇らしさを感じないではなかったが、一方で違和感にも襲われていた。なぜ、この男はここまではっきりと己の罪を告白するのだろう。口封じする気か？　その割に、目の前の男にはまるで殺気も感じない。それどころか、この店には用心棒もいないように見受けられる。先に出くわした番頭の細首は、堅気の人間のそれだった。この店は、かつての西海屋のような殺気が微塵《みじん》もない、ただの飯盛宿に過ぎなかった。

理吉の表情から嗅ぎ取ったのだろう。慶蔵は理吉の「なぜ」を埋めた。だが、その言葉は、余りにも空疎なものだった。

「――もう、疲れたんだよ」

虚を衝かれ、声も出なかった。

慶蔵は淡々と続けた。

「俺は物乞いだった子供の頃から、何が何でも這《は》い上がってやろうと歯噛《はが》みしながら生きてきた。何人も蹴落として、追い抜けねえ奴は殺した。弟みたいに懐いていた幼馴染《おさなじみ》の武太郎さえ手に掛けた。だがよう、結局、何も手に入らなかったんだよ。びっくりするくらい、俺の手には何も残らなかったんだ。俺はいったい、何が欲しかったんだ？　何を手に入れたかったんだ？　そんなことさえ、見失なっちまった。だから、俺はもう、死ぬことも怖くねえ。磔獄《はりつけごく》門《もん》になったって構いやしねえんだ」

慶蔵は、もう理吉を見てはいなかった。震える両手を見下ろしているばかりだった。だが、ややあって、縁側で足を投げ出すように座っていたお蓮が、髪を振り乱しながら慶蔵の背中に縋《すが》りついた。

「あんた、そんなこと言わないでおくれ。あたしはあんたと生きたいんだ」

子供をいつくしむように、慶蔵は乱れたお蓮の髪を撫《な》で、理吉に向いた。

「俺はもう、満足なんだ。お蓮さえいればいい。お蓮さえ、生きていてくれれば、それでいいんだよ」

慶蔵はまるでしおれた花のようだった。

今にも暴風に吹かれ、折れてしまいそうな花を前に、理吉の心中に、ふつふつとある感情が昂《たかぶ》ってきた。それは、激情だった。

思わず、手に持っていた刀豆煙管を畳に叩《たた》きつけた。その拍子に、雁首《がんくび》が割れ、あらぬところへ飛んでいった。その時、何か大事なものが消え失せてしまったような物悲しさに襲われた。

だが、失ってしまったことを認めたくないばかりに、声が荒くなった。

「ふざけるなよ、いまさら何言ってるんだよ。あの頃のあんたはどこへ行ったんだ」

「あの頃の俺は、どうかしていたんだよ」

「俺は、俺は――あんたに」

憧れていたんだ。その一言がどうしても出なかった。

そして――、理吉は怖気《おぞけ》が走った。

目の前にいるこの男は、将来の己だと。

何かを得んとして藻掻《もが》き続け、結局何も得られぬまま、死を待っている。そのようにしか見えぬ慶蔵が、古女房と二人で慎ましく生きている。そんな生き方が、自分の行き着く先なのだと認めることはできなかった。

理吉が何も言えずに手を強く握った、その時だった。

庭にある枝折戸が乱暴に開き、一人の男が庭に現れた。

六尺になろうという天を衝く大男。笠で顔を隠し、旅姿で手には杖《つえ》代わりの棒を持っている。

一見したところでは箱根山を越えてきたばかりの旅人だが、脚絆《きゃはん》はそこまで汚れておらず、着物も垢《あか》じみていない。なんともちぐはぐな男だった。何より、道中差し代わりに腰に帯びる刀が、六尺の体に合わせたかのように長く、鞘《さや》の金具も武骨で、さながら武芸者の差料のようだった。

「そこの男、そして女。西海屋の慶蔵、その妻のお蓮だな」

男の誰何《すいか》に、慶蔵はのろりと立ち上がって応じた。

「いかにも。お主は」

「わしは、武松《たけまつ》。忘れたとは言わせぬぞ」

ようやく思い出した。白子《しらこ》の茶屋ですれ違った大男にして、西海屋の主武太郎の子だ。

武松は左手に持つ棒の先を部屋の中にいる慶蔵に向けた。

「お前たちが奸計《かんけい》で以って父、母を殺し、家を乗っ取ったのは周知の事実。尋常に勝負しろ」

恨みがましい武松の視線に晒された慶蔵は、ほとほと疲れた、と言わんばかりに息をつき、床に座るお蓮に声を掛けた。

「俺の差料を。早《はよ》う」

何が起こったのかわからぬとばかりに目を白黒させていたお蓮だったが、やがてのろのろと立ち上がり、箪笥《たんす》の引き出しから一振りの長脇差を取り出した。何の装飾もないものながら、丁寧に漆がけされた、趣味のいい刀だった。お蓮が捧げ持つように運んだそれを受け取った慶蔵は、無造作に鯉口《こいくち》を切って鞘を捨てた。

「まったく、今になって湧いてくるたぁ。武松、おめえ、これまで何してた」

理吉のことなど眼中にないのか、慶蔵を睨みつけたまま武松は言った。

「西海屋の飯炊きの嘉助《かすけ》に助けられたんだ」

お清に毒を盛り、白子に預けられた武松を殺すように命じられていた嘉助は、その命に従うことなく、慶蔵の謀《はかりごと》を一切合切お清《きよ》に説明し、忠誠を誓うと口にした。お清はそんな嘉助の言葉を信じ、もし自分に何かあったら武松を頼みますと言い残した。その約束を果たし、武松の後見人に西海屋の変事を告げると追手から逃れるために身を隠した。

「嘉助が裏切っていたか。——いや、そもそも俺に従っちゃいなかったか。俺の目はどうやら昔から曇っていたらしい」

だらりと刀を下げたまま、慶蔵は裸足のままで庭に下り立ち、正眼に構えた。

「相手、してやる。おめえも殺しておくべきだったんだなあ、俺の手で」

棒を捨て、無言で長脇差を抜いた武松に、慶蔵は言った。それまでの投げやりな態度とは打って変わった神妙な言葉だった。

「そこな女——。そう、お蓮だ。あれは、西海屋の謀には何の関係もねえ。あくまであれは俺一人の謀だ。あいつは何も知らない。もし、俺が死んでも、あの女に手を掛けることはしてくれるなよ」

そう言い放つと、慶蔵は前に進み出た。

いや、違う。理吉は違和感を覚えた。

正眼にこそ構えている。だが、余りにも隙だらけだった。身を投げ出した。いや、身を捧げたといった方が正確な踏み出し方だった。

武松は距離を置いた。誘いを疑ったのだろう。

慶蔵は踏み出した。隙だらけだった。

また武松は後ろに飛び退いた。

そんなやり取りを何度か繰り返したのち、やがて、終わりの時がやってきた。

前に踏み出した慶蔵に合わせ、武松が横薙《よこな》ぎ一閃《いっせん》を放った。

慶蔵はその場に崩れ落ちた。

「あ、あんた！」

お蓮がうつぶせに倒れる慶蔵に駆け寄らんとしたその時、表の店から雪崩を打つように男たちが乱入してきた。番頭や店の者を羽交い絞めにする者、だんびらを手に意気込む者、剛力の男の後ろでおどおどする者、色々あった。だが、前に躍り出た一人が、お蓮を咎《とが》め、手に持っていた刀でお蓮の胸をひと突きにした。

「あ、あんた……、大丈夫かい……？」

口元から血を流しながら、地面に倒れる慶蔵に手を伸ばしたお蓮は、刀が胸から抜かれた瞬間、慶蔵に覆いかぶさるようにして、斃《たお》れた。

周囲に血の海が広がる。

お蓮を刺した男の顔を見たその時、全身の血が逆流するかのようだった。

その男は、義兄だった男、九紋龍《くもんりゅう》の新吉《しんきち》だった。

新吉は血刀を地面に刺すと、懐から文を取り出し、声高く読み上げた。

「慶蔵ならびにお蓮。右の者、かつて江戸築地《つきじ》にありし西海屋を乗っ取らんと欲し、主人の武太郎、その内儀お清を殺した。その遺恨晴らすべく、子が仇討《あだう》ちをせんとする心映え、至極結構なものである。従い、この件は武松とその助っ人新吉の願いを容《い》れ、仇討ちを認める。他の者の手出しは無用」

　仇討の認可状だった。

　二つの死体を見下ろし、勝ち誇った顔を見せる新吉を双眸《そうぼう》に収めた瞬間、理吉は絶叫していた。

　気づけば腰の刀を抜き、近くにいる男どもに斬りかかっていた。

「畜生、畜生、畜生」

　刀の切っ先が男どもを捉える。だが、まるで切れない。鉄棒を受けたようなものだ。男たちは頭を押さえ、その場に昏倒《こんとう》した。

　周囲の男を押しのけ、新吉へと迫った。

「な、お前、理吉？　なぜここに」

　新吉がようやくこちらに気づいたらしい。

　だが、理吉は言葉をかけることさえせず、渾身の力を込め、新吉の眉間めがけて刀を振り下ろした。

瞬間、新吉は後ずさった。直撃は避けたものの、僅《わず》かに掠《かす》っていたのか、眉間に傷が走った。

額を手で押さえる新吉を前に、理吉は吼《ほ》えた。

お蓮が殺された刹那、真っ黒い炎が理吉を包んだ。

お蓮に未練があったのかとも思った。だが、すぐに、違う、と首を横に振った。

理吉は奪われることに怒りを発していた。理不尽への反感が、理吉を突き動かしていた。

お前たちはまた奪うのか。

余り者には、居場所さえ残してくれねえのか。

怒りをたぎらせ、柄を強く握り、刀を頭上に構えた。

その瞬間、表から、男たちを掻き分け、一人の老僧がこの場に転がり込んできた。

白法衣に棒を携えた、恰幅《かっぷく》のいい僧。その穏やかな顔には、翳《かげ》が差していた。

見間違えるはずはなかった。魯心《ろしん》だった。

「もう、やめよ」

少しだけ、理吉の刀を握る手が緩んだ。

魯心はもう還暦に近い有様だが、顔には皺ひとつない。それは、さながら力士のように肉づきがいいからだろう。だが、その贅《ぜい》肉《にく》の奥に分厚い筋肉の鎧《よろい》を纏っている。少し、理吉は羨ましくなった。この男は、自分の歩んできた道を疑ったことはないのだろう、と。

「なんで、あんたがここに」

「黒旋風の女を名乗る者が大磯におると聞いてな。調べるうちに、お蓮なる女が、慶蔵なる男と暮らしておることがわかったのだ。そして、その慶蔵が、西海屋を武太郎一家から奪った慶蔵であるとも知れてな。わしが後見していた武松の仇討ちに協力したのだ」

いつの間にか、武松と額を押さえる新吉が魯心の脇を固めた。

「わからねえな。なんであんたが黒旋風を調べてたんだ」

「決まっておる。お前を追っていたのだ。三年前、お前は戸田川のほとりで二人の女を斬ったろう」

もはや、隠し立てする気にもならなかった。

「ああ、それがどうした」

「あそこでわしのくれてやった数珠を落としただろう。代官所の役人がこの数珠を知らぬかわしに聞きに来た。あの数珠はお前のために作ったものだ。すぐに察した。お主が二人を殺し、逐電したのだろうとな。江戸に足を延ばすことはなかなかできなかったゆえ、お主が何をしておるか、知ることができなんだ。調べ回って、お主が西海屋で色々と悪事を働いていたこと、江戸に戻ってから黒旋風を名乗ってやくざ一家を開いていたこと、色々知った。そして、お主を止めねばと思っていた」

「解せねえよ。あんたの言っていることはちっとも腑《ふ》に落ちてこねえ。なんであんた、そこまで俺を気に掛けるんだ」

　思えば、そもそも松山《まつやま》にいた時分からそうだった。魯心はなにくれとなく理吉の面倒を見、理吉を導こうとしていた。そして、一度とはいえ、江戸に様子を見に来ることまでしている。思えば、魯心の行動は度を越している。

　魯心は瞑目し、ややあって口を開いた。その口元は、僅かに震えていた。

「それはな――。お前の人生を狂わせたのが、わしだからなのだ、理吉」

「どういう――こった」

「お前の父を斬ったのは、わしなのだ」

「は？」

　父親。そんなもの、自分にはいない。

　咄嗟《とっさ》に首を振った後、実感はないにせよ、己と血の繋がる父のことが頭をよぎった。やくざ者に殺されたとかいう、松代の町奉行、郡寒蔵《こおりかんぞう》だ。

　まさか――。

　魯心は衣の袖をまくり上げた。隠された太腕には、桜吹雪をあしらった紋々が刻まれていた。老いて皺だらけになった膚《はだ》に、桜吹雪はよくなじんでいた。

「わしはかつて、嵐山花五郎《あらしやまはなごろう》を名乗って松代《まつしろ》で根を張っていた侠客だったのだ。だが、お前の父、郡寒蔵はわしと対立していたやくざ者と結んでいてな。その争いの挙句、寒蔵を斬る羽目になった」

　あまりに遠い、過去の話だった。

「わしは、死ぬつもりだったよ。だが、たまたま救ってくれた人がおって、こうして生きておる。そして今は、入道して手をかけた者たちの菩提《ぼだい》を弔っておる」

　ようやく、理吉はこの男のことを理解できた気がした。松山にいた時分、誰もが嫌がる行き倒れ人を懇ろに弔っていたあの姿は、まるで自分に罰を与えているようだった。実際に、あれは贖罪《しょくざい》だったのだろう。そう、気づいた。

「お主のことは、ずっと追っていた。お主が軽井沢の脇本陣の養子に入ったことも、そこから放逐されて高崎の酒屋に奉公に上がったこと。そして、その奉公先から逃げたこと。そして、その奉公先の主人が殺されたこと——。このままでは、お主が腐ってしまう。お主が道端で倒れているのを見つけた時、御仏のお導きを思うたよ。だからこそ、わしはお主を助け、正しい道に導こうとしておったのだ」

　理吉——。そう口にする魯心の顔には、苦渋が滲《にじ》んでいた。

「お主は、余りにも人を殺しすぎた。何人殺した？　あるいは、何人殺したかも数えられぬほど、手に掛けてしもうたろう。わしとてそうだ。わしも、これまでに何人手を掛けたか覚えておらぬ。だがな、理吉、やり直しはいつでも利く。もう一度、生き直してみるつもりはないか」

「生き直し——？」

「ああ。今度こそ、やり直してみろ」

今にして思えば、軽井沢の志村屋にいた頃が、もっとも平穏な日々だったのかもしれない。

だが、あんなに寒々しいところには戻りたくなかった。

高崎の信濃屋《しなのや》の姿が頭に浮かぶ。辰五郎《たつごろう》が黙々と飯を食べ、お山《やま》がその日やって来たお客についてあれこれ述べ、お柳《りゅう》が肩をすぼめつつ漬物を齧《かじ》る。思えば、あの日々も普通の生活だったのかもしれない。だが、海岸の砂のごとく、掬《すく》い上げてもすぐに指の間をすり抜けてゆく。

普通なんて、ありはしなかった。あったとしても、手からすぐに零《こぼ》れ落ちてしまう。

「俺は、普通に、生きられるってのか」

「ああ。お主がそうと望めば」

しばし瞑目《めいもく》した後、理吉は吐き捨てた。

もう、疲れ果てていた。

「やなこった」

理吉は手の刀を自らの胸に刺した。全く斬れない刀なのに、己を貫いた時だけは、まるで豆腐にそうするほどの手応えしかなかった。

目の前で魯心が驚愕《きょうがく》の顔を浮かべて手を伸ばす。

だが、理吉はその顔を見ていることができなかった。

全身から力が抜ける。気づけばその場に膝をついていた。頭も重い。

激痛が全身を貫く中、理吉は己の人生を思い返していた。

何も、持っていなかった。

だからこそ、奪った。

だが、輝きを失ったものを手に入れたそばから投げ捨て、また奪う。

その繰り返しだった。

結局、己の胸に空いた大きな穴は、埋まることがなかった。

理吉はついに体の感覚を失った。己が今、どんな姿勢を取っているのかもわからない。

寒い。――身体が、ではない。心が、寒い。

このまま死ぬのか。

その時、まるで陽だまりにも似た温かみが体に触れた。

行こう、理吉さん――。

女の声が聞こえた。自ら手に掛けてしまった、女の声だった。

なぜ俺は、こんなことになってしまったのだろう。

声にならぬ声が理吉を苛《さいな》む。

「お前と行けるかよ。俺は――、一人なんだから」

そう呟《つぶや》いた瞬間、理吉を呼ぶ声がした。

「お主は一人じゃない。お主が振り向きさえすれば、いくらでもお前を受け止める人はおったのだ。なぜこんなことをしたのだ」

懐かしい。野太い声がする。

思えば、この声に憧れていた頃があったことを、少しだけ思い出した。

理吉は、はは、と力なく笑った。

呼び声もどんどん遠くなっていく。

闇に吸い込まれていく感覚がある。

抗いはしなかった。理吉は闇の中へ呑み込まれていった。

その刹那、理吉は夢を見た。

後ろから声がする。

『手早く、ちゃっちゃとかき回せ』

目の前には油が引かれ煙を上げている鉄鍋があり、手に握るお椀《わん》には、割った卵が三つ、だし汁と共に入っていた。

振り返ろうとしてやめた。早くかき回せとたしなめられる。

卵を菜箸でかき回したのち、少しずつ鍋の中に流し込む。鍋の中で広げ、固まり始めた卵を巻物のように丸めて、できた隙間にまた卵液を注ぐ。

何度か繰り返すうちに卵液が尽き、鍋の中にはだし巻き卵ができていた。以前作った物よりも格段に形がいい。

うまくなったな、と後ろから声がした。振り返っても、誰もいなかった。

あんたが奉公に来てくれて本当に良かったよ。そんな女の声も聞こえた。だが、その声の主の姿はどこにもない。

皿に移し、表に持っていく。三和土《たたき》の向こうにある板の間に、一人の若い女が座っている。

女房髷《まげ》に結い、桃色の小袖に前掛けをしたその女は、理吉の姿を見るや白い歯を見せた。

『わあ、美味しそう』

目を輝かせた女は、両手を胸の前で合わせた。

『理吉さん、一緒に食べよう？』

そうだった。俺が欲しいのは、これだった。

理吉が女の前に皿を置いたその時、女の顔が崩れた。

血まみれで、頭が潰れ、傷口には蛆《うじ》が湧いている。桃色の小袖もいつしか赤黒い染みが浮かび、ぼろぼろに解《ほつ》れていた。

女の姿は霧のように広がる闇に呑み込まれ、消えた。

俺は、何も手に入らなかった。

独り言ち、理吉は目をゆっくりと閉じた。

闇だけが、眼前に広がっている。もう、何も、なかった。


（了）

【主な登場人物と関係図】

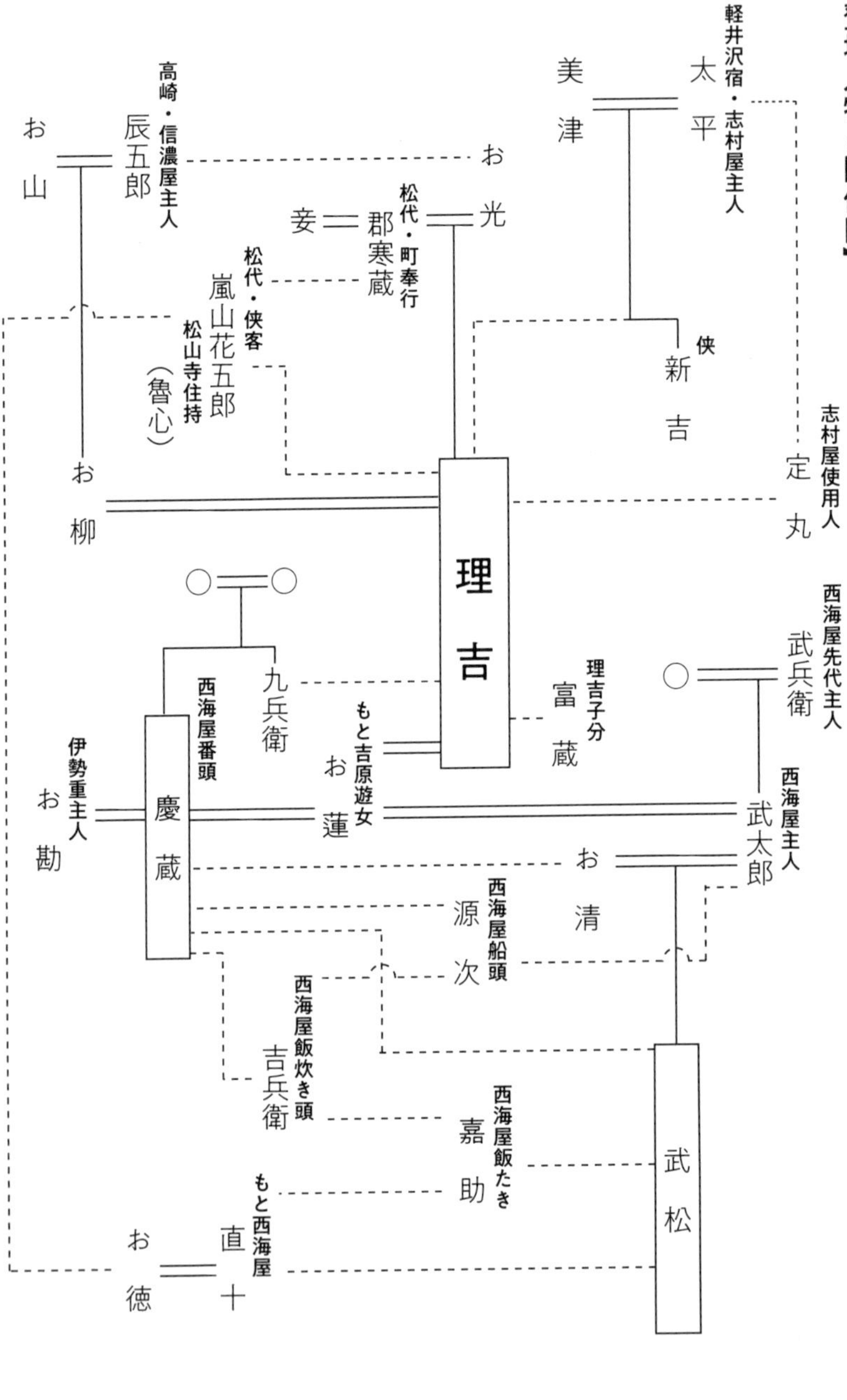
軽井沢宿・志村屋主人
太平
美津
侠
新吉
志村屋使用人
定丸
高崎・信濃屋主人
辰五郎
お山
お光
松代・町奉行
郡寒蔵
妾
松代・侠客
嵐山花五郎
松山寺住持
（魯心）
お柳
理吉
西海屋先代主人
武兵衛
理吉子分
富蔵
九兵衛
西海屋番頭
慶蔵
もと吉原遊女
お蓮
伊勢重主人
お勘
西海屋主人
武太郎
お清
西海屋船頭
源次
西海屋飯炊き頭
吉兵衛
西海屋飯たき
嘉助
もと西海屋
直十
お徳
武松

参考文献

春風亭柳枝 他『新編都草紙（「唐土模様倭粋子」）』（滑稽堂）
『毎日新聞』複製版（不二出版）
田村栄太郎『江戸やくざ列伝』（雄山閣）
高橋敏『博徒の幕末維新』（ちくま学芸文庫）

解説

初代談洲《だんしゅう》 楼燕枝《ろうえんし》

明治時代に活躍した三遊亭円朝《さんゆうていえんちょう》（天保《てんぽう》十〔一八三九〕～明治三十三〔一九〇〇〕年）は、落語の「三遊派」にとっての大名跡であるだけでなく、落語中興の祖と称されている。円朝が創作した数多くの咄《はなし》が高座にかけられていることに加え、『円朝全集』（岩波書店、平成二十四〔二〇一二〕～平成二十八〔二〇一六〕年）などが編纂されて、テキストを容易に手に取って読むことができる。このほか、映画やテレビドラマ、演劇などにメディア展開し、現代においてもしばしば咄を目にすることができる。

これに対して、「柳派《やなぎは》」の大看板だった初代談洲楼燕枝（天保八〔一八三七〕～明治三十三〔一九〇〇〕年）は、熱心な落語ファンを除いてはあまり振り返られることがない。しかし、初代円朝と同じ時代に活躍した燕枝は紛れもなく円朝の良きライバルであり、円朝と並び称される名人だった。

円朝は芝居咄と三題咄（寄席で観客に題目を出させ、そこで出された三つの題目を折り込んで、即興で作り、演じる落語）で人気を博し、怪談や人情噺によってその地位を固めていった。一方で燕枝も、同じく芝居咄と三題咄で人気となり、落語家たちが芝居を演じる鹿芝居《しかしばい》で評判を得るとともに、侠客《きょうかく》を描く活劇を含んだ人情噺を創作している。このことで、明治十年代から二十年代にかけて「三遊派」と「柳派」が江戸落語の中心となり、それ以降の落語界を形作っていった。

燕枝には、前半生の自叙伝である「燕之《つばめの》巣《す》立《だち》実痴《じっち》必読《ひつどく》」（通称、「燕枝日記」）が、没後まもなく雑誌『歌舞伎』で明治三十三〔一九〇〇〕年から翌年にかけて連載されているほか、六代目柳亭《りゅうてい》燕路《えんじ》（昭和九〔一九三四〕～平成三〔一九九一〕年）が収集した資料をもとに、山本進《やまもとすすむ》によって伝記的な記録がまとめられている。

これらによると、初代談洲楼燕枝は三河《みかわ》国西尾《にしお》新渡場《しんどば》（現在の愛知県西尾市）で高須《たかす》家の次男だった清助《せいすけ》が、東京小石川《こいしかわ》で漬物屋を営んでいた長島安兵衛《やすべえ》のもとで奉公していたときに、その娘であった千代《ちよ》の婿養子となり、その二人のあいだで天保九〔一八三八〕年に生まれたとされる。幼名を伝之助《でんのすけ》といい、後に通称として長島伝次郎《でんじろう》を名乗った。幼少の頃から芝居や落語が好きで、水戸《みと》藩に出入りしていた料理屋「萬屋《よろずや》勘兵衛《かんべえ》」の養子に入って店を継いだものの、番頭に店を譲り、安政《あんせい》三年〔一八五六〕年初代春風亭柳枝《しゅんぷうていりゅうし》に入門して春風亭伝枝《でんし》となった。そして真打になったときに、みずから柳亭燕枝を名乗るようになったと言われている。

談洲楼燕枝の名は、九代目市川團十郎《いちかわだんじゅうろう》（天保九〔一八三八〕～明治三十六〔一九〇三〕年）と縁が深かったことから、明治十二〔一八七九〕年頃から使っていたとされている。その後、明治十四〔一八八一〕年から本郷（現在の東京都文京区本郷《ほんごう》）にあった春木《はるき》座《ざ》で鹿芝居の興行を始め、明治十八年三月に燕枝にこそ相応しいとのことで、正式に用いられるようになった。また、燕枝の一周忌に襲名した二代目の談洲楼燕枝（明治二〔一八六九〕～昭和十〔一九三五〕年）も、長男が歌舞伎役者の二代目中村歌門《なかむらかもん》、妹が前《ぜん》進座《しんざ》の創立者である三代目中村翫《かん》右衛《え》門《もん》の妻となるなど芝居と縁が深く、当初は柳亭燕枝を名乗っていたのを談洲楼燕枝に改めたという経緯がある。逆に、三代目の燕枝（明治二十七〔一八九四〕～昭和三十〔一九五五〕年）が談洲楼を名乗らず最後まで柳亭で通したのも、談洲楼という亭号が、芝居との関わりによって決まっていたことが要因だと推察される。

こうした経緯からもわかるように燕枝は芝居好きで知られており、前掲の雑誌『歌舞伎』などで劇評も連載している。文筆の仕事はそれだけに止まらず、読書を非常によくした。明治期の『西洋道中《せいようどうちゅう》膝栗毛《ひざくりげ》』（明治三〔一八七〇〕～明治九〔一八七六〕年）や『安愚楽鍋《あぐらなべ》』（明治四〔一八七一〕～明治五〔一八七二〕年）、『高橋阿伝夜叉譚《たかはしあでんやしゃたん》』（明治十二〔一八七九〕年）などで知られる戯作者の仮名垣魯文《かながきろぶん》（文政《ぶんせい》十二〔一八二九〕～明治二十七〔一八九四〕年）に弟子入りして、戯作者として「あら垣痴文《がきちぶん》」の名を与えられている。このことから、饗庭篁村《あえばこうそん》（安政二〔一八五五〕～大正十一〔一九二二〕）、森田思軒《もりたしけん》（文久元〔一八六一〕～明治三十〔一八九七〕年）、幸堂得知《こうどうとくち》（天保十四〔一八四三〕～大正二〔一九一三〕年）、福地《ふくち》桜痴《おうち》（天保十二〔一八四一〕～明治三十九〔一九〇六〕年）をはじめ、特に「根岸《ねぎし》派」と呼ばれた文人や作家たちとの交流が深かった。燕枝の死後、雑誌『歌舞伎』に寄せられた追悼文で、劇作家の伊原青々園《いはらせいせいえん》（明治三〔一八七〇〕～昭和十六〔一九四一〕年）は、

「小説家の作を高座で演じたのは燕枝が一番です」と記している。

実際、燕枝の落語「元旦の快談」は、チャールズ・ディケンズの小説『クリスマス・キャロル』（一八四三年）を翻案し、明治二十一〔一八八八〕年に『読売新聞』に連載された饗庭篁村「影法師《かげぼうし》」をもとにしている。また、「あはれ浮世《うきよ》」は、ヴィクトル・ユゴーの小説『レ・ミゼラブル』（一八六二年）を福地桜痴が翻案したものにもとづいているほか、「仏国《ふらんす》三人男」も、明治二十三〔一八九〇〕年に刊行された書籍版の序文において、「法蘭西法律学士某氏」の作ったものの翻案であることが示されている。燕枝がフランス語を読めたとは考えがたいことから、基本的には福地桜痴や森田思軒（文久元〔一八六一〕〜明治三十〔一八九七〕年）が翻訳、翻案したものを、さらに翻案する形で、落語という形式に落とし込んでいたはずであり、このほかにも小説家が作った落語をしばしば高座にかけていたと考えられる。

一方で文筆において仮名垣魯文の弟子だったことは、この時期の戯作者・小説家と落語家とが非常に距離が近かったことも示している。

仮名垣魯文は文久《ぶんきゅう》年間〔一八六一〜六四年〕から、二世河竹新七《かわたけしんしち》（後の河竹黙阿《もくあ》弥《み》、文化《ぶんか》十三〔一八一六〕〜明治二十六〔一八九三〕年）や、戯作者で円朝の親友だったの山々亭有人《さんさんていありんど》（条野採菊《じょうのさいぎく》、天保三〔一八三二〕〜明治三十四〔一九〇二〕年）などとともに、「粋狂連《すいきょうれん》」というグループを作って三題噺の自作自演を行っていた。この「粋狂連」には若き日の円朝も加わっていたことで知られているほか、燕枝の師である柳枝も参加している。したがって、円朝とともに三題噺で人気を博すようになった燕枝も、このグループに何らかの形でつながりがあった可能性についても、想定することができるかもしれない。

燕枝の代表作

このように活躍していた燕枝だが、現代において振り返られることが少ないのは、燕枝が作った咄が高座にかけられたり、活字によるテキストの形で再刊されて読まれることが少ないからであろう。また、速記の形で伝わっている咄が少ないことも、現代に燕枝の咄を復活させることが難しい要因となっている。

たとえば、代表作の一つである「嶋鵆沖白浪」は、戯作者の伊東橋塘《いとうきょうとう》（嘉永《かえい》三〔一八五〇〕～大正三〔一九一四〕年）が明治十六〔一八八三〕年から十七〔一八八四〕年にかけて作っていた叢書『新編／都草紙《みやこぞうし》』で、三代目春風亭柳枝演・伊東専三《せんぞう》編輯「嵐《あらし》山花五郎《やまはなごろう》黒船風理吉《こくせんぷうりきち》／唐土《から》模様《もよう》倭《やまと》粋子《すゐこ》」、講釈師（講談師）の田辺南龍口演・伊東専三編輯「弁天小僧《べんてんこぞう》伝吉《でんきち》鬼神《きじん》廼《の》於松《おまつ》／色濃緑 笠《いろもこきみどりのかさ》松《まつ》」とともに連載されている。

燕枝の「嶋鵆沖白浪」も談洲楼燕枝演・伊東専三編輯という形になっているが、落語や講談を速記で書き留めるのは円朝の『怪談／牡丹灯籠《ぼたんどうろう》』（明治十七〔一八八四〕年）において、若林玵蔵《わかばやしかんぞう》（安政三〔一八五七〕～昭和十三〔一九三八〕年）によって行われたのが最初であり、したがって速記を活字にしたものではない。

伊東専三は伊東橋塘の本名であり、「編」

という著者標記は当時、芝居のあらすじ本や明治期の草双紙《くさぞうし》（江戸期から刊行されている袋綴じの娯楽用の絵本）において、単純に現代的な意味での「編集」を意味するだけでなく、すでに別の人間によって創作された物語をあらすじ本にしたり、小説形式に書き換えたりするときなどに、その責任著者を記述する際にも用いられていた。したがって、現在残っている「嶋衢沖白浪」も、燕枝の口演を聞いた伊東橋塘が、その概要をもとに小説形式に書き換えたものである。

同様に、明治十八年〔一八八五〕年に刊行された『善悪草園生咲分《よしあしぐさそのふのさきわけ》』は、燕枝と同じく仮名垣魯文の門人だった戯作者の彩霞園《さいかえん》柳《りゅう》香《こう》（著者標記は雑賀豊太郎《さいかとよたろう》）が小説形式に書き換えている。また、明治十四〔一八八一〕年から十五〔一八八二〕年にかけて、胃腸薬「宝丹《ほうたん》」を売っていた上野の薬屋・守田治《もりたじ》兵衛《へえ》が刊行していた雑誌『芳譚雑誌《ほうたんざっし》』に掲載された「岡山紀聞筆の命毛《おかやまきぶんふでのいのちげ》」は、柳亭燕枝編述・転々堂《てんてんどう》主人校正という著者標記を持っている。この場合、普通に解釈をすれば、燕枝がみずから演じた落語を文章として書き留めたものを小説の形式として書き改めたのが、転々堂主人こと戯作者の高畠藍泉《たかばたけらんせん》（天保九〔一八三八〕～明治十八〔一八八五〕年）だったことになる。

一方、燕枝の落語がまとまった形で残されているものの一つのは、明治二十二〔一八八九〕年から三十三〔一九〇〇〕年にかけて二四〇冊が刊行されていた雑誌『百花《ひゃっか》園《えん》』に掲載の本文である。『百花園』は速記雑誌であり、落語や講談の速記を連載の形で掲載していたが、ほとんどの落語家、講釈師のものには今村次郎《いまむらじろう》や酒井昇造《さかいしょうぞう》など速記者の名前が記されている。これに対して燕枝の落語はただ、「談洲楼燕枝」とだけ記載されている。

このような標記になっている理由は、『百花園』第四十二号（明治二十四〔一八九一〕年一月二十日）に「元旦の快談」「第二席」を掲載した際に、次のように書かれていることからわかる。

元旦《ぐわんたん》の快談《くわいだん》は時候《じこう》がらとて機《き》に後《おく》れざるやう旧臘《きゆうらう》より筆《ふで》を起《おこ》して第四十一号即《すなは》ち一日初刊《しよかん》より掲載《けいさい》いたせしところ旧臘《きゆうらう》押《お》しつめたる事《こと》なれば物事《ものごと》のとやかくと机《つくえ》の塵《ちり》よりも多《おほ》きに任《まか》せ短文《たんぶん》ながら第一回《くわい》を書《か》き綴《つゞ》りしが第二回《くわい》にはお埋《う》め合《あは》せに長々《なが〱》しきものに致《いた》したく存《ぞん》ぜしところ思《おも》ひ掛《か》けなく新《しん》年早々《ねんそう〱》インフルエンザに罹《かゝ》りて未《いま》だ褥《ひとね》に在《あ》りて今回《こんくわい》も図《はか》らず短文《たんぶん》となりしは観客《くわんきやく》諸《しよ》君《くん》に恐縮《きようしよく》の至《いた》りなれば次号《じがう》よりは充分《じうぶん》お埋《うめ》め合《あは》せを致《いた》し升《ます》

インフルエンザに罹ったために「元旦の快談」の原稿が間に合わなかったという釈明の文章だが、注目されるのは「旧臘《きゆうらう》より筆《ふで》を起《おこ》して」と明確に記述している点であろう。すなわち、『百花園』に掲載され、「談洲楼燕枝」という著者標記のみで速記者の名前がない落語は速記ではなく、燕枝みずからが筆を執って文章として認めたものだと考えることができる。「元旦の快談」は第四十号（明治二十四〔一八九一〕年一月五日））の序文で「各席亭《かくせきてい》の高座《かうざ》に口演《こうゑん》なすこと爰《こゝ》に一周年《しうねん》」と、明治二十三年から一年間さまざまな寄席で高座にかけてきたものであることが記されているが、あくまでシナリオとして執筆され、掲載されたものなのである。

このように、速記者の名前を記さずに燕枝の名前のみを記載するというのは、『百花園』とともに燕枝の咄が多く掲載された『毎日新聞』に掲載された「旗本五人男」（明治三十〔一八九七〕年一月一日～五月二日）、「骸骨於松《がいこつおまつ》」（明治三十〔一八九七〕年八月二十八日～十二月二十九日）、「侠客小金井桜」（明治三十一〔一八九八〕年一月一日～四月六日）、「仮名《かな》政談《せいだん》恋畔倉《こいのあぜくら》」（明治三十一〔一八九八〕年六月二日～八月十日）などで「談洲楼燕枝述」となっている場合も同様であろう。『毎日新聞』は明治三〔一八七〇〕年創刊の『横浜毎日新聞』のことであり、『東京横浜毎日新聞』を経て、明治十九〔一八八六〕年から改題している。現在の『毎日新聞』とは異なる新聞で、昭和十五〔一九四〇〕年に『帝都日日新聞』（現在の、やまと新聞社）に吸収されるまで続いた。創刊直後に仮名垣魯文を記者として抱えていたことでもともと円朝や燕枝とも縁が深く、晩年の円朝による談話「芸人叢談　三遊亭円朝」（『毎日新聞』明治三十二〈一八九九〉年八月十三日～三十日）なども掲載されていた。

「西海屋騒動」も、明治三十〔一八九七〕年五月四日～八月二十七日まで、『毎日新聞』に全百回で、大団円まで掲載されている。このテキストについても、最初の掲載となる「第一席」で「扇《あふぎ》と筆《ふで》とは持工合《もちぐあひ》が違《ちが》ひます故《ゆえ》」という記述があることから、燕枝による高座を速記したものではなく、燕枝が筆を執って文章として記したものを掲載したものであることがわかる。

「西海屋騒動」について

「西海屋騒動」は、暉峻康隆《てるおかやすたか》が『落語の年輪』（昭和五十三〔一九七八〕年）において「水滸伝《すいこでん》」の花和尚《かおしょう》 魯智深《ろちしん》の件を翻案し、それに曲亭馬琴《きょくていばきん》原作の「御所車《ごしょぐるま》 花五郎《はなごろう》」など、彼の苦心のとり合わせた「西海屋騒動」をとり合わせた作である。」として、燕枝が中国の明《みん》代にまとめられた小説『水滸伝』を、燕枝が翻案した落語として位置づけている。しかし、三代目春風亭柳枝による「嵐山花五郎黒船風理吉／唐土模様倭粋子」（前掲）のほうがより『水滸伝』との距離が近いことから、もともとこちらの咄のほうが先にあり、それを燕枝が改作したものだと考えたほうが妥当であろう。この場合「西海屋騒動」は、基本的に「唐土模様倭粋子」の筋をたどりながら、作中人物の名前を改め、最初の御所車〔[illegible]〕の部分を膨らませた上で、後半部分においてさまざまな人物やエピソードを加えて構成されていることになる。

「唐土模様倭粋子」の「粋子」とは中国の明代にまとめられた小説『水滸伝』のことであり、それを「倭《やまと》」、すなわち日本に舞台を置き換えて翻案したものである。このとき、嵐山花五郎は『水滸伝』で「花和尚《かおしょう》」と呼ばれる魯智深《ろちしん》を日本に置き換えたものであり、講談においてこの名前で伝わっていたとされる。「西海屋騒動」では出家後の御所車花五郎が善導《ぜんどう》という名前に変わるが、「唐土模様倭粋子」では嵐山花五郎が魯心《ろしん》と名を変えることになっており、この魯心という名前は魯智深に由来している。

さらに、三代目柳枝の落語を伊東橋塘がまとめた『新編都草紙』のテキストで「唐土《もろこし》宋《さう》の世《よ》の水滸《すゐこ》伝《でん》を皇国《みくに》の事《こと》に編《つゞ》りかへ且《かつ》漢語《からことば》のむづかしき件《くだり》を和《やはら》ぐ倭粋子《やまとすゐこ》天崗星《てんこうせい》に因《ちなみ》ある」とあることから、「倭粋子《やまとすゐこ》天崗星《てんこうせい》」が「唐土模様倭粋子」のもとになっているらしいことがわかる。しかし、このテキストは未見であり、あるいはこれが講談だった可能性もある。

「西海屋騒動」は、大きく五つの場面で構成され、複雑に入り組んだ物語になっている。

冒頭で語られるのは、信州の松代《まつしろ》で悪政を行う町奉行の寒蔵《かんぞう》（「唐土模様倭粋子」での名前。「西海屋騒動」では伴蔵《ともぞう》。以下、カッコ内は「西海屋騒動」での名前とする）の威を借りて、小蝶《こちょう》という娘を自分のものにした権次《けんじ》を、嵐山花五郎（御所車の花五郎）が大暴れをして懲らしめるという物語。これは、『水滸伝』において、魯智深が周通《しゅうつう》を懲らしめる場面の翻案である。花五郎はそれを咎《とが》められて僧となり、名を魯心（善導）と改める。

伊東橋塘が記した「唐土模様倭粋子」ではわずか二回で終わってしまうこの部分が、『毎日新聞』掲載された燕枝の「西海屋騒動」では二十三回にまで広げられており、花五郎の活躍を活き活きと描いている。侠客ものを得意としたと言われる初代談洲楼燕枝の本領が現れているのが、この場面だと言える。

第二に語られるのは、この事件で遺された赤子の理吉《りきち》（義松《よしまつ》）が善導と出会い、武芸を習う物語、三つ目がいわゆる「西海屋騒動」に当たる物語、四番目が理吉とお柳《りゅう》（お糸《いと》）との関係を描いた場面である。

燕枝の「西海屋騒動」ではこの後の経緯が非常に詳しく描かれており、最後に、義松が再び善導と出会う。鴻巣《こうのす》の山畠《やまばたけ》 治郎兵衛《じろうべえ》と前橋《まえばし》の赤城《あかぎ》の平三《へいぞう》との抗争に介入して親分になった義松は、おおっぴらに博打を行うようになったが、賭場に捕方《とりかた》が入ってきて捕らえられる。しかし、御家人の女房であるお関《せき》を寝取って逃亡してしまう。一方、西海屋の宗《そう》太郎《たろう》の子である松太郎《まつたろう》は、善導の師である原《はら》田《だ》新十郎《しんじゅうろう》のもとで剣術を学び、父の宗太郎を殺して店を乗っ取った清蔵《せいぞう》に仇討ちをしようと考えていた。西海屋が没落した後、清蔵が旅籠屋《はたごや》をしていることを知って大磯《おおいそ》へ向かうと、そこで清蔵、お静《しず》、新十郎、松太郎、そして江戸に戻ろうとする義松が一堂に会することとなる。松太郎が清蔵を、新十郎がお静を殺して仇討ちが達成されたところに善導が現れ、その場に居合わせた義松は、これまで自分が行ってきた数々の悪事を悔いて、自害することになる。

　以上の筋からわかるように、基本的にはダークヒーローとしての義松を中心とした一代記としての物語に、西海屋で起こった清蔵による乗っ取り事件に対して、松太郎による仇討ちが達成されるまでの物語が差し挟まれる構造になっている。侠客ものとしての活劇の要素と、義松と清蔵を中心に渦巻くさまざまな陰謀を描くことで、人間の暗部を描き出していく。そうした中で、善悪の価値観を越え、世の中からはみ出して自由奔放に活躍をする姿に、この物語の魅力がある。

　本書、谷津矢車版の「西海屋騒動」は、三代目柳枝の「唐土模様倭粋子」と燕枝の「西海屋騒動」とを合わせた形で構成し、作中人物の人名は「唐土模様倭粋子」のほうにもとづいている。特に、「西海屋騒動」における二つ目から四つ目の場面に当たる部分を中心に、現代の時代小説に改めている。このことで、理吉の一代記としての要素を前面に押し出すことに加え、「俺に言わせりゃ、人生そのものが博打なんだよ」という言葉を発した慶蔵《けいぞう》と理吉とを、人間が抱えた業《ごう》という側面から接続させることで、無法地帯として悪事がはびこった場としての西海屋での人間模様に奥行きを持たせている。

また、特に後半部分でお柳との関係に広がりを持たせたことで、本当は「お柳と生きたかった」という理吉が、どうしても悪事を繰り返していくことから逃れられず、その結果「何も、持っていなかった」という自分になってしまったことに気が付いていく姿を描いたところに、現代の視点からの「西海屋騒動」の解釈が見て取られる。

初代談洲楼燕枝の咄を現代の落語で聞く機会はなかなかないものの、近年、「嶋鵆沖白浪」を柳家三三《さんざ》が、「唐土模様倭粋子」を桂文我《かつらぶんが》が、「西海屋騒動」を柳家さん助《すけ》が高座にかけるなど、「柳派」の落語家を中心に、現代の落語として復活させようとする動きも出てきている。その中で本書が、初代談洲楼燕枝を見直すきっかけの一つになればと願っている。

（大橋崇行）

【主要参考文献】

山本進「談洲楼燕枝（初代）」、『国文学　解釈と鑑賞』第六十八巻第四号、平成十五〔二〇〇三〕年四月
興津要『古典落語』、講談社、平成十四〔二〇〇二〕年
延広真治・山本進・川添裕編『落語の愉しみ』、岩波書店、平成十五〔二〇〇三〕年
暉峻康隆『落語の年輪』、講談社、昭和五十三〔一九七八〕年

本書は談洲楼燕枝『西海屋騒動』、春風亭柳枝『唐土模様倭粋子』をもとにした書き下ろしです。

●著者略歴
谷津矢車（やつ・やぐるま）
一九八六年東京都生まれ。駒澤大学文学部歴史学科卒。二〇一二年『蒲生の記』で第18回歴史群像大賞優秀賞受賞。一三年『洛中洛外画狂伝狩野永徳』でデビュー。二作目『蔦屋』が評判を呼び、若手歴史時代小説家として注目を集める。一八年『おもちゃ絵芳藤』で第7回歴史時代作家クラブ賞作品賞受賞。二〇年『廉太郎ノオト』が第66回青少年読書感想文全国コンクール課題作品（高等学校の部）に選出。

●解説
大橋崇行（おおはし・たかゆき）
新潟県生まれ。東海学園大学准教授。文学博士。近現代文学研究のほか、作家としても活躍。

小《しょう》説《せつ》　西《さい》海《かい》屋《や》騒《そう》動《どう》

二〇二一年二月二〇日　初版発行

著者　谷津矢車
発行所　株式会社　二見書房
東京都千代田区神田三崎町二-十八-十一
電話　〇三（三五一五）二三一一［営業］
〇三（三五一五）二三一四［編集］
振替　〇〇一七〇-四-二六三九
印刷　株式会社　堀内印刷所
製本　株式会社　村上製本所

落丁・乱丁本はお取り替えいたします。
定価はカバーに表示してあります。

本作品に関するご意見、ご感想などは
〒一〇一-八四〇五
東京都千代田区神田三崎町二-十八-十一
二見書房　小説古典落語編集部　まで

ISBN978-4-576-21016-2　https://www.futami.co.jp/

小説

真景累ヶ淵

奥山景布子／監修 古今亭菊之丞

この後女房を持てば
七人まではきっと
とり殺すからそう思え。

978-4-576-20151-1
￥１４００円（税別）

小説

牡丹灯籠

大橋崇行／監修 柳家喬太郎

貴方がまたいらして
くださらなければ、
私はきっと、
死んでしまいますよ

978-4-576-20170-2
￥１４００円（税別）

小説　古典落語

○小説 真景累ヶ淵
奥山景布子／監修 古今亭菊之丞
978-4-576-20151-1 ¥1400円（税別）

○小説 牡丹灯籠
大橋崇行／監修 柳家喬太郎
978-4-576-20170-2 ¥1400円（税別）

○小説 らくだ
並木飛暁／監修 桂文治
978-4-576-20191-7 ¥1400円（税別）

○小説 西海屋騒動
谷津矢車／監修 柳亭左龍
978-4-576-21016-2 ¥1500円（税別）

小説 品川心中
坂井希久子／監修 柳家喬太郎
978-4-576-21031-5 ㊮¥1400円（税別）

○印は既刊